한국공연문화학회 총서 6

극예술, 기념/기억의 정치

공연과 미디어 연구소

지식과교양

머리말

공연과 미디어 연구소는 고려대학교 대학원 국문학과에서 희곡, 연극, 뮤지컬, 영화, TV드라마, 라디오드라마를 전공한 소장학자들의 연구모임 '공연과 미디어 연구회'로 2016년에 발족되었다. 2년에 걸쳐 '극예술과 과학'이라는 연구 주제로 월례 세미나와 학술대회를 거쳐 2019년에 첫 성과물인 연구서 『극예술, 과학을 꿈꾸다』를 출간하게 되었다. 이어서 두 번째 연구 주제를 '기념과 기억의 정치로서 극예술'로 정하고 1년에 걸쳐 월례세미나와 학술심포지엄을 진행하였다. 그렇게 해서 세상에 빛을 보게 된 것이 공연과 미디어 연구소의 두 번째 성과물 『극예술, 기념/기억의 정치』라는 연구서다. 두 번째 연구서 발간을 준비하면 '연구회'라는 간판을 떼고 보다 확장된 연구모임으로서 '연구소'라는 명칭으로 개칭하게 되었다.

2019년 새로운 연구주제를 고민하면서 2019년과 2020년이라는 해가 지닌 역사적 의미에 착목하게 되었다. 2019년은 1919년 3·1운동이 일어난 지 정확히 100년이 되는 해이다. 우리 민족운동의 기폭제가 된 3·1운동의 역사적 의미는 그 중요성을 굳이 강조할 필요도 없을 것이다. 그리고 2020년은 1950년에 발발한 6·25전쟁 70주년이 되는 해이자 1960년

4.19혁명이 일어난 지 60년이 되는 해이며, 동시에 1980년 5월 광주항쟁이 발생한 지 40년이 되는 해이기도 하다. 3·1운동, 6·25전쟁, 4.19혁명, 5월 광주항쟁은 모두 민족운동의 기원으로서, 민족 분단의 비극적 상징으로서, 민주화 투쟁의 상징으로서 의미 깊은 역사적 전환을 불러온 대사건들이다. 이러한 역사적 전환의 변곡점들을 극예술은 어떻게 다루고 형상화하였는가에 대해 연구하고, 해석하는 것 또한 매우 뜻 깊은 일이라는 생각에 우리는 '극예술, 기념/기억의 정치'라는 연구 주제로 1년여에 걸쳐 함께 머리를 맞대고 연구하게 되었다. 그 결과물로서 이 책이 나오게 되었다.

이 책에서 기념/기억의 정치로서 극예술에 관한 주제는 특히 3·1운동과 6·25전쟁, 두 가지 사건에 초점을 맞추었다. 그 중에서 3·1운동에 관한 글이 4편으로서 가장 큰 비중을 차지한다. 우리가 연구 주제를 선정했던 2019년이 마침 3·1운동 100주년이 되는 해였기에 그랬던 측면이 있다. 이상우의 「3·1운동 전야의 동경유학생학우회와 근대극」은 한국 최초의 근대 희곡으로 평가되는 이광수의 〈규한〉과 1918년 연말에 동경유학생학우회 망년회에서 공연된 최승만의 희곡 〈황혼〉을 중심으로 3·1운동 전야의 동경유학생학우회의 유흥 공간에서 이루어진 연극 공연이 한국 근대극 창출에 어떠한 역할을 했는가에 대해 추적한 논문이다. 더 나아가 동경유학생학우회의 연극 공연이 단순한 유흥적 행위에 그치지 않고 3·1운동의 도화선이 된 2·8독립운동의 정신과 어떻게 연결되고 있는지에 대해 논구하고 있다.

김우진의 「기미(己未)를 사유하는 기표 – 적대적 주체의 탄생」은 토월회와 종합예술협회의 초기 러시아 번역극 공연의 분석을 중심으로 그것이 기미년 3·1운동 정신의 맥락과 어떻게 접맥되는지에 대해 서술하였다. 문선영의 「방송극이 소환한 3·1운동의 기억」은 역사 다큐멘터리 드라마의 유행을 선도했던 동아방송의 〈여명 80년〉 분석을 통해 기록과 증언을 활용하여 1960년대 국가 주도형 기념일로서 3·1운동이 기억되는 방법을 방송이 어떻게 추구하는지에 대해 논증하였다. 정명문의 「기념 뮤지컬과 독립운동의 기억」은 2019년에 공연된 3·1운동 기념 뮤지컬 〈신흥무관학교〉, 〈구 : 도깨비들의 노래〉, 〈워치〉를 분석하였다. 이를 통해 기념의 극적 형상화 방식으로 뮤지컬이 사용하는 독특한 메타포와 서사의 특징이 무엇인지를 규명하였다.

6·25전쟁에 나타난 기념/기억의 정치에 대한 글은 세 편이 있다. 이복실의 「'항미원조' 위문단의 실체와 활동 양상」은 한국전쟁 시기에 중국이

북한에 세 차례에 걸쳐 '항미원조' 위문단을 파견하여 조중 친선과 위문 활동을 전개하였다는 사실에 착안하여 그러한 위문단 활동의 궁극적 목적이 신중국의 사회주의 사업이라는 정치적 퍼포먼스에 있었음을 논증하였다. 김태희 「한국전쟁에 대한 극적 재현 양상 고찰」은 금기시 되었던 1950년 한강철교 폭파사건을 다룬 신명순의 희곡 〈증인〉이 관련 사건의 이해당사자들에 의해 소송 제기와 협박과 압력행사 등으로 공연에 어려움을 겪었던 사건을 통해 희곡 〈증언〉을 둘러싼 기억의 정치담론을 분석하였다. 송치혁의 「이식된 반공, 억압된 즐거움」은 김성종의 추리소설이 텔레비전드라마로 각색되는 양상에 대한 분석을 통해 대중서사로서의 추리소설이 텔레비전이라는 다른 장르를 만나 어떻게 추리, 반공 서사라는 새로운 인기 드라마 장르로 자리잡아가는가에 대해 규명하였다.

이 책이 나오기까지 공연과 미디어 연구소 소원들의 열성적인 참여와 성원이 큰 도움이 되었음은 물론이다. 월례세미나와 학술심포지엄이 열릴 때마다 열심히 참여해준 소원들에게 감사한다. 그리고 이 책이 나오는데 공연문화학회 심상교 회장님의 관심과 지원 또한 많은 도움이 되었다. 공연문화학회 학술대회에 공미연 소원들이 발표, 토론자로 대거 참여할 수 있는 기회를 주었고, 우리 책의 출간에 정신적, 물질적 지원을 해준 데 대해 공연문화학회와 심상교 회장님께 심심한 감사의 마음을 전한다. 그리고 다시 한 번 우리 학술서의 출판을 흔쾌히 맡아주신 '지식과 교양' 출판사에 감사드린다.

2021년 가을

공연과 미디어 연구소를 대표하여 이상우

| 차례 |

제3부 한국전쟁에 대한 기억의 흐름들

제1부

3·1 전후의 연극적 궤적

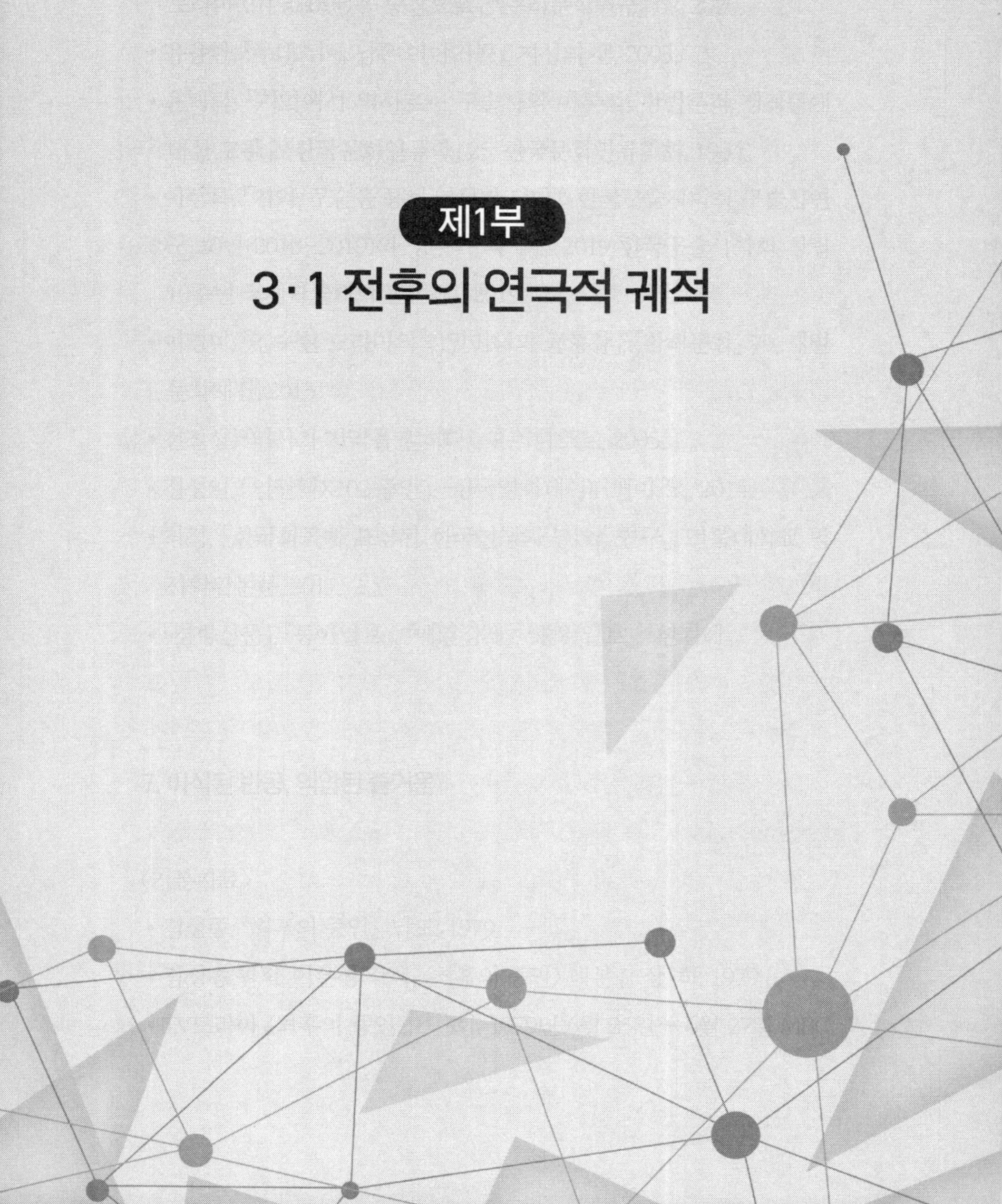

3·1운동 전야의 동경유학생학우회와 근대극
: 이광수와 최승만의 경우

이상우

Ⅰ. 머리말

한국 최초의 근대희곡으로 알려진 이광수의 〈규한〉(1917)은 한국근대문학사, 또는 한국근대연극사의 관점에서 볼 때 한국희곡문학의 출발이 결코 늦은 것이 아님을 시사해주는 작품이다.[1] 한국 근대극, 신극의 성립과 전개가 대개 1920년대에 이루어진 것이라고 본다면 이광수의 희곡 〈규한〉의 창작은 다소 이른 감이 있다. 〈규한〉의 창작 시기는 한국근대연극사에서 예성좌(藝星座)의 공연(1916년, 〈코르시카의 형제〉, 〈카츄샤〉

1) 과거에는 조일재의 희곡 〈병자삼인〉(『매일신보』, 1912.11.17.~12.25)이 학계에서 한국 최초의 희곡으로 평가되었으나 2005년에 발표된 김재석의 논문 「〈병자삼인〉의 번안에 대한 연구」(『한국극예술연구』 제22집, 2005)에서 〈병자삼인〉이 일본의 신파연극인 이토우 오우슈우(伊東櫻州)의 〈희극 우승열패(優勝劣敗)〉(1911)의 번안작이라는 사실이 밝혀짐에 따라 자연스럽게 이광수의 〈규한〉이 시기적으로 가장 앞선 한국근대희곡의 자리를 차지하게 되었다.

공연)에 의해 과도기적 근대연극의 시도가 잠시 있기는 했지만[2] 여전히 신파극시대가 견고하게 지탱하고 있던 때였기 때문이다. 신파극시대의 절정기에 근대희곡 〈규한〉은 어떻게 탄생할 수 있었을까, 그리고 뒤를 이어 오천석의 〈조춘의 비애〉(1918), 최승만의 〈황혼〉(1919), 유지영의 〈이상적 결혼〉(1919~20) 등 일본유학생들에 의해 창작희곡들이 계속 씌어지게 되는 이유는 무엇일까 하는 점은 한국근대문학사 및 한국근대연극사의 온당한 서술을 위해 반드시 해결해야 할 문제가 아닐 수 없다.

이 논문에서 필자는 이광수의 〈규한〉을 비롯해 오천석의 〈조춘의 비애〉, 최승만의 〈황혼〉, 유지영의 〈이상적 결혼〉 등이 동경에서 유학하는 조선유학생들에 의해 창작된 희곡이라는 점, 그리고 그 희곡들이 동경유학생이 발행한 잡지에 발표되었다는 점에 주목하고, 당시 동경유학생들이 만든 유학생단체와 잡지, 강연회, 연설회, 웅변대회, 운동회, 연극 공연 등 그들이 추구한 청년문화운동의 양상, 그리고 그들의 연극에 대한 인식과 연극문화의 실상, 더 나아가 그러한 연극문화 형성에 영향을 끼친 당대 일본의 문학과 연극 또는 문화적 배경은 어떠한 것이었는지에 대해 살펴보고자 한다. 그러한 고찰을 통해 한국 근대 초창기 희곡이 어떠한 문화적 배경과 맥락에서 탄생되었으며 그 문화사적 의미는 무엇인지에 대해 규명해보고자 한다.

그동안 한국근대문학사와 연극사 연구에서 동경유학생들이 창작한 희곡들은 선구적 작품이라는 점을 제외하면 크게 주목받지 못했다. 이두현은 상대적으로 이광수의 〈규한〉을 높게 평가하였다. 그는 "근대극

2) 이상우, 「게이주츠자(藝術座)의 조선순업과 연극 〈부활〉 공연」, 『한국극예술연구』 제62집, 2018, 140~146면.

을 개인의식에 눈 뜬 근대시민사회의 의지의 표현이라고 본다면 춘원의 〈규한〉에서 비로소 우리나라 근대문학은 최초의 희곡다운 희곡을 가졌다고 할 수 있다."고 했다.[3] 자유연애라는 이상과 현실과의 상극에서 오는 고민을 사실적으로 그리고 있다는 점에서 근대극다운 면모를 가졌다고 의미를 부여하였다. 유민영은 이광수의 〈규한〉과 최승만의 〈황혼〉이 구식결혼의 모순 비판과 자유연애의 문제를 다루고 있는데, 인습의 질곡으로부터의 해방이라는 점에서 근대성의 의미를 갖는 희곡이라고 평가하였다.[4]

반면, 서연호는 〈규한〉을 평하면서 "남편의 위선적 태도에서 진정한 근대의식을 찾을 수 없다.(…) 이는 분명 기만이고 착각이며 유사근대의식일 뿐"이라며 작품에 나타난 근대성의 모순을 비판하였다.[5] 최승만의 〈황혼〉도 비슷한 맥락에서 평가하였다. 이미원 역시 "10년대 희곡들은 고전소설이나 신파극의 처첩 간의 문제를 자유연애의 문제로 대치시켰을 뿐 그 갈등구조는 유사하며, 표현 역시 감상에 호소하고 있다.(…) 초기 창작극은 아직 부분적인 장면묘사가 사실적일 뿐 근대극의 핵심이라고 할 인과율에 의한 구성은 미흡하여, 신파극적 구성을 많은 부분 답습"하고 있다고 하면서 작품이 지닌 근대적 의미에 대해 부정적 평가를 하였다.[6]

이후 근대 초창기 희곡들을 보다 심도 있게 다룬 논의는 이승희, 김재석, 이정숙, 이미나, 정수진 등에 의해 제시되었다. 이승희의 논문 「초기

3) 이두현, 『한국신극사연구』, 서울대출판부, 1966, 91면.
4) 유민영, 『한국현대희곡사』, 홍성사, 1982, 112~118면.
5) 서연호, 『한국근대희곡사』, 고려대출판부, 1994, 78면.
6) 이미원, 『한국근대극연구』, 현대미학사, 1994, 96~97면.

근대희곡의 근대적 주체 구성에 대한 연구」(2000)은 근대적 주체 구성의 관점에서 〈규한〉과 〈황혼〉을 분석하면서 두 희곡이 구여성의 죽음을 통해 전근대적 가치와의 결별을 보여주고 있으며, 개인주의를 통한 근대적 가치의 획득에 대한 기대를 보여주고 있다고 보았다.[7] 이광수의 〈규한〉에 대한 최근 논문들은 이정숙, 김재석, 정수진의 연구가 있다. 이정숙은 논문 「〈규한〉의 근대의식 연구」(2004)에서 이광수의 〈규한〉은 근대적 여성교육의 필요성과 근대적 결혼의 추구라는 점에서 근대의식을 드러내고 있지만, 그것을 사회적 차원의 문제로 확대시키지 못하고 남성중심의 시각에서 필요성을 주장하는데 그치는 한계를 보여주었다고 평가하였다.[8] 김재석의 논문 「〈규한〉의 자연주의극적 특성과 그 의미」(2007)는 〈규한〉이 당대 일본의 자연주의문학과 자연주의문학을 선도한 쓰보우치 쇼요의 영향에 의해 씌어진 자연주의 희곡이라고 평가하였다. 다만 있는 그대로 묘사한다는 일본식 자연주의에 자신을 가두고 묘사 위주의 소박한 자연주의에 머물러 버린 것이 한계라고 지적하였다.[9] 정수진의 논문 「이광수의 〈규한〉에 나타난 우편」(2017)은 이광수가 당대의 연설과 같은 대사, 갑작스런 파국의 결말과 같은 미숙한 드라마투르기의 한계를 '편지'라는 근대적 장치의 설정을 통해 극복했다고 평가하였다.[10]

한편, 최승만의 〈황혼〉에 대한 논문으로는 김재석, 이미나의 연구가 주목할 만하다. 김재석의 논문 「〈황혼〉의 근대성 연구」(2007)는 최승만의

7) 이승희, 「초기 근대희곡의 근대적 주체구성에 대한 연구」, 『한국극예술연구』 제12집, 2000, 8~9면.
8) 이정숙, 「〈규한〉의 근대의식 연구」, 『한국극예술연구』 제19집, 2004, 126면.
9) 김재석, 「〈규한〉의 자연주의적 특성과 그 의미」, 『한국극예술연구』 제26집, 2007, 68면.
10) 정수진, 「이광수의 〈규한〉에 나타난 우편」, 『연극포럼』, 한국예술종합학교 연극원, 2017, 167면.

〈황혼〉이 학우회 망년회의 공연작품인만큼 토론의 장면화 기법을 활용하여 계몽, 선전의 의지를 잘 드러낸 작품이라고 평가하였다. 그리고 일본 자연주의의 영향을 받고 자연주의 극을 추구하였다는 점에서 가치가 있다고 보았다.[11] 이미나의 논문 「최승만 예술론과 〈황혼〉의 근대성 연구」(2016)는 최승만의 1910~20년대 평론에 나타난 예술관이 자연주의 사조의 영향과 관련이 있다고 보고 그러한 예술관과 〈황혼〉의 관계에 대해 살펴보았다.[12]

이 글은 1910년대 동경유학생들이 창작한 희곡들 가운데 특히 이광수의 〈규한〉과 최승만의 〈황혼〉에 주목하여 논의를 전개하고자 한다. 이광수와 최승만, 두 인물이 동경유학생학우회와 그 기관지 『학지광』의 중심인물이라는 점, 두 사람이 동시대에 유사한 주제, 내용을 희곡이라는 형식을 통해 표현하고자 했던 점, 동경유학생 시절 그들의 정치적, 사상적 성향에서 유사성이 나타난다는 점, 그리고 「극웅행」이라는 시 창작을 통해 두 사람의 문학적, 인간적 교류관계(『창조』동인)가 엿보인다는 점에서 상당한 연관성이 있다고 보고, 〈규한〉과 〈황혼〉의 분석을 통해 1910년대 근대 초창기 희곡과 근대극 형성과정이 1910년대 동경유학생들의 민족운동, 문화운동과 어떻게 서로 접맥되는지를 엿볼 수 있을 것이라고 보기 때문이다.

---

11) 김재석, 「〈황혼〉의 근대성 연구」, 『어문학』 제98집, 2007, 388~393면.
12) 이미나, 「최승만 예술론과 〈황혼〉의 근대성 연구」, 『한국학연구』 제42집, 2016, 157~182면.

II. 동경유학생학우회와 연극

한국 최초의 근대희곡은 1917년 1월 『학지광』에 발표된 이광수의 〈규한〉이다. 뒤를 이어서 오천석의 〈조춘의 비애〉(『여자계』, 1918.9), 최승만의 〈황혼〉(『창조』 제1호, 1919.2), 유지영의 〈이상적 결혼〉(『삼광』 제1~3호, 1919.2~1920.4)[13] 등의 희곡이 1910년대 후반에 발표되었다. 이외에 1910년대에 신파극단 문수성(文秀星)을 만들어 신파극계에서 활동한 윤백남도 1910년대 후반에 〈국경〉(『태서문예신보』 제20호, 1918.12), 〈운명〉(1920)[14] 등 근대희곡을 창작하였다. 이로써 1910년대 후반에 들어 한국에 비로소 희곡문학이 하나의 장르적 실체로서 모습을 드러내게 되었다. 흥미로운 점은 윤백남[15]을 제외하면 희곡 작가 이광수(와세다대학 철학과), 오천석(아오야마학원), 최승만(동경외국어학교 노어과), 유지영(동경음악학교)이 모두 1910년대 후반에 동경유학생이었다는 점이다. 이들의 희곡을 게재한 잡지가 모두 당시 동경에서 발행된 유학생 잡지라는 점도 공통점이다. 『학지광(學之光)』은 '동경유학생학우회(東京

13) 유지영의 희곡 〈이상적 결혼〉은 2004년 이전에는 양승국 편 『한국근대희곡작품자료집』(아세아문화사, 1989)에 수록된 1막(『삼광』 1호, 1919.2)만 전해졌으나 이승희에 의해 나머지 부분까지 『한국극예술연구』 제19집(2004)에 모두 발굴, 소개됨으로써 작품의 전모를 알 수 있게 되었다. (이승희 해설, 「유지영의 희곡 〈이상적 결혼〉」, 『한국극예술연구』 제19집, 2004 참조)

14) 희곡 〈운명〉은 1920년 12월 고학생 단체 갈돕회가 소인극 공연에서 상연한 것으로 창작희곡으로 연극무대에서 상연된 선구적 작품에 해당한다.(「갈돕회 소인극」, 『조선일보』, 1920.12.12.) 희곡 〈운명〉은 동명(同名)의 희곡집 『운명』(신구서림, 1924)에 게재되었다.

15) 윤백남(尹白南)은 1905년경에 일본에 유학을 가서 도쿄고등상업학교(東京高等商業學校, 현재 히토츠바시대학의 전신)를 졸업하고 1910년 무렵에 귀국하였으므로 이광수, 최승만, 유지영보다 한 세대가 빠른 일본유학생이었다.

朝鮮留學生學友會)'의 기관지이고, 『여자계(女子界)』는 '동경여자유학생친목회(東京女子留學生親睦會)'의 기관지이다. 『창조(創造)』는 유학생들이 동경에서 발간한 순문예지이고, 『삼광(三光)』은 음악, 미술 등 예술에 뜻을 둔 동경유학생들의 모임인 '동경유학생악우회(東京朝鮮留學生樂友會)'가 발행한 잡지였다. 이는 달리 말하면 한국 근대희곡이 대체로 1910년대 동경 유학생들에 의해 탄생했다는 점, 더 나아가 동경 유학생들이 만든 잡지 지면을 통해 발표되었다는 것을 의미한다.

특히 동경유학생들이 쓴 희곡 〈규한〉, 〈황혼〉, 〈이상적 결혼〉에는 또 하나의 공통점이 있다. 전근대적 결혼제도 비판과 자유연애, 자유결혼의 주창이라는 자신들의 실존적 번민을 희곡화하였다는 점이다. 그렇다면 왜 그들은 이러한 문제의식을 시, 소설과 같은 다른 장르형식이 아닌 희곡이라는 장르형식을 통해서 표현하고자 했을까. 메이지시대 자유민권운동파 지식인들이 연설, 강연, 연극(新派劇, 壯士芝居) 형식을 통해 자신들의 정치적 계몽사상을 대중들에게 전달하고자 했던 경험은 메이지시대와 그 이후 다이쇼시대의 계몽적 지식청년들에게 영향을 미쳤다. 당시 식민지 조선 최고의 근대적 지식인집단이었던 동경유학생들도 연설, 강연, 연극, 웅변대회, 체육대회, 음악회 등 학술, 강연, 출판, 예술, 문화운동을 통해 자신들이 추구하는 근대적 계몽사상을 함께 공유하거나 전파하고자 하였다.[16] 연극은 청년지식인들이 추구한 정치적 계몽운동의 한 방법론이 되었고, 한국 최초의 근대희곡은 그러한 계몽운동의 형식을 통해 탄생하게 되었다. 그들의 희곡이 발표된 잡지 『학지광』, 『여자계』, 『창조』, 『삼광』 등이 동경유학생들이 전개한 계몽운동 담론의 장이 되었던

16) 정미량, 『1920년대 재일조선유학생의 문화운동』, 지식산업사, 2012, 173~284면.

것도 비슷한 맥락이라 할 수 있다.[17]

조선인의 본격적인 일본 유학은 1900년대부터 시작되었다. 1904년 10월 대한제국 정부가 양반 자제 50명을 선발하여 황실이 학자금을 부담하는 조건으로 '한국황실특파유학생(韓國皇室特派留學生)'을 일본에 파견하였다. 이후 1907~8년경에는 관비, 사비로 일본에서 수학하는 유학생 수가 500여명에 이르게 된다.[18] 이에 따라 이 무렵에 조선유학생 단체가 만들어지게 되는데, 최초의 유학생단체는 태극학교라는 어학강습소를 모체로 삼아 1905년에 창립된 태극학회(太極學會)였다. 태극학회는 회원 수가 창립 무렵에는 50명 내외에 불과했으나 1908년에는 250명에 달하였다.[19] 1900년대에 태극학회 이외에 대한유학생회, 낙동친목회, 호남학회, 공수회 등 10개 내외의 유학생단체가 난립하였는데, 통합의 움직임이 일게 되어 1909년 1월 유학생연합단체로 대한흥학회(大韓興學會)가 탄생하게 되었다. 창립 초기에 이미 회원 수가 550여명이었고, 핵심 임원진으로 최린, 허헌, 고원훈, 송진우, 김성수 등이 있었다.[20]

최대 유학생조직 대한흥학회가 한일합방 직전인 1910년 6월에 그 징후를 포착하고 반대하는 결의문을 본국 정부에 전달하려다가 일제의 강압에 의해 해산되자[21] 다시 출신지역 중심의 군소 유학생 조직으로 흩어져 소강상태가 되는데, 이를 다시 재통합하여 출범하는 유학생단체가 동경조선유학생학우회다. 안재홍(와세다대), 최한기(메이지대) 등이 주창

17) 정미량, 위의 책, 174~197면.
18) 在日韓國留學生連合會, 『日本留學100年史』, 1988, 33~40면.
19) 김기주, 『한말 재일한국유학생의 민족운동』, 느티나무, 1993, 38면.
20) 김기주, 위의 책, 65~73면.
21) 고하선생전기편찬위원회 편, 『독립을 향한 집념 : 고하 송진우 전기』, 동아일보사, 1990, 72면.

자가 되어 1912년 10월 '동경조선유학생학우회'(東京朝鮮留學生學友會, 약칭 학우회)를 건설하였다.[22] 교토, 오사카 지역(關西지방)에는 '경도조선유학생친목회'(京都朝鮮留學生親睦會)라는 별도의 조직이 만들어졌다. 학우회는 초대 회장 정세윤, 간사장 김병로를 비롯해서[23] 안재홍, 송진우, 신익희, 장덕수, 현상윤, 최승구, 이광수, 최승만, 최팔용, 송계백, 서춘, 전영택 등이 그 주요 회원이었다. 학우회는 1914년에 기관지로 『학지광(學之光)』을 창간하였다. 학우회 이외에 신익희, 김양수, 장덕수, 최두선 등이 주도, 설립한 조선유학생 연구단체로 '조선학회(朝鮮學會)'(1915)와 '조선유학생기독청년회(朝鮮留學生基督教青年會)'(1906, 약칭 청년회)가 있었다.

학우회는 주로 청년회의 건물인 '동경조선기독교청년회관'(東京神田區西小川町2町目5番地)[24]을 무대로 신래(新來)유학생 환영회 및 졸업생 환송회, 망년회 등의 행사를 정기적으로 개최하였고, 비정기적으로 강연회, 연설회, 웅변대회, 운동회 등을 열기도 하였다. 학우회 뿐만 아니라 청년회는 일본의 진보적 지식인 모임 '여명회(黎明會)'와 연계하여 동경대학(東京大學) 교수 요시노 사쿠조(吉野作造), 기독교사상가 우치무라 간죠(内村鑑三), 와세다대학 교수 오오야마 이쿠오(大山郁夫) 등을 초청하여 강연회를 개최하기도 했다.[25] 특히 간다구(神田區) 오모테짐보초(表神保町)에 있는 오마츠(大松)구락부에서 열린 1914년 학우회 망년회는

22) 朴慶植 編, 「極祕:大正5年6月30日 朝鮮人概況(警保局保安課)」, 『在日朝鮮人關係資料集成』 第1巻, 東京:三一書房, 1975, 48~49면.
23) 한인섭, 『가인 김병로』, 박영사, 2017, 33면.
24) 이경남, 『설산 장덕수』, 동아일보사, 1981, 59면.
25) 『학지광』 제12호, 1917.4, 60면, 『학지광』 제13호, 1917.7, 83면, 『학지광』 제14호, 1917.12, 76면.

400여명의 회원이 성황리에 참석하였는데, '망년사'(忘年辭)라는 형식의 연설(안확, 송진우), 바이올린 연주(김찬영), 초청인사의 권면(勸勉)연설(동경조선기독교청년회 총무 김정식), 내빈의 웅변(연합교회 목사 오기선, 기병소위 김광서) 등이 이어졌다. 마지막에 여흥으로 연극 〈온 디 이브(On the eve)〉(김억 각색, 3막 비극)와 〈우스운 인생〉(2막 희극)이 공연되었다.[26)]

〈온 디 이브〉는 러시아 작가 이반 세르게이비치 투르게네프(I. S. Turgenev)의 소설 「그 전날 밤」(1860)을 김억(게이오대)이 각색한 것인데, 투르게네프의 「그 전날 밤(その前夜)」은 일본 게이주츠자(藝術座)에 의해 구스야마 마사오(楠山正雄)의 번역, 각색 대본으로 1915년 4월에 공연된 바 있다.[27)] 그러나 시기상 더 늦은 게이주츠자의 공연이 학우회의 연극에 영향을 주었을 리는 없다. 그렇지만 메이지시대에서 다이쇼시대에 걸쳐 일본에서 서구 자연주의문학의 수용과 더불어 투르게네프, 고리키, 톨스토이 등 러시아 문학이 유행하고 있었는데, 투르게네프의 문학은 그 유행의 기점 역할을 했다.[28)] 투르게네프는 소설 「뜬구름(浮雲)」(1887~1889)의 작가이며 일본 자연주의의 선구자로 유명한 후타바테이 시메이(二葉亭四迷)가 1888년에 「밀회(あひびき)」, 「해후(めぐりあひ)」를 번역, 소개함으로써 일본에 널리 알려지게 되었다.[29)] 이후 후타바테이

---

26) 현상윤, 「학우회 망년회 스켓취」, 『학지광』 제4호, 1915.2, 116면.

27) 「그 전날 밤(その前夜)」은 일본 게이주츠자(藝術座)의 소마 교후(相馬御風)가 1908년(明治41년)에 번역하여 시마무라 호게츠(島村抱月)에게 공연을 제안하였으나 시마무라는 자신이 구스야마 마사오(楠山正雄)에게 번역, 각색시킨 각본으로1915년에 공연하였다.(大笹吉雄, 『日本現代演劇史(明治 大正篇)』, 東京:白水社, 1985, 151면.)

28) 大笹吉雄, 위의 책, 같은 면.

29) 나카무라 미쓰오, 고재석 김환기 역, 『일본메이지문학사(日本明治文學史)』, 동국대 출판부, 2001, 102~103면.

는 1896년에 투르게네프의 『아샤』를 번역한 『짝사랑(片戀)』을, 1897년에는 『루딘』을 번역한 『부평초(浮萍草)』를 출간함으로써 일본 독자들에게 커다란 영향을 끼쳤다.[30)]

그러한 영향은 1900~10년대에도 지속되어 당시 동경유학생들 사이에 투르게네프 소설은 읽지 않으면 안 되는 교양 독물(讀物)의 대상이 되었다.[31)] 그 이외에도 「그 전날 밤」은 주제와 내용이 당시 일본 지식인들에게도 환영받았을 뿐만 아니라 동경유학생들에게 충분히 관심을 끌만한 것이었다.[32)] 터키의 식민지배를 받는 불가리아 출신의 러시아 유학생 인사로프가 러시아 처녀 엘레나의 사랑을 받으며 조국의 독립을 위해 노력하지만 끝내 중병을 얻어 죽고 마는데, 엘레나가 그를 대신하여 불가리아의 해방을 위해 목숨을 바치기로 결심한다는 내용을 갖고 있다. 식민지 출신의 유학생의 비극적 사랑과 투쟁이라는 서사는 식민지 출신의 동경유학생들에게 공감과 호소력을 불러일으키기에 충분한 것이라 할 수 있다. 학우회의 망년회 연극 공연에서 투르게네프의 「그 전날 밤」이 각색, 상연된 데에는 이러한 배경이 작용한 것으로 보인다.

1917년 12월에 간다구 오모테짐보초 난메이(南明)구락부에서 열린 학우회 망년회에는 약 350명이 참석하였는데, 각 회원들의 소감과 이종근, 서춘, 한치유 등의 연설이 있었다. 이어서 여흥으로 연극(희극)을 상연하였다는데 연극의 제목과 구체적 내용은 알 수 없다.[33)] 어쨌든, 매년

---

30) 위의 책, 181면.

31) 현상윤, 「동경유학생 생활」, 『청춘』 제2호, 1914.10, 431면.

32) 손성준, 한지형, 「투르게네프 소설 「그 전날 밤」의 극화와 문학장의 복수성」, 『동서비교문학저널』 제35호, 2016, 49~87면.

33) 朴慶植 編, 「極祕:大正7年5月31日 朝鮮人概況 第二(警保局保安課)」, 앞의 책, 66면, 74면.

연말에 이루어진 학우회의 망년회 여흥에서 연극 공연은 거의 빠지지 않고 진행된 프로그램의 하나였던 것으로 보인다.

1918년 12월 29일 동경 메이지회관(明治會館)에서 학우회의 망년회가 있었다.[34] 여흥에서 연극을 상연하였는데 이때 공연된 작품이 최승만의 〈황혼〉이었다. 최승만의 회고에 따르면, 망년회 연극 공연을 위한 각본을 써달라는 학우회 총무 백남규(白南奎)의 요청으로 할 수 없이 난생 처음 희곡을 써 본 것이 〈황혼〉이라는 것이다. 그는 하우프트만의 〈침종(沈鐘)〉이라는 연극을 어디선가 본 적이 있어서 그에 다소 암시를 받아서 〈황혼〉을 썼다고 했다.[35] 독일 자연주의문학 작가 하우프트만은 메이지 말기에 일본에서 번역, 소개되기 시작했다. 작가 도바리 지쿠후(登張竹風), 이즈미 교카(泉鏡花)가 1907년에 하우프트만의 희곡 〈침종(沈鐘)〉을 번역하였고[36], 연극으로는 게이주츠자에 의해 1918년 9월 도쿄 가부키자(歌舞技座)에서 공연되었다.[37] 최승만이 희곡 〈황혼〉을 1918년 12월 학우회 망년회를 위해 쓰는 과정에서 연극〈침종〉을 보고 참고했다고 한다면 아마도 그가 관람한 〈침종〉은 1918년 9월에 공연된 게이주츠자의 연극이었을 가능성이 매우 높다.

그밖에도 최승만은 같은 해 12월 하순에 감독부 기숙사 망년회의 연극 공연을 위해 대본을 써달라는 부탁을 받고 두 편의 희극을 써주었고, 기숙사 감독 쿠로키(荒木)의 대본 검열을 받고 공연하였다고 한다. 동경유학생 신홍우와 연학년이 능청스럽게 연기하여 기숙사 학생들에게 웃음

34) 朴慶植 編, 「極祕:大正9年6月30日 朝鮮人概況 第三(警保局保安課)」, 위의 책, 98면.
35) 최승만, 『나의 회고록』, 인하대출판부, 1985, 74~75면.
36) 나카무라 미쓰오, 고재석 김환기 역, 앞의 책, 269면.
37) 永嶺重敏, 『流行歌の誕生-〈カチュ　シャの唄〉とその時代』, 東京:吉川弘文館, 2010, 94면.

을 주었다고 한다.[38] 이러한 사실에 비추어 볼 때, 당시 유학생 망년회에서의 연극 공연은 학우회뿐만 아니라 다른 유학생 단체에서도 자주 있었던 것으로 보인다.

III. 동경유학생의 희곡과 자유연애 사상

1910년대 후반에 동경유학생들에 의해 근대문학 장르인 희곡이 창작된 데에는 1910년대 당시 일본의 급속한 신극의 발전과 성장, 유학생학우회를 비롯한 유학생단체의 여흥공간에서 연극공연 문화가 성립된 것에 큰 원인이 있을 것이다. 그러나 여기에는 유학생학우회의 문예창작을 주도한 유학생 이광수의 장르이론 제시도 하나의 중요한 역할을 했다고 보인다. 이광수는 희곡을 창작할 무렵 문학원론(文學原論)에 해당하는 논문 「文學이란 何오」를 『매일신보』(1916.12.10~23)에 발표하였다. 여기서 그는 자신의 문학관과 장르론을 개진하였는데, 희곡장르 인식과 자연주의, 사실주의 인식을 보여준다는 점에서 주목을 요한다. 그는 문학이란 서양인이 사용하는 문학이란 어의(語義)를 취한 것인데, 이는 서양의 Literature의 번역어임을 의미한다고 하였다. 즉, 그가 사용하는 '문학'이란 서구적 개념의 문학을 의미하는 것이다. 그는 문학은 사람의 사상과 감정을 기록한 것이며, 사람의 정(情)의 만족을 목적으로 삼는다고 하였다. 그런데 정(情)이라고 하는 것은 지(知)와 의(意)의 노예가 아니고, 독립한 정신작용의 하나이며, 정(情)에 기초한 문학은 정치, 도덕, 과학

38) 최승만, 앞의 책, 76면.

의 노예가 아니라고 하였다. 문학의 자율성을 강조함으로써 정치, 사상, 종교, 도덕으로부터 독립한 문학의 근대적 성격을 주장한 것이다. 더 나아가, 그는 문학은 현실에서 자유롭게 재료를 선택하고, 인간의 사상, 감정, 생활을 자유롭고 여실하게 묘사하는 것이라고 하였다.

이광수의 이러한 문학인식은 일본에서 근대 문학의 개념을 정립한 쓰보우치 쇼요(坪內逍遙)의 『소설신수(小說神髓)』(1885~86)로부터 받은 영향이 크다고 보인다. 특히 문학이 정(情)의 만족을 목적으로 한다는 규정이 그러한 사실을 뒷받침한다. 쓰보우치는 이 책에서 소설이 으뜸으로 삼는 것은 인정세태에 있는데, 소설의 주된 목표는 인정(人情)에 있다고 했다.[39] 인정세태를 그린 것이란 세태현실의 객관적 묘사, 재현을 의미하는 것인데, 이는 그의 자연주의 문학관에서 비롯된 것이다. 그는 소설은 자연과학과 마찬가지로 객관세계의 인과관계를 과학의 성과 위에서 서술해야 한다고 했다. 더 나아가 예술은 공리성으로부터 독립해야 한다고 주장했다. 그의 이러한 문학관은 당대 유럽의 자연주의 문학관에 상당히 근접한 것이었으며, 훗날 일본 자연주의 소설의 이론적 근거가 되었다.[40] 문학이 사람의 정의 만족을 목적으로 하며, 정은 지와 의의 노예가 아니고, 독립한 정신작용의 하나이며, 정에 기초한 문학은 정치, 도덕, 과학의 노예가 아니라고 주장한 이광수의 문학관은 쓰보우치 쇼요의 자연주의적 문학관에 기초하고 있다고 할 수 있다.

또 이광수는 문학의 종류에는 논문(평론), 소설, 극(희곡), 시가 있다고 하면서 독립된 문학 장르로서 극의 중요성을 강조하였다. 그는 극의

---

39) 쓰보우치 쇼요, 정병호 역, 『소설신수(小說神髓)』, 고려대학교 출판부, 2007, 29면, 61면.
40) 나카무라 미쓰오, 고재석 김환기 역, 앞의 책, 92~93면.

목적은 소설의 목적과 흡사한 것인데, 실지의 형상을 무대상에 공연하는 것이 극인데 관객에게 감명을 주는 것이 소설에 비해 더욱 깊다고 했다. 그는 무대 위에서 공연할 수 있게 쓴 대본을 가리키는 것이 극이라고 희곡 장르의 본질을 정확하게 인식했다. 「문학이란 하오」에 나타난 그의 이러한 적확한 희곡장르 인식이 그 자신으로 하여금 희곡 창작을 가능케 했던 것이다. 〈규한〉은 그의 희곡장르 개념을 본인 스스로 창작을 통해 시험해 본 시작(試作)의 성격이 강하다고 할 수 있다. 그리고 그의 이러한 희곡 시작은 학우회의 망년회 여흥(餘興) 공간과 더불어 당대 동경유학생들의 연극 공연과 희곡 창작의 의욕을 불러일으키는 촉진제 역할을 했던 것으로 보인다.

또 하나 주목할 점은 이광수, 최승만 등 당시 동경유학생들이 쓴 창작희곡이 하나같이 봉건적 결혼제도의 모순과 자유연애, 자유결혼 사상을 주제로 삼고 있다는 점이다. 이러한 주제의 공통점이 나타나는 이유는 무엇일까. 정확한 이유는 알기 어렵지만 이는 아마도 당시 동경유학생 자신들의 공통된 실존적 문제의식과 관련성이 있지 않을까 생각된다. 대체로 동경유학생들은 구식결혼의 희생자로 자신을 인식한다. 그들은 대개 일본 유학 전 조선에서 부모의 강압에 의해 근대적 교육을 받지 못한 구여성(舊女性)과 결혼한 기혼자인 경우가 많았다. 기혼자임에도 불구하고 그들은 일본에서 근대식 교육을 받은 신여성(新女性)들과 자유연애를 구가하면서 구여성과의 이혼, 신여성과의 결혼문제로 번민하는 사례가 많았다. 그들은 자신들의 실존적 고민이었던 구식결혼의 모순과 자유연애, 자유결혼의 주장을 평론과 희곡과 같은 문학의 형태로 발표하게 되는데, 이광수의 〈규한〉과 최승만의 〈황혼〉이 그러한 경우라고 할 수 있다.

1. 이광수의 〈규한〉

이광수는 희곡 〈규한〉을 발표할 무렵 평론 「혼인(婚姻)에 대한 관견(管見)」(『학지광』 제12호, 1917.4), 「혼인론(婚姻論)」(『매일신보』, 1917.11.21.~30), 「자녀중심론(子女中心論)」(『청춘』, 1918.9) 등을 통해 이러한 문제의식을 집요하게 표출하였다. 이광수는 이 평론들을 통해 자녀의 자유의사를 무시하고 전근대적 유교사상을 신봉하는 부모의 강압에 의해 강제적으로 이루어지는 구식결혼의 폐단을 통렬하게 비판하고, 자녀의 근대적 자유연애에 의한 자유결혼의 정당성을 역설하였다. 그는 「혼인론」에서 조선의 불행과 비극이 상당부분 가정과 부부관계에서 비롯되고 있다고 주장하면서 '혼인문제의 개량'이 조선에서 해결해야할 가장 긴급하고 중대한 문제임을 지적하였다.[41] 1910년대 『학지광』에 나타난 동경유학생들의 담론에서 개조론(改造論), 사회개조론이 큰 부분을 차지하고 있었는데, 이광수는 개조론을 개인, 가정의 문제로 치환시켜 전근대적 부모중심의 정혼(定婚)에서 개인의 자유의사에 의한 자유연애와 자유결혼이라는 연애와 결혼 제도의 개조를 역설하였다.

이는 이광수 자신이 처한 실존적 상황과도 밀접하게 관련이 있는 것이다. 그는 19세(1910년)에 고향 지인의 중매로 고향에서 백혜순(白惠順)과 결혼했으나 제2차 일본 유학 시기인 1917년(26세) 봄 유학생 모임에서 알게 된 동경여자의과대학생 허영숙(許英肅)과 연애에 빠져 이혼과 약혼문제에 관해 고민하게 된다.[42] 이광수를 비롯한 동경유학생들의 이

41) 이광수, 「혼인론」, 『매일신보』, 1917.11.21.~30. (『이광수전집(10권)』, 삼중당, 1971. 98면)

42) 노양환 편, 「춘원연보」, 『이광수전집(별권)』, 삼중당, 1971, 156~161면.

러한 자유연애, 자유결혼 사상은 당대 유학생들의 공통된 실존적 번민과 밀접하게 연관된 근대사상이었으며, 또 그들이 살았던 당대 일본 다이쇼 데모크라시시대 지식인들이 겪었던 보편적 문제의식이기도 했다. 다이쇼시대 일본의 지식청년들도 부모에 의해 강요된 구식결혼과 자유의사에 의한 자유연애, 자유결혼 사이의 갈등으로 인해 심한 고통을 겪었다. 이러한 연애와 결혼 문제로 인한 번민과 갈등으로 이혼, 가출, 자살, 정사(情死) 등이 사회문제가 되었다.[43]

다이쇼시대 자유연애, 자유결혼 사상의 유행 배경에는 부인운동가이자 교육이론가 엘렌 케이(Ellen Key)의 연애지상주의 사상이 커다란 영향을 끼쳤다. 특히 케이의 저서 『연애와 결혼』(1911)에 나타난 영육일치 연애론이 다이쇼시대 자유연애 사상을 지배했다는 것은 쿠리야가와 하쿠손(廚川白村)의 저서 『근대의 연애관(近代の戀愛觀)』(1922)에 잘 나타난다. 쿠리야가와는 근대는 영육합일의 일원적 연애관의 시대라고 강조하였다. 그는 연애가 소멸하면 그 결혼관계를 그만 두어도 괜찮다는 케이의 연애지상주의를 옹호하면서 사랑 없는 결혼 생활은 노예적 매음 생활이고, 매매결혼의 유풍(遺風)이라고 주장하였다.[44]

이광수의 자유연애론 역시 당대 사회를 휩쓴 엘렌 케이의 연애지상주의 사상으로부터 영향을 받았다. 1917년 『학지광』에 발표한 평론 「혼인에 대한 관견」에서 이광수는 '영육의 합치가 연애의 이상(理想)'이라고 주장하였다. 더 나아가 그는 "영과 영의 애착에 육과 육의 애착이 들어야 비로소 연애가 성립되는 것"이라고 하면서 "비문명적 연애는 오직 육의

김윤식, 『이광수와 그의 시대(2)』, 한길사, 1986, 576~598면.

43) 간노 사토미, 손지연 역, 『근대일본의 연애론』, 논형, 2014, 23~26면.

44) 廚川白村, 『近代の戀愛觀(再版)』, 東京:苦樂社, 1949, 17면, 26면.

쾌락을 갈구하는데 반하여, 문명적 연애는 이것 이외에 영적 요구가 있다"고 하였다.[45] 이광수의 자유연애, 자유결혼론은 당시 조선 본국의 관점에서는 말할 것도 없고, 동경유학생의 관점에서도 상당히 급진적으로 인식되었던 것 같다. 『학지광』제12호 편집후기에서 편집자는 「혼인에 관한 관견」이 이광수의 매우 고심한 평론인데, "사상이며 의견으로 말하면 우리나라에서 가장 새로운 것이오, 또 가장 득의한 의론(議論)이니 매우 애독할 문자(文字)인가 하노이다."[46]라고 그 사상의 진취성을 강조하였다.

실제로 비슷한 시기에 조선의 가정에 나타난 신구(新舊)사상의 갈등에 대해 논한 박승철(와세다대)의 평론 「우리의 가정에 재한 신구사상의 충돌」(『학지광』 제13호, 1917.7)과 비교해 읽어보면, 이광수 평론의 급진성을 알 수 있다. 박승철은 이 글에서 우리 가정의 기성세대가 아직도 낡은 사상에서 벗어나지 못하고 사서삼경과 중국역사서를 고집하고, 전근대적 관혼상제의 유습을 강요하고 있다고 비판하면서 "우리 가정의 전제(專制)도 두드려 부수고 가족이 공화(共和)될 것을 세워야 함이 가하다"고 주장하였다. 즉, 청년세대에 대한 기성세대의 전근대적 사상과 관습에 대한 강요를 비판하면서도 기성세대와 청년세대가 함께 평화롭고 민주적으로 공존하면서 신구사상의 충돌을 해결할 것을 요청하였다. 그는 "가정에 재하여 신구 양사상의 충돌을 피하려 하거든 우리 부형(父兄)되는 이는 구사상으로 신사상을 가진 우리 청년을 억제하려 하지 말며, 우리는 신사상으로 구사상을 가진 우리 부형에게 과도(過度)의 항거하지

---

45) 이광수, 「婚姻에 대한 管見」, 『학지광』 제12호, 1917.4, 30~31면.
46) 「編輯餘言」, 『학지광』 제12호, 1917.4, 60면.

말지로다."[47]라고 제안하였다. 가정 내의 구사상과 신사상의 충돌과 극복은 필요한 것이지만 청년들은 기성세대에게 과격하게 항거하지 않으면서 신사상의 확산을 지향하는 온건한 가정개조론을 주장하였다. 이에 비하면 이광수의 자녀중심론이나 혼인론은 기성세대가 지닌 구사상의 혁파, 철폐를 주장하는 급진적 가정개조의 이론이었다.

이광수의 희곡 〈규한〉은 이 시기에 자신의 다소 급진적인 자유연애 사상을 반영한 것이다. 그런데 특이한 것은 그의 희곡에서 주요 등장인물을 자신과 같은 근대적 교육의 영향을 받은 지식청년이 아닌 근대적 교육을 받지 못한 구여성으로 설정하고 있다는 점이다. 남편을 일본으로 유학 보내고 시부모를 모시고 사는 구여성 이씨는 유학생 남편 김영준으로부터 편지 한 장을 받는데, 그 편지는 이혼을 선언하는 내용이며 편지 내용을 전해들은 이씨는 그 충격으로 미치고 만다는 줄거리를 담고 있다. 구여성 이씨의 남편인 동경유학생 김영준은 무대에 등장하지 않고 편지를 통해 그의 목소리만 무대에 전달된다.

> 李 : 자유의사가 무엇이야요.
>
> 崔 : 나도 모르겠습니다. 평생 편지에는 모르는 소리만 쓰기를 좋아하것다. —**자유의사로 한 것이 아니오, 전혀 부모의 강제—강제, 강제—강제로 한 것이니 이 행위는 실로 법률상에 아모 효력이 없는 것이라**—.
>
> 李 : 그게 무슨 말이야요?
>
> 崔 : 글쎄요. 보아가노라면 알겠지.
>
> 老 : (응하고 입을 다시며 돌아앉는다) 응, 응.

---

47) 박승철, 「우리의 가정에 재한 신구사상의 충돌」, 『학지광』 제13호, 1917.7, 43면.

> 崔 : 아모 효력이 없는 것이라. 지금 **문명한 세상에는 강제로 혼인시키는 법이 없나니 우리의 혼인행위는 당연히 무효**하게 될 것이라. 이는 내가 그대를 미워하야 그럼이 아니라 실로 법률이 이러함이니 이로부터 그대는 나를 지아비로 알지마라. 나도 그대를 안해로 알지 아니할 터이니 이로부터 서로 자유의 몸이 되어 그대는 그대 갈대로 갈지어다. 나는— 아 이게 무슨 편지야요. (하고 중도에 편지를 놓는다)[48] (강조, 인용자)

문맹인 부인 이씨를 대신해서 최씨가 읽어준 편지에서 김영준은 "혼인은…자유의사로 한 것이 아니오. 전혀 부모의 강제로 한 것"이니 "이 행위는 실로 법률상에 아무 효력이 없는 것이라…문명한 세상에는 강제로 혼인시키는 법이 없나니 우리의 혼인행위는 당연히 무효하게 될 것이라"며 아내에게 일방적으로 이혼을 통보한다. 유학생 남편 김영준은 근대 법률제도를 기반으로 한 신사상을 내세워 아직도 구사상의 미망에서 벗어나지 못한 부모와 아내의 현재 삶을 송두리째 부정하는 냉정하고 폭력적인 태도를 보여준다. 신사상에 기반을 둔 그의 일방적 이혼통보가 구여성 아내뿐만 아니라 그의 부모와 형제들에게 커다란 충격을 준 것은 말할 것도 없다. 이는 신사상으로 구사상을 개혁하되 기성세대와 과격하게 항거하지는 말자고 주장했던 박승철의 논리와 큰 괴리가 있음을 알 수 있다. 이광수의 가정개조론이 '우리나라에서 가장 새로운 것'이라는 『학지광』 편집자의 표현은 그러한 급진성에 기반을 두고 있는 것이다.

영준의 이혼 통보에 나타난 자유연애 사상은 이광수가 당시 평론에서 주장한 급진적 가정개조론과 동궤를 이루고 있다. 그러나 흥미로운 것은

48) 이광수, 〈규한〉, 『학지광』 제11호, 1917.1, 42~43면.

자신의 주장을 발화하는 인물을 직접 무대에 등장시키지도 않았고, 또 그를 중심인물로 삼지도 않고, 그를 그다지 긍정적 인물로 그리지도 않았다는 점이다. 오히려 그로 인해 고통 받는 구여성을 주인공으로 내세워서 이혼 통보를 받고 미쳐가는 구여성의 비애와 한탄을 극의 중심내용으로 삼고 있다는 점이 독특하다. 희곡을 통해 필자 자신의 주의주장을 내세우기보다는 냉철하게 당대의 현실적 삶을 객관적으로 묘사하기 위해 이러한 서술전략을 사용했다고 해석할 수 있는 대목이다. 이를 1900년대 이래 일본 문단에서 유행했던 자연주의 희곡의 영향으로 볼만한 여지가 있다.[49] 아무래도 영준이 무대에 등장하면 작가 이광수의 대변인 역할을 하게 될 가능성이 높다. 이광수는 희곡 〈규한〉을 쓸 무렵에 문학원론 성격의 논문 「문학이란 하(何)오」(『매일신보』, 1916.12.10.~23)를 발표하였던 바 이 글에서 희곡 장르의 성격을 분명하게 인식하고 있음을 보여주었다. 극이라는 장르는 연극 공연을 위한 대본으로 씌어진 문학이라는 점을 확고하게 인지하고 있었기에 작가의 대변자를 무대에 내세워 계몽적 설교를 하는 방식이 극 장르에서 바람직하지 않다고 인식한 것으로 보인다. 무대에서 등장인물이 진행하는 자연스러운 대화와 행동을 통해 당시의 실제 삶을 반영하는 것이 극 장르라고 생각했기에 작가의 대변자 성격의 인물 김영준을 등장시키지 않고 대신 편지 형식을 통해 그의 목소리만 무대에 전달하는 방식을 택한 것으로 생각된다.

49) 김재석, 「〈규한〉의 자연주의적 특성과 그 의미」, 『한국극예술연구』 제26집, 한국극예술학회, 2007, 41~72면 참조.

2. 최승만의 〈황혼〉

최승만의 〈황혼〉은 앞서 언급한 대로 1918년 12월에 동경조선유학생 학우회의 망년회에서 상연된 대본이다. 희곡이 실린『창조』창간호 편집 후기에서 문예지 창조의 동인인 최승만은 "희곡 〈황혼〉은 금번 학우회 망년회에 실연(實演)하였던 것이외다. 작자는 총망(悤忙)중 생각나는 대로 쓴 것"[50]이라고 밝혔다. 학우회 총무로부터 학우회의 망년회 연극공연에 사용할 대본창작을 청탁받고 급하게 쓴 희곡이 〈황혼〉이라고 말한 회고록의 증언내용과 일치함을 알 수 있다.[51] 〈황혼〉은 〈규한〉과 마찬가지로 구여성과의 이혼, 신여성과의 자유결혼이라는 유사한 주제를 다루고 있다. 〈규한〉과 다른 점이라고 하면 근대적 지식청년 김인성(金仁成)이 직접 등장한다는 점, 김인성 이외에 구여성과 신여성 등 신구사상 갈등의 이해당사자가 모두 무대에 등장한다는 점이다. 따라서 〈규한〉과 달리 〈황혼〉은 신구사상 갈등의 양상을 무대 위에 직접적으로 표출하고 있다는 점에서 〈규한〉보다 극적 갈등의 요소가 강하다.

김인성은 자유연애, 자유결혼의 정당성을 주장한다는 점에서 〈규한〉의 동경유학생 김영준과 유사한 인물이다. 김인성 역시 어린 시절에 부모가 정혼해준 구여성과 결혼하였으나 애정 없는 결혼생활에 적응하지 못하고 신여성 배순정과 연애를 하며 결혼을 계획한다. 〈황혼〉은 1막은 김인성의 서재, 2막은 공원, 3막은 김인성의 가정, 4막은 배순정의 집, 모두 4막으로 구성되어 있다. 실제 단막극 정도의 공연분량을 갖고 있으나

50) 「남은 말」,『창조』제1호, 1919.2, 81면.
51) 최승만, 앞의 책, 74~75면.

4막으로 구성한 것을 보아도 연극과 희곡에 대한 지식이 부족한 상태에서 창작되었음을 알 수 있다. 이 극의 막은 장면(Scene) 정도에 해당한다고 보면 적절하다. 1막에서는 김인성이 신여성 배순정과 결혼하기 위해 본부인과의 이혼문제를 고민하면서 친구와 대화를 나누는 장면이다. 이러한 고민을 듣고 친구(안광식)는 청년들의 잦은 이혼문제로 사회의 비난을 받는 현실을 말하자 김인성은 사회적 비난으로 개인의 문제가 희생될 수 없다고 주장한다. 2막은 공원에서 만난 김인성과 배순정의 대화 장면이다. 김인성은 낡은 사회를 파괴하고 새로운 사회를 창조해야 하며, 자신도 새로운 생활을 시작하기 위해 부모에게 이혼을 주장하겠다고 결심한다. 3막은 김인성의 집에서 김인성이 이혼문제로 부모와 논쟁을 벌이는 장면이다. 김인성의 부모는 이혼을 만류하며 전근대적 유교사상에 근거해 '효'(孝)를 강조하면서 자식의 결혼문제는 부모의 정혼(定婚)결정에 자식이 순종하면 되는 것이라고 주장하고, 김인성은 이에 반발하며 당사자의 "철저한 이해와 열렬한 사랑"이 없는 결혼은 '참 혼인'이 아니라면서 반대하고 집을 뛰쳐나온다.

> 金 : 제 말씀을 그래도 못 알아 들으셨습니다. 혼인이라고 하는 것은 딴 사람이 못하겠죠. 당사자 이외에는. 제가 일평생을 같이 살 것을 어떻게 남이 정합니까? (…) 참 혼인을 하려면 두 사람 사이에 원만한 이해와 열렬한 사랑이 있어야 하지요. 두 사람이 철저하게 이해하고 열렬한 사랑이 있어야 하죠. 이것이 없는 혼인이라면, 벌써 이것은 참 혼인이 못되겠지요.
>
> (중략)
>
> 母 : 아이구 너도 망측한 소리두 한다. 제 혼인을 제가 어떻게 정한단 말

이냐. 서양국에서는 모르겠다마는 우리 조선풍속으로야 그런 일이 어디 있니!

父 : 이놈아 혼인을 정하려면 네가 정해야 하고 네가 응낙을 해야 된단 말이야! 너 소학(小學)을 무엇을 배웠니! 父命呼어시는 唯而不諾이란 말도 어찌 아니하냐. 애비가 무엇이라 하면 네! 할뿐이지 말이 무슨 말이냐. 그런 불경스러운 말을 어떤 놈한테 들었니![52]

그는 "혼인이란 것은 같이 살 사람끼리 정해야 될 것이구요. 부모라도 말할 권리가 없는 줄 압니다."라면서 구여성과의 이혼을 반대하는 자신의 부모에게 맞선다. 그리고 "참 혼인을 하려면 두 사람 사이에 원만한 이해와 열렬한 사랑이 있어야 하지요. (…) 이것이 없는 혼인이라면, 벌써 이것은 참 혼인이 못되겠지요."라며 자유연애론을 주장한다. 김인성의 이러한 주장은 결혼당사자의 주체적 의사결정에 의한 자유연애, 자유결혼을 강조하는 이광수의 평론 내용과 맥락을 같이 할 뿐 아니라 엘렌 케이의 『연애와 결혼』에 나타난 연애지상주의, 쿠리야가와 하쿠손의 『근대연애론』에 나타난 영육합일의 연애론과 동궤를 이루는 것이다.

그러나 〈황혼〉의 주인공 김인성은 자신의 뜻대로 구여성과 헤어지고 신여성과 결혼생활을 하게 되지만 행복하지 못하다. 4막은 가출한 김인성이 배순정의 집에서 배순정과 결혼생활을 하는 장면이다. 그는 원하는 대로 신여성과 함께 결혼생활을 하지만 죽은 본부인의 혼령이 자꾸 나타나 신경쇠약에 걸려 고통 받다가 자살하고 만다. 이러한 결말을 어떻게 해석해야 할까. 자유연애의 당위성을 주장했지만 구여성과의 이혼에 대

52) 최승만, 〈황혼〉, 『창조』 제1호, 1919.2, 11~12면.

한 죄의식의 발로로 볼 수도 있을 터이지만, 최승만이 말한 대로 〈황혼〉의 창작과정에서 참고했다는 하우프트만의 〈침종〉의 영향이 큰 것으로 보는 것이 타당할 것이다. 특히 〈황혼〉은 〈침종〉의 인물 및 서사구성, 주제 등에서 많은 영향을 받았다. 희곡에 대해 특별한 지식을 갖지 못하고, 한 번도 써본 적이 없는 최승만은 자신이 관람한 1918년 9월 게이주츠자의 연극 〈침종〉[도쿄 가부키자(歌舞伎座) 공연]에 크게 의존한 것으로 보인다.

그러면 게르하르트 하우프트만(Gerhart Hauptman)의 〈침종(Die Versunkene Glocke)〉(1896)은 어떤 작품인가. 독일 자연주의가 하우프트만에 의해 세계적 위치에 도달하였으며, 반대로 자연주의 문학에 의해 하우프트만이 대문호(大文豪)의 지위에 오르게 되었다는 평가를 받을 만큼 하우프트만은 독일 자연주의 문학을 대표하는 극작가이자 소설가로 알려져 있다.[53] 하우프트만의 출세작이자 독일 자연주의 문학의 선구적 작품인 〈해뜨기 전(Vor Sonnenaufgang)〉(1889)이나 독일 슐레지엔 지방의 직조공들의 비참한 현실을 묘파한 〈직조공들(Die Weber)〉(1892)이 그의 대표적인 자연주의 희곡이다.[54] 그러나 자연주의 작가라는 선입견과 달리 그는 몽환(夢幻)문학, 상징주의, 낭만주의 경향의 작품을 쓴 작가로도 유명하다. 몽환극이라고 불려지는 〈한넬레의 승천(Hanneles Himmelfart)〉(1893), 그리고 우화적 신낭만주의극으로 평가

53) 박찬기, 『독일문학사(개정신판)』, 일지사, 1988, 378면.

54) 〈해뜨기 전〉은 1889년 10월에, 그리고 〈직조공들〉은 1893년 2월에 각각 베를린 자유극장에서 초연되었다. 〈해뜨기 전〉의 상연은 독일 근대극의 시작을 의미하는 것이었고, 〈직조공들〉은 초연 이후 상연금지 되었다가 1894년부터 3년간 300회의 상연기록을 달성할 만큼 인기를 누렸다. (박찬기, 위의 책, 380~384면)

되는 〈침종〉(1896) 등이 그러한 경향에 속하는 작품이다.[55)]

〈침종〉은 작품 제목 밑에 '독일풍(獨逸風)의 동화극(童話劇)'이라는 부제(副題)가 붙어 있는 것으로 보아서 토속적이고 낭만적인 동화극을 추구한 작품이라 할 수 있다.[56)] 〈침종〉에서 주인공은 주종사(鑄鐘師) 하인리히다. 그는 자신이 살고 있는 기독교적 인간 세계의 번영을 위해 절벽 위의 교회에 거대한 종을 만들었으나 기독교와 인간 세상을 시기하는 요정들이 하인리히가 만든 종을 절벽에서 떨어트려 호수 밑으로 가라앉게 해버린다. 이에 절망과 실의에 빠진 하인리히를 소녀 요정 라우텐데라인이 위로하고 격려해준다. 라우텐데라인에게 힘을 얻은 하인리히는 가족을 버리고 마을을 떠나 산속 세계로 들어가 요정 라우텐데라인의 사랑을 받으며 신비한 종을 만드는 작업에 몰두한다. 교회와 인간 세계를 위한 것이 아니라 자신만의 이상적인 종을 만들고자 한다. 목사와 마을 사람들은 하인리히를 만류하고 마을로 데려가려고 하지만 하인리히는 끝내 거절한다. 그러나 남편의 버림을 받고 자살한 아내 주더만의 눈물에 의해 호수에 빠진 종이 소리를 내게 되자 하인리히는 죄책감에 빠져 라우텐데라인을 버리고 다시 마을로 돌아온다. 실의에 빠져 인간 세계에서도 정착하지 못한 하인리히는 다시 라우텐데라인을 찾아서 요정 마을로 오지만 그녀는 이미 다른 요정과 결혼한 상태이다. 하인리히는 라우텐데라인의 사랑을 갈구하면서 그녀의 품에 안겨 죽어간다.[57)]

---

55) 프리츠 마르티니, 황현수 역, 『독일문학사』, 을유문화사, 1989, 139~141면.

56) ハウプトマン作, 阿部六郎譯, 『沈鐘』, 東京:岩波書店, 1934면 참조. 그러나 〈침종〉의 국내 번역본인 서항석 번역의 〈침종〉(5막)(서항석, 『耿岸 서항석전집(2)』, 하산출판사, 1987)에는 이러한 부제가 생략되어 있다.

57) 하우프트만, 서항석 역, 〈침종〉(5막), 『耿岸 서항석전집(2)』, 하산출판사, 1987, 549~588면.

희곡 〈침종〉에서 호수에 잠긴 종은 구도덕(구사상)을 상징하고, 라우텐데라인과 사랑에 빠져서 하인리히가 만들고자 한 신비로운 종은 신도덕(신사상)을 상징하는 것이다. 그러니까 이 작품은 신도덕, 신사상에 대한 동경을 갈구했으나 실패한 하인리히의 이야기를 통해 이상을 추구했으나 초인(超人)이 되기에 너무 나약한 한 인간의 좌절을 그린 것이라 해석할 수 있다.[58] 그런 관점에서 보자면 〈침종〉의 영향을 받고 씌어진 〈황혼〉에서 김인성이 구습에 의해 구여성과 결혼생활을 한 것은 구도덕, 구사상을 의미하고, 김인성이 집을 나와 배순정과 자유연애를 바탕으로 새로운 결혼생활을 한 것은 신도덕, 신사상의 반영인데, 신도덕, 신사상을 갈구한 주인공 김인성이 의지의 박약함으로 패배하고 좌절하는 이야기라고 볼 수 있다.

하우프트만의 〈침종〉은 1918년 9월 도쿄 가부키자에서 게이주츠자에 의해 상연되었고, 최승만은 이를 본 경험을 바탕으로 1918년 12월 학우회 망년회의 공연 각본을 써달라는 의뢰를 받고 희곡 〈황혼〉을 쓰게 되었다. 그는 자신의 고백대로 〈침종〉의 영향을 받고 〈황혼〉을 썼다. 〈침종〉의 주인공 주종사 하인리히는 〈황혼〉의 주인공 청년 김인성에 해당하고, 〈침종〉의 하인리히를 사랑하는 요정 라우텐데라인은 〈황혼〉의 신여성 배순정에 해당한다. 그리고 〈침종〉의 하인리히에게 버림받고 자살한 부인 주더만은 〈황혼〉의 김인성의 구여성 본처에 필적하고, 〈침종〉에서 하인리히에게 요정과 헤어지고 인간 세계로 돌아오라고 설득하는 목사는 〈황혼〉에서 신여성과 결별하고 가정으로 돌아오라고 설득하는 김인

58) 서항석, 「희곡 〈침종〉」(『동아일보』, 1931.07.27.)(서항석, 『耿岸 서항석전집(4)』, 하산출판사, 1987, 1704면)

성의 부모에 필적하는 인물이다. 이러한 관점에서 〈침종〉의 주제의식을 유추해서 〈황혼〉의 주제를 다시 해석한다면, 전근대적 구도덕에 저항해서 구여성 본처를 버리고, 신여성과의 자유결혼을 통해 근대적 신도덕을 추구하려고 했으나 의지의 박약으로 실패한 근대적 지식청년 김인성의 좌절을 그린 것이라고 볼 수 있다.

Ⅳ. 2·8독립운동과 이광수, 최승만, 그리고 근대희곡 : 결론을 대신하여

한국 근대희곡의 탄생과정에서 중요한 역할을 한 이광수와 최승만에게는 공통점이 매우 많다. 동경유학생학우회 핵심회원이라는 점, 학우회의 기관지 『학지광』의 주요 필진이자 편집위원이라는 점, 시, 소설, 희곡 등 문학을 창작했다는 점, 동경에서 발행된 문예지 『창조』의 동인(同人)이었다는 점, 그리고 2·8독립운동에 적극 가담했다는 점이다. 이광수는 1916년 3월4일에 발행된 『학지광』 제8호의 편집 겸 발행인이었고, 최승만은 『학지광』의 주요 필진 중 한 명이었으며, 『학지광』 제3호, 제4호(편집 겸 발행인 신익희)의 인쇄인이었던 최승구(崔承九)는 그의 사촌형이었다. 이광수와 최승만이 『학지광』에 발표한 글은 다음과 같다.

孤舟(이광수), 「공화국의 멸망」, 『학지광』 제5호, 1915.5.

이광수, 「천재야! 천재야!」, 『학지광』 제12호, 1917.4.

이광수, 「혼인에 관한 관견」, 『학지광』 제12호, 1917.4.

孤舟(이광수), 「25년을 회고하여 愛妹에게」, 『학지광』 제12호, 1917.4.

이광수, 「졸업생 제군에게 드리는 懇告」, 『학지광』 제13호, 1917.7.

최승만, 「구하라」, 『학지광』 제13호, 1917.7.

이광수, 「우리의 이상」, 『학지광』 제14호, 1917.12.

春園(이광수), 「극웅행」, 『학지광』 제14호, 1917.12.

외배(이광수), 「지사론적 진화론」, 『학지광』 제16호, 1918(압수)

極熊(최승만), 「露西亞 스켓취」, 『학지광』 제16호, 1918(압수)

이광수, 「숙명론적 인생관에서 자력론적 인생관에」, 『학지광』 제17호, 1918.8.

極熊(최승만), 「돈」, 『학지광』 제17호, 1918.8.

極熊(최승만), 「識者階級의 각성을 요함」, 『학지광』 제18호, 1919.1.(판권지 낙장, 추정)

최승만, 「相助論」, 『학지광』 제19호, 1920.1.

『학지광』은 현재 제1, 2호는 전해지지 않으며 제7, 8, 9호는 연속 발매금지를 당했고, 제16호는 압수당했지만 그 목차는 제17호에 전해지고 있다.[59] 이광수는 대체로 1917~18년 사이에 왕성하게 기고하였고, 최승만은 수적으로 많지는 않지만 1917~1920년간에 꾸준하게 글을 발표하였다. 대개 1917~1918년 사이에 두 사람은 『학지광』에 글을 투고하면서 함께 활동하였음을 알 수 있다. 이를 통해 두 사람은 개인적 친분도 꽤 있었던 것으로 보인다. 그 증거가 다음과 같은 시다.

仙女도 간 곳 없고 極光도 사라지고
보-얀 눈바래 쩡쩡하는 얼음 소리

59) 구장률, 「『학지광』, 한국근대지식패러다임의 역사」, 『근대서지』 제2호, 2010, 127면.

차디찬 北極 밤은 영원히 긴 듯한데
큰 눈을 뒤룩뒤룩 쭈구리고 앉젓는
極熊의 心臟만 똑…딱, 똑…딱
따뜻한 피 한줄기 돌…돌…돌[60)]

이광수는 시 「극웅행(極熊行)」을 지어서 『학지광』 제14호(1917.12)에 발표했다. 이 시는 당시 조선민족이 처한 현실을 춥고 막막한 북극(北極)에 비유했고, 북극의 극한 상황에서 살아남아 생명을 유지하는 북극곰(極熊)을 조선의 지식청년에 유비(類比)하고자 했던 것으로 보인다. 그런데, 흥미롭게도 극웅(極熊)이 최승만의 아호(雅號)라는 점을 분명히 알고 있는 이광수가 「극웅행」이라는 제명(題名)의 시를 썼다는 점이다. 더 흥미로운 점은 4년 뒤에 최승만도 〈극웅행(極熊行)〉이라는 같은 제목의 시를 지어 문예지 『창조』에 발표하여 이에 화답하였다는 사실이다.

가끔 보는 고은 햇빛
地球 끝(極)에서 떠오르는
햇빛 줄기 — 極光은
엇지나 燦爛하고 美麗한지!

이것을 볼 때마다, 나는
기쁨을 못 이겨서
길길이 뛰며 단스한다.
다른 世界에서 볼 수 없는

60) 이광수, 「極熊行」, 『학지광』제14호, 1917.12, 75면.

햇빛 줄기 — 極光.[61]

대강 보아도 이광수 시에 대한 화답시(和答詩) 형식으로 썼다는 것을 한눈에 알아 볼 수 있다. 이광수의 시상(詩想)을 이어받아 최승만은 극한 상황에서 한 줄기 희망을 놓지 않으려는 북극곰의 몸부림을 강조했다. '북극'이라는 어둡고 막막하고 절박한 상황을 북극에, 그리고 그러한 상황 속에서 삶을 지탱하고 몸부림치는 '북극곰'을 식민지 지식청년으로 은유하는 시도는 이광수나 최승만이 모두 동일했음을 알 수 있다. 두 사람 모두 '북극'같은 절박한 식민지 현실을 인고(忍苦)하면서 장차 이를 타개할 강인한 '북극곰'이 되기를 꿈꾸고자 하였음을 짐작할 수 있다.

두 사람은 3·1운동의 도화선 역할을 한 2·8독립운동에서도 핵심적 역할을 했다. 이광수는 '조선독립청년단(朝鮮獨立靑年團)' 명의로 발표된 '독립선언서(獨立宣言書)'(일명, 2·8독립선언서)를 직접 작성하고, 영어로 번역해서 해외언론에 이를 널리 알리는 역할을 했다. 그리고 그는 선언서를 발표한 조선독립청년단 대표자 명단에 최팔용, 김도연, 김철수, 백관수, 윤창석, 이종근, 송계백, 최근우, 김상덕, 서춘 등과 함께 이름을 올렸다.[62] 조선독립청년단 대표자들은 대부분 일경(日警)에 체포되어 실형을 선고받았다. 1심에서 주모자급인 최팔용, 서춘은 금고(禁錮) 1년, 김도연, 김철 등은 금고 7~9개월 처분을 받았다.[63] 선언서 집필자이자 영어판 번역자 이광수는 피하라는 주위의 권고를 받아들여 2·8독립선언

61) 극곰(최승만),「極熊行」,『창조』제9호, 1921.12, 34면.
62) 朴慶植 編,「極祕:大正9年6月30日 朝鮮人槪況 第三(警保局保安課)」, 앞의 책, 101~103면.
63) 朴慶植 編, 위의 책, 100면.

직전인 1919년 2월5일에 동경을 벗어나 중국 상하이로 망명하였다.[64)]

한편, 최승만은 2·8독립운동 과정에서 히비야공원(日比谷公園) 등에서 약150여명의 유학생들과 함께 조선독립청년단 취지서, 독립청원서 등을 배포하면서 시위를 벌이는데 주동적 역할을 담당한 혐의로 변희용, 최재우, 장인환 등과 함께 체포되어 구류 처분을 받았다.[65)]

당시, 일본 경찰 경보국(警報局) 보안과(保安課)는 동경유학생들의 동향을 철저하게 감시, 관리하고 있었다. 동경유학생들의 정치 성향의 과격성에 따라 급진파, 점진파로 나누고, 점진파를 다시 연파(軟派)와 중립파(中立派)로 구분하였다. 그리고 각 등급 내에서 다시 사상 정도에 따라 갑호(甲号)와 을호(乙号)로 구분하였다. 이에 따르면, 최승만은 가장 급진적인 독립운동 그룹인 '급진파 갑호'로 분류되었다.

a. 급진파의 중심인물

최승만(갑호), 강종섭(갑호), 변희용(갑호), 정태성(갑호), 임원근(갑호), 장영규(갑호), 김하기(갑호), 원달호(갑호), 김안식(갑호), 박순옥(갑호)

b. 점진파의 중심인물

백남훈(갑호), 박석윤(갑호), 유억겸(갑호), 김환(갑호), 박정근(을호), 고지영(갑호), 임종순(갑호), 민병세(갑호)

연파(軟派)

64) 김윤식, 『이광수와 그의 시대(2)』, 한길사, 1986, 616면.
65) 朴慶植 編, 앞의 책, 같은 곳.

임세희(을호), 이규원(갑호), 황석우(갑호), 남궁염(갑호), 최재우(갑호), 홍재룡(갑호)[66] (강조, 인용자)

독립선언서를 작성, 번역하고 상하이로 망명한 이광수 역시 (급진파) 갑호에 해당되었음은 물론이다. '2·8독립선언서'에 조선청년독립단 대표로 서명한 인물들 중에 일본 경찰은 요시찰 조선인으로 이광수를 비롯해 송계백, 최팔용, 김철수, 김도연, 서춘 등은 갑호로 분류하였고, 이종근, 최근우, 백관수, 윤창석 등은 을호로 분류하였다.[67]

조선유학생학우회의 핵심인물이며, 기관지 『학지광』 편집 및 집필진이며, 문예지 『창조』 동인이며, 2·8독립운동의 적극 가담자였던 이광수와 최승만이 연극과 희곡에 관여하게 된 것은 매우 흥미롭다. 물론 앞에서 살펴본 것처럼 여기에는 「문학이란 하오」라는 조선 최초의 근대적 문학원론을 발표한 이광수의 희곡장르에 대한 자각과 희곡창작에 대한 자기실험, 그리고 우연치 않게 학우회의 망년회 연극대본을 청탁받고 난생 처음 희곡을 쓰게 된 최승만의 어려움을 회피하지 않는 도전정신이 한국 초창기 근대희곡의 창작을 가능케 했을 것이다. 그 바탕에는 당대 일본 문단, 연극계에 자연주의 문학과 연극이 유행했던 배경과 분위기, 그리고 메이지시대 이래 계몽적 지식청년이 자신들의 정치, 사회사상을 강연회, 웅변회, 연설회, 연극 공연 등을 통해 선전, 전파하려고 했던 청년문화의 분위기도 상당 부분 작용했을 것이다.

어찌 되었든 한국 근대희곡의 실마리가 당대 식민지 조선의 최대 지식

66) 朴慶植 編, 위의 책, 86~87면.
67) 김성식, 『일제하 한국학생 독립운동사』, 정음문고, 1974, 62면. 김윤식, 앞의 책, 614~615면.

인집단이 집합해 있던 일본 동경에서 유학생들의 학우회 망년회의 여흥 공간과 잡지(기관지, 문예지)에서 싹텄다는 사실은 분명한 것 같다. 그들은 낙후된 식민지 조선에서 미처 접하지 못했던 당대의 선진적 근대문화의 하나였던 연극과 극장문화를 일찍 접촉할 수 있었다. 학우회 망년회의 여흥 공간은 문자 그대로 여흥의 공간이면서 동시에 동경조선유학생들의 문예활동, 문화운동 공간이기도 했다. 1910년대 동경유학생들에 의해 이루어진 잡지 활동, 연설회, 웅변회, 강연회, 체육대회, 망년회 여흥 공간으로서의 연극 공연 등은 넓은 시각에서 보면 당시 동경유학생들의 민족운동으로서의 문화운동의 맥락을 갖는 것이었다. 특히 유학생단체의 여흥 공간에서의 연극 공연은 하나의 오락 활동인 동시에 문화운동이었음은 당연한 일이다. 동경유학생 연극과 희곡의 창작주체인 이광수와 최승만의 당시 유학생학우회 활동이 그러한 점을 시사해주고 있다.

기미(己未)를 사유하는 기표(記標) - 적대적 주체의 탄생

: 토월회와 종합예술협회의 초기 러시아번역극

김우진

Ⅰ. 미완의 혁명과 식민의 트라우마

기미년의 경험을 통해 체득된 자각의 요구는 "연극 운동을 통한 민중교화"[1]의 층위에서도 꾸준히 지향되고 있었다. 이는 초성(焦星)이 번역 및 연출한[2] 「번쩍이는 문(The Glittering Gate)」(1909)의 서사가 "조선과 유사 사례라는 협의되지 않은 관념"[3]속에서 일종의 감상적

1) 김우진, 「所謂近代劇에 대하야」, 『學之光』, 1921, 71면.

2) 애란(愛蘭)의 젊은 시인(詩人) 던세니 경(卿)의 작(作)으로 김초성(金焦星)씨(氏)의 번역(飜譯)한 일막극(一幕劇)이외다. 「東亞日報」, 1921.07.27. 초성이 연출한 대본은 전하지 않지만 마쓰무라(松村みね子)가 번역한 「光明の門」이 필사형태로 유고집 가운데 끼어있는 점으로 미루어 참고한 것으로 추정된다. 서연호, 『우리연극 100年』, 현암사, 2000, 75면.

3) 이상우, 「극예술연구회에 대한 연구」, 『한국극예술연구』 7, 1997, 95~135면. ; 이승희, 「조선문학의 내셔널리티와 아일랜드」, 『민족문학사연구』 28, 2005, 69면. ; 김우진, 「입센극 인형의 집 수용과 노라를 바라보는 남성 인텔리의 시선에 관한 소론」, 『동서비교문학저널』 46, 2018, 51면.

(sentimentalism)기표로 전유되는 관점을 통해 문제적으로 인지되었던 사례와 같은 맥락에서 접근 될 수 있다. 이러한 연대는 개인을 집단으로 융합해버리는 형상으로 이행되며 파시즘적 공동체관을 내재하는 과정이기도 하다.

1920년대 국외로부터 식민지 조선에 수용된 대부분의 번역극들은 시대의 불안을 직시하고 있었다. 레퍼토리의 선정에 있어 강렬하게 각인되었던 "3·1운동은 창작주체의 이념이나 소속된 단체의 성격과는 별개의 층위에서 연극이 계몽과 자각을 마중하기 위한 계기로 이어지길 갈망"(「同友會의 巡廻演劇」, 『東亞日報』 1921.07.03.)하게 했다. 기미년 이후의 사회는 계몽의 가치를 극장에서 찾고 있었던 것이다. 극예술협회와 토월회를 비롯한 근대극 창작 주체들은 영국으로부터의 독립을 눈앞에 둔 "아일랜드 극을 통해 신파와 차별되는 측면을 인식"[4]했고 한편으로 사회의 구조적인 모순을 폭로하거나 인간내면의 나약함과 불(不)이해를 사실적으로 그린 러시아 사실주의연극을 통해서는 식민지 현실의 모순과 인간에 대한 비판적 자각을 할 수 있는 계기를 마련하고자 했다.

기미를 사유하는 기표의 측면에서 본고는 1920년대 토월회와 종합예술협회의 창립공연 레퍼토리였던 주요 러시아 사실주의 연극에 주목한다. 이는 작품에 덧씌워진 협의되지 않는 관념과 동질적 감각으로서 뿐만 아니라 이로부터 출발한 "투사물의 결과가 관객 전유의 층위에서 촉발되는 연극적 가치"[5]를 발견하고자 하는 의지이기도 하다. 무대 위에 투

4) 아일랜드 효과는 식민지조선의 과잉반응으로 연극의 가치를 높이 평가하는 관객들의 민족적 동질감과 우호적 가치가 그 배경에 있다. 김재석, 「1920년대 식민지조선의 아일랜드극 수용과 근대극의 형성」, 『국어국문학』 171, 2015, 411면.

5) 김지연, 「근대의 속도와 공포의 체험」, 『현대문학이론연구』 42, 2010, 275면.

사되는 기표는 은유되거나 연출가가 의도한 방식을 통해 일상을 환기시킬 수 있다.

아일랜드 극의 수용에 관한 선행연구 사례들에 비해 "상대적으로 식민지 조선에서 상연된 러시아 연극에 관한 연구"[6]는 충분히 이뤄지지 못했다. 사실주의의 수용 및 영향론적 관점에 집중된 그간의 선행연구는 이 시기 선정된 러시아 연극이 지닌 다채로운 해석을 제한하고 한정하는 틀로 기능해왔다. 박승희를 비롯한 구성원과 현철(玄哲) 등이 규합한 태양극장(太陽劇場)시기까지 살펴도 "토월회가 공연한 작품(創作劇89篇, 飜譯劇22篇)가운데 번역극으로는 러시아 극이 꽤 많이 공연"[7]되었다. 또한

---

6) 번역극에 대한 평가는 대체로 토월회를 중심으로 홍해성과 김우진의 의견에 기대는 편이다. 가령 신극운동의 선구적 역할을 하기는 했으나 비속화된 서양근대극을 소개하는데 그쳤다는 평가가 그러하다. 이두현, 『韓國新劇史硏究』, 서울대출판부, 1981, 126면. 이외의 관련 연극사적 선행연구 및 수용 문학적 접근에 대해서는 신정옥, 「러시아 劇의 韓國受容에 관한 硏究」, 『인문과학연구논총』 8, 1991, 13~56면. ; 문석우, 「문학을 통한 東洋과 西洋의 만남」, 『세계문학비교연구』, 1996, 313~314면. ; 김방옥, 「韓國演劇의 寫實主義的 演技論 硏究」, 『한국연극학』 22, 2004, 147~214면. ; 김소정, 「1920年代 韓國과 中國의 러시아小說 受容樣相에 관한 比較考察」, 『동서비교문학저널』 38, 2016, 7~32면. ; 안숙현, 「톨스토이의 小說 復活의 飜案脚色硏究」, 『동서비교문학저널』 42, 2017, 121~149면.

7) 1880-1919 : 38편, 1920-1929 : 159편, 1930-1939 : 91편, 1940-1949 : 46편으로 러시아극은 영국 다음으로 조선에 가장 많이 번역되고 있었다. 김병철, 『韓國近代飜譯文學史硏究』. 을유문화사, 1988, 412~413면. 또한 토월회의 경우 톨스토이(Lev Nikolayevich Tolstoy)의 「부활(Воскресение)」 혹은 「카츄샤(Katyusha)」, 그리고 「산송장(живой труп)」등을 통해 「熊」 이후 꾸준한 러시아 번역극의 공연 레퍼토리를 유지해 왔다. 무엇보다 「부활(Воскресение)」은 『靑春』에 「갱생(更生)」(1914)으로 소개된 이래 통속화된 이본(異本)을 통해 끊임없이 선별된 서사구조를 취해 왔다. 권보드래, 「少年과 톨스토이飜譯」, 『한국근대문학연구』 12, 2005, 63면. ; 박진영, 「한국에 온 톨스토이」, 『한국근대문학연구』 23, 2011, 193면. ; 윤민주, 「劇團 藝星座의 카추샤 公演硏究」, 『한국극예술연구』 38, 2012, 11면. ; 우수진, 「舞臺에 선 카츄샤와 飜譯劇의 登場」, 『한국근대문학연구』 28, 2013, 409면. ; 「카츄샤 이야기」, 『한국학연구』 32, 2014, 209면.

토월회 이후 1927년 7월 연학년(延鶴年)을 중심으로 꾸려진 프로 경향의 단체 종합예술협회의 창립 공연 역시 러시아 작품이 채택되고 있다. 이 과정에서 스타니슬라브스키(Станислáвский)방식의 사실적 무대재현과 핍진성의 추구는 입센의 사실주의만큼이나 이 시기 관객에게 "계몽을 위시한 대중적 공감"(「로국문호(露國文豪)의 걸작(傑作)으로 종합예술(綜合藝術)의 개막(開幕)」, 「東亞日報」, 1927.11.03.)으로 전달되고 있었다.

公演主催	作品名	公演時期	原作者
토월회(土月會)	「熊(Медведь)」	1923.07.04.-1923.07.08. 1926.02.14.-1926.02.14.	안톤 체호프 (Антон Павлович Чехов, 1860-1904)
종합예술협회 (綜合藝術協會)	「뺨 맞는 그 자식 (Тот, кто получает пощёчины)」	1927.11.03.-1927.11.03.	레오니트 안드레예프 (Леони́д Андрéев, 1871-1919)

1923년 조직된 토월회와 종합예술협회의 1927년 공연에 러시아 작품이 번역극의 형태로 상연되었다는 것은 여러모로 의미가 있다. 창작극 대본이 열악한 상황에서 국외의 작품을 통해 창립초기의 첫 공연을 한다는 것은 내부적으로 그 작품이 지닌 의의가 곧 단체의 이념이나 지향과 긴밀하게 닿아있다. 이는 외부적으로 근대극 창작주체들이 검열 및 상연에 유리하게 작용하기 위한 대응적 레퍼토리로서 뿐만 아니라 현재를 사유하는 근대적 감성과 공감기표의 층위에서 새롭게 공유되어야 할 극복의 단초를 타자적 접근으로 모색하기 위한 전략이기도 하다.

이에 우선적으로 1920년대 토월회와 종합예술협회의 창단공연 가운데 「熊」(1923)과 「뺨 맞는 그 자식」(1927)을 분석하고 이를 통해 발견된 특징이 점하는 위치를 파악하고자 한다. 이는 러시아번역극의 수용사에 관한 접근을 근저로 하면서도 이를 통해 촉발된 극의 제작 주체, 즉 3·1 운동을 기점으로 생겨난 대중계몽 문화운동의 의의가 지닌 양태를 구체적으로 조망하기 위함이다. 당시 신극 수립을 위해 주도적으로 연극운동을 해왔던 재일조선인 유학생들이 체류하던 1910년대의 일본은 "러시아를 연대와 제휴의 대상으로 간주"[8]했고, 러시아 연극은 이들에게 하나의 교양주의적 패러다임과 선진적 유행으로 작용하고 있었다. 그래서 이들이 조선으로 돌아와 순회연극을 하며 계몽과 각성을 목적하기 위해 채택한 극은 자연스레 메이지 시기 신극운동으로서의 번역극과 깊은 연관성을 가질 수밖에 없다.

기미년 이전까지 매일신보(每日新報)에 한정되었던 매체는 이후 조선일보와 동아일보가 창간되며 민족주의 지면의 시선을 견지하는 입장을 고수한다. 또한 두 언론사는 순회 연극을 하는 청년들을 지지하며 후원하였고 이를 통해 확산되기 시작한 동우회 순회 연극단의 여파는 형설회 순회극단, 경성갈돕회, 송경학우회 등과 같은 청년 지식인 연극단체의 창단으로 이어지게 된다. 민족계몽을 위시한 신극운동은 이후 1922년 김영팔(金永八)과 송영(宋影), 김홍파(金紅波) 등이 조직한 염군사(焰群社)와 1923년 박영희(朴英熙), 안석영(安夕影), 김기진(金基鎭), 김복진(金復鎭), 연학년 등이 조직한 파스큘라(PASKYULA)의 창단 및 결합으로 이어졌고, 박승희(朴勝喜), 김복진(金復鎭), 김기진(金基鎭) 등을 중심으

8) 박영준, 「近代日本의 國際秩序認識과 對外政策論」, 『日本研究論叢』 25, 2007, 161~162면.

로 설립되었던 토월회(1923) 역시 이 계보의 주요 맥락에 자리하고 있었다. 기미년 촉발된 미완에 대한 자각과 식민의 트라우마는 계몽의 동기로 작용했다. 근대극 창작 주체들이 주시한 "번역극의 기표는 자발성 높은 관객들과의 융합을 통해 내부적 한계를 극복할 수 있는 시선을 모색하며 근대극과 근대 주체의 원형을 생성"[9] 할 수 있는 마중물이 되고 있었던 것이다.

역사적 사건에 대한 객관화와 거리두기에 대한 생산 주체들의 고민은 예술성과 재현의 다양화에 대한 모색과 닿아 있다. 특히 내부자 중심의 기억에 의존하는 재현이 민중적 관점에 미약하게나마 기대고 있었다면 번역극은 이러한 관점을 중심이 아닌 곳에 재배치시킬 수도 있고, 검열과 계급의 문제, 그리고 도덕의 측면에서 상대적으로 선별의 유동성을 확보할 수 있다. 이는 당대의 구조적 모순을 폭로하거나 인간 내면의 나약함과 불이해 등을 사실적으로 그려내며 비판적 자각을 고취시킬 수 있다. 또한 기미의 미완과 식민의 트라우마를 극복하고 위로받을 수 있는 효과적인 예술 미학의 동기로 작용할 수 있다. 무엇보다 (아일랜드 효과와 같은) 동요를 일으키지 않는다는 특성은 필연적으로 이 시기 상연된 극이 지닌 변별적 특징이면서 필연적으로 희곡 텍스트의 분석이 이루어져야 함으로 이어진다.

다음 장에서 살필 주요 작품에는 웃음과 예측 불가능한 상황의 전개, 그리고 "적대감을 지닌 주체"[10]가 등장한다. 이들은 남존여비 · 순종인내

---

9) 김재석, 『植民地朝鮮 近代劇의 形成』, 서울: 연극과인간, 2017, 7~8면.

10) 이러한 양상은 식민파시즘의 메커니즘이 냉소적인 세계상을 강조하는 동시에 인본주의적 가치들을 배척했던 것과 밀접하다. 식민지 체제는 그 체제 안과 밖에서 재차 나는 누구인가 물음을 던지는 피식민자의 개체성 증명의 문제 역시 안고 있었다. 외부적인 요인(타인의 시선)에 의해 수치심이 유발된다면, 적대의식은 내부적 요인(결

를 최고 덕목으로 삼았던 근간을 뒤흔들거나 스스로를 구렁텅이 속으로 내던져 웃음거리 광대의 삶을 살아가며 끊임없이 문제를 정면으로 마주하고 경계를 넘어선다. 특히 인물 간의 대사를 통해 형상화되는 사실적인 재현으로서의 핍진과 증오, 체념과 혐오의 서사는 파국과 몰락으로의 귀결을 표면적으로 제시하면서도 그 과정을 응시하는 관객에게 자각의 동기가 되어준다. 극이 표상하는 기표는 거칠게나마 "기미년 이후의 불안을 번역극이라는 거름망을 통해 대중적 감각"[11]으로 치환한 결과물이 되고 있었다.

II. 위반과 전복의 프레임에서 발견되는 기미의 결여태

1932년 태양극장으로의 전환을 범주에 포함시키지 않는다고 하더라도 토월회만큼 1920년대에 지속적으로 공연한 단체는 찾기 드물다. 이들이 창립 공연에서부터 지속적으로 공연한 러시아 번역극은 "아무것도 내세울 것 업는 모국 한솟에 극에 대한 새빗을 차(찾)"(『東亞日報』, 1923.06.29.)기 위해 오랜 기간 "남의 것도 만히보고 또 자기 자신의 것

핍)에 의해 유발된다. 적대의식은 개인의 반성과 극복행위를 통해 벗어날 수 있지만, 수치심은 당사자에게 오점으로 남는다. 슈테판 마르크스, 신종훈 역, 「이전 세대의 트라우마」, 『열광과 도취의 심리학』, 서울 : 책세상, 2009, 122~124면. 기미년을 기억하는 의식적 행위에 수치와 결핍의 잔상이 창작주체들에게 감지되었다면 이들이 추동하는 활동에는 무의식적으로 미완의 혁명에 대한 의식이 (적대적으로) 반영될 수 있다.

11) 예견되지 않은 여정으로 인해 서사의 기표는 기의를 유사하게 확장 및 이상화하며 소리 없는 루머를 명확한 상태로 만들어버린다. 이는 서사에 생명을 주는 이데올로기가 증폭된 루머이자 결여태로 기능한다. 크리스티앙 메츠, 이수진 역, 『상상적 기표』, 서울; 문학과 지성사, 2009, 32~35면.

으로 체득하며 연구"[12]한 과정 속에서 전대를 극복하고 대중이 계몽하길 갈망했던 시도였다.

토월회 이전 일본 게이주쓰자(藝術座)에서 시마무라호게쓰(島村抱月)에 의해 1914년 공연된 적도 있었던 「熊(Медведь)」은 소극(笑劇)형태의 단막극이다. 이월화(李月華)와 이정수(李貞守) 등이 함께 연습을 시작했던 이 작품은 토월회가 창립되었던 해 7월 4일 조선극장(朝鮮劇場)에서 막을 올리게 된다.

포보바의 죽은 남편이 진 빚 1,200루불을 받아내기 위해 스미르노프가 찾아오며 극은 시작된다. 사망한 채무자의 빚을 요구하는 스미르노프는 여성 편력이 강하고 우유부단하며 매사 화가 많은 인물이다. 미망인으로 등장하는 포보바는 젊고 연약하게 형상화된다. 이러한 두 사람의 외형적 특징으로 인해 포보바가 채무 독촉에 시달리며 어려움에 처하게 되리라 쉽게 짐작할 수 있다. 하지만 당장은 돈이 없어 빚을 갚을 수 없다고 버티며 언쟁하는 포보바의 면모는 스미르노프의 기세에 결코 눌리지 않으며 도리어 그를 압도하기까지 한다.

포보바 : 나가라니까요!

스미르노프 : 좀 더 예의바르게 하면 안 됩니까?

포보바 : (두 주먹을 쥐고 발을 구르면서) 촌뜨기! 난폭한 곰! 졸부! 괴물!

스미르노프 : 뭐요? 뭐라고 했소?

---

12) 박승희, 「新劇運動七年 : 土月會의 過去와 現在를 말함」, 『朝鮮日報』, 1929.11.05.

포보바 : 곰, 괴물이라고 했어요!

스미르노프 : (다가서면서) 대체 무슨 권리가 있어서 날 모욕하는거요?

포보바 : 그래요. 모욕했어요……. 그래서, 어쨌다는거죠? 당신을 무서워 할 거라고 생각하세요? (…)

스미르노프 : 병아리를 쏘듯 저 여잘 쏘아버릴테야! 난 어린애도 아니고, 감상적인 풋내기도 아니야. 나한테 연약한 존재는 없으니까! (…) 총질하는 것! 바로 이것이 권리 평등이고 해방이야! (…) 빌어먹을…… 구리 이마빼기에 총알을 쏘아 넣을 겁니다.[13]

토월회 역시 이러한 예외적 특성에 주목하고 있었다. 박승희(朴勝喜)는 "과부(寡婦)이정수와 청년(靑年)연학년이 익살맞은 대사를 주고받자 손님들이 깔깔대고 웃었다"[14]며 당시 창립 공연을 회고한다. 죽은 남편을 그리워하며 오랜 시간 상복을 벗지 않겠다며 "우린 둘 다 죽었어"라던 그녀가 별안간 망자인 남편를 향해 "부끄럽지도 않니 이 뚱보 녀석아? 날 배신하고, 그럴 듯 하게 꾸며대고, 몇 주일씩이나 날 혼자 내팽개"[15]쳤다며 원망하는 부분은 일정 부분 소극(笑劇)을 의도하면서도 남편과 동일시되는 전근대라는 틀을 깨고 나오려하는 위반의 기표로 포착되고 있었던 것이다.

스미르노프의 예의를 요구하는 입장은 포보바에게 전혀 전달되지 않는다. 그의 요구가 결코 진솔한 의미에서의 예의가 아닌 목적 달성을 위

13) 안톤 체호프, 김규종 역, 「곰」, 『체호프 희곡전집』, 서울; 시공사, 2017, 84~86면.
14) 박승희, 「土月會이야기」, 『思想界』, 1963.05, 340면.
15) 안톤 체호프, 위의 책, 69~71면.

한 허례허식이자 기만과 위선에 지나지 않는 행동임을 포보바는 이미 파악하고 있었다. 그녀는 오히려 채무자에게 온갖 모욕의 언사를 퍼부으며 러시아 지상 최대의 포식자로 여겨지던 곰의 표상을 한 순간에 촌뜨기로 만들어버린다. 포보바의 저항과 배척의 저의에는 남편을 잃고 지주가 된 그녀가 의지하거나 기댈 누군가가 없음이 자리한다. 스스로 저항하지 않으면 여성이라는 이유로 혹은 미망인이라는 이유로 그녀에게 다가올 크고 작은 요구에 그녀는 적대적으로 대응할 필요가 있다. 이 때문에 포보바가 스미르노프에게 외치는 추방의 대목은 집(영토) 밖으로의 경계와 배척을 의미한다. 부군이 부재(死亡)한 가운데 집 안으로 외간 남자가 들어와 경제권을 장악하려는 시도는 포보바의 입장에서 침략과 동일시된다. 그것이 동화와 연대가 전혀 불가능한 남근적 괴물이나 곰이기에 끝까지 밀어내야만 할 대상이며, 이 경계가 무너지는 순간 배속과 식민논리로 주체가 소멸됨을 막아내기 위한 필사의 의지이다.

극으로 치닫는 저항이 아이러니하게도 스미르노프에게는 성찰의 마중물이 된다. 물론 그 줄기의 시작은 대상(타자)에 대한 분노감정의 표출이다. 곰으로 호명되었던 그와 달리 스미르노프는 포보바를 병아리로 규정한다. 그리고 일관되게 자신에게 무례하기만 한 그녀의 이마에 총알을 쏘아 목적과 해방을 쟁취하리라 욕망한다. 하지만 곰을 전혀 두려워하지 않는 병아리의 태도는 곰으로 하여금 "자신을 대상으로 하는 초월적 의식으로 재정립되며 이를 통해 스스로를 다시 바라보고 정립하는 단계"[16]로 이행된다. 그의 분노 감정은 채권자와 채무자의 관계를 무너뜨린다.

16) 김홍중, 「근대적 성찰성의 풍경과 성찰적 주체의 알레고리」, 『한국사회학』 41, 2007, 186~187면.

그리고 지배 남성에 배속되는 여성의 관계로 재편성되는 듯 해보이다가 불, 화약, 불꽃같은 그녀에게 목매어 구애하는 을(乙)의 위치로 전환되기에 이른다.

일각에서는 두 사람을 둘러싼 감정 및 상황의 배경과 당대 식민지 현실 상황에 차이가 많기 때문에 유쾌한 소동 이상의 극적 의의를 찾기 어렵다는 시선도 있다. 하지만 면밀히 보자면 극은 두 사람의 사랑이 성사되었다기보다 스미르노프의 일방적인 구애에 마지못해 응한 포보바의 "전복적 전략"[17]에 관한 이야기이다. 당신이 좋다고 구애하는 스미르노프에게 포보바는 (惡意 있는 웃음)을 띠며 시종일관 집밖으로 그가 물러나기만을 요구한다. 그리고 종장에 이르러 그의 마음을 어쩔 수 없이 받아주는 결말은 이전까지 남성 중심의 배속화 된 여성 소유의 구도를 여성 주도의 이성적 관계로 변화시키며 남근 주도적 장악의 논리가 현재적이지 않다는 논리를 보여준다. 이를 통해 극의 말미 두 사람의 맺어짐으로 귀결되는 애정구도는 소극적 효과와 무대상연을 위한 전략적 방점에 지나지 않음을 유의해야 한다. "이질적이면서도 과잉된 두 타자가 내면의 여백을 긍정하면서 사고와 의식을 동질화하며 균질한 공동체를 상상하는 행위는 타자에 대한 폭력"[18]으로 쉽사리 전환될 수 있다. 남녀 간의 맺어짐(성사 혹은 조화)이 모든 관계의 결말이라는 환상 역시 그렇게 믿

17) 전복적(subversive)이라는 인식의 가능은 반드시 놀라게 하는 것, 부적절한 것, 초월적인 것을 사용한다. 그것들은 사회문화적 규범들과 미학적 체제를 지배하는 규범들로부터 전략적인 일탈을 감행한다. 스티브 닐, 프랑크 크루트니크, 강현두 역, 『세상의 모든 코미디』, 서울; 커뮤니케이션북스, 2002, 16~18면.

18) 해결될 기미가 보이지 않는 갈등을 계속 써가는 것이야말로 표현의 책무다. 그와 같은 표현과 마주하는 곳에서 내적욕구에 충실한 표현의 형태를 각자 발견해가야만 한다. 그것은 차이와 동일성의 사이에 매달려 발버둥치는 자에게만 보인다. 이소마에 준이치, 심희찬 역, 『상실과 노스탤지어』, 서울; 문학과지성사, 2014, 278~280면.

고 싶기 때문에 생겨난 부산물일 뿐이다.

「熊」은 두 사람의 포옹이나 성사가 목적이 아닌 현재의 고정적인 위치와 완고한 사고로부터의 탈피(진화와 각성)를 목적한다. 감정적이리라 짐작했던 포보바는 이성적이며, 스미르노프는 공사(公私)의 끈을 놓을 만큼 감정적이기만 하다. 이러한 탈피로의 진입은 총에 맞을지도 모를 극한의 상황까지 걸어야 할 만큼, 다시 말해 지금까지 살아오며 지녀온 모든 가치와 경험의 소산을 송두리째 뒤집을 수 있을 만큼 끝으로 가야 가능할 것임을 이야기한다. 그리고 이를 통해 발견되는 현실의 결여태는 끝에 무엇이 있을지 모르고 적대적이기만 했던 두 사람을 통해 정면으로 마주하고 치열하게 언쟁해야 하는 과제로 관객에게 전달된다. 토월회가 "구미(歐美)문호(文豪)의 작품(作品)가운데 난해하지 않은 러시아 극을 택했던 것은 관객 중심의 공연을 통해 기미년 이후의 일상화된 식민화의 감각에 매몰되지 않길 바라"(『東亞日報』, 1923.06.29.)는 계몽의 의지와 결여된 자각의 회수에 초점을 맞추었다고 볼 수 있을 것이다.

그리하여 「熊」은 표면적으로 근대적 남녀 구도로의 진화를 의미하면서도 내부적으로는 견고한 감정과 사고의 틀을 변용함으로써 전근대적 세계관과 식민화된 배속의 구도에서 벗어나 새로운 인식을 고취한다. 남성을 압도하는 여성 젠더 포보바와 이에 극으로 치닫는 분노가 그녀에 대한 애정으로 치환되는 희극적 전개는 관객의 반응을 적극적으로 유도하면서 검열을 피해 매끄럽게 당대 현실에 대한 비판과 극복의지를 내비칠 수 있다. 감정과 역할, 관념과 의지 등 각자의 층위에서 한계 지어진 경계는 극으로 치닫는 근대 주체의 경계너머로의 진입 과정을 통해 미완된 근대를 보완하며 횡단의 가능성을 획득하게 된다.

III. 헤게모니의 균열과 간극을 드러내는 대안의 존재

번역극이라는 새로운 형식을 통해 주조(鑄造)되었던 광대는 이전의 '말뚝이'와는 변별되는 관객대중의 새로운 감각/감성적 요구와 조응했던 하나의 근대적 징후이자 기표였다. 광대는 얼굴을 가린 채 다른 이들을 기쁘게 해주는 것을 천칙과 최우선의 사명으로 삼았다. 이 때문에 곡마단의 광대가 연기하는 (가령 뺨을 맞거나 하는) 과장된 행위는 그 어떤 동기에서 이러한 행태로 발현되는 것인지 추측해 낼 수 없으며 때에 따라 이러한 무(無)동기성은 (저항할 수 없는 혹은 저항할 의지가 없는) 약자와 동일시됨을 통해 다른 모든 인물들 내면에 존재하고 있을 도덕적 해이(Moral Hazard)를 끄집어낸다.

1927년 11월 5일 천도교기념관에서 열린 "종합예술협회(綜合藝術協會)의 창립공연"[19]은 안드레예프(Леони́д Андре́ев, 1871-1919)의 "「뺨 맞는 그 자식(Тот, кто получает пощёчины)」(1915)를 원작으로 한 번역극"[20]이었다. 당시 복혜숙, 이월화, 김명순 등 당대 연극계에서 인기를 누리던 배우들이 출연하여 흥행에도 성공한 작품으로 평가"[21]되

19) "각자(各自)의 전표적(全標的)이 사회교화(社會教化)에 있음을 자각(自覺)하고 그 전로(前路)를 향하여 보무(步武)를 진출함이 운동의 핵심" 『朝鮮日報』 1927.08.24.

20) 이 작품은 미국의 메트로영화사(MGP) 및 빅토르(Victor Sjostrom)감독을 통해 제작된 무성영화 「뺨 맞은 남자(He Who Gets Slapped)」(1924)로 일본에서 개봉되어 흥행검증을 마친 전례가 있고 「얻어터지는 그 녀석(殴られるあいつ)」이라는 제목으로 게이주쓰자와 쓰키지에서 성황리에 공연된 바 있다. (藝術座:1924 / 築地:1925.06, 1926.10)

21) 처음부터 기괴(奇怪)한 상상(想像)을 일으키게 한 것은 무대(舞臺)면의 눈 서투른 광대(廣大)들의 우스운 모양이다. 이것만으로도 쎈세이션을 충분히 일으켰다고 생각한다. 컨세로의 이월화(李月華)양, 지니라의 복혜숙(卜惠淑)양(…) 종합예술협회의 시연(試演)으로는 대대적 성공이라 볼 수 있다. 『東亞日報』 1927.11.08.

고 있다. 이 작품은 '사랑하는 안해를 빼앗기고 자긔의 생명과 다름이 업는 자긔의 저술(著述)을 도적마진' 인텔리(그 분)가 광대(그 놈)로 살아가는 절망적 상황을 다룬다.

> 그 놈 : 백작님. 저는…… 그러니까…….
> 브리케 : 그래 나한테 원하는 게 뭐요, 친구…… 선생? 우리 단체에는 빈자리가 없는데.
> 그 놈 : 그건 문제될 것이 없습니다. 저는 광대가 되고 싶습니다. 단장님께서 허락하신다면. (단원 몇 명이 소리 없이 웃는다.)[22]

모든 것을 잃은 남자가 곡마단으로 찾아와 청한 것은 광대이다. 이렇다 할 기교도 없는 그가 광대를 자처하며 내세우는 재주는 단순하면서도 신체적 고통을 유발하여 볼거리를 제공하려는 피학적(被虐的)인 행위밖에 없다. 이를 들은 브리케가 그 놈에게 질의하며 친구에서 선생으로 바꿔 호명하는 부분은 현 상황에서 밝혀지지 않은 그의 정체에 대한 범상치 않음을 감지한 망설임이다. 뭔가 그런 역할을 하지 않아도 될 것 같은 사람이 왜 굳이 천하고 하잘 것 없음을 희망하는지 납득할 수 없기 때문이다. 이 지점에서 무대 위 광대는 뭔가 잠재되어 있는 능력과 신분, 할 수 있지만 하지 않는 상황이라는 일종의 범상치 않음을 관객에게 선사한다. 뭔가 그리고 업신여기고 소홀이 대하기에 머뭇거려지는 그와의 첫 대면은 오래가지 않아 그의 존재에 대한 궁금증으로까지 이어진다. 대체 왜 이렇다 할 재주도 없는 사람이 곡마단까지 찾아와 광대를 자처하는지

---

22) 레오니드 안드레예프, 오세준 역, 『뺨 맞는 그 자식』, 서울; 연극과인간, 2012, 25~26면.

그들로서는 도무지 이해할 수 없기 때문이다.

그 놈 : 내 이름이 알려지는 건 정말 원하지 않거든요. (…) 왜 나는 개처럼 될 수 없는 거지요? (웃는다) 그 놈이라고 불리는 개처럼.

지니다 : 그냥 브리케랑 나한테만 이름을 말하지 그래요. 다른 사람은 아무도 모를 거에요.

그 놈 : 그럼 좋습니다. 여기 있습니다. 부디 놀라지 마십시오.

(신분증을 보여준다)

브리케 : (…) 만약 이게 사실이라면, 선생님 만약 당신이 이분이시라면 …… (…) 용서하십시오 선생님. 선생님의 눈에서는 뭔가……

그 놈 : 아닙니다. 나는 뺨 맞는 그놈입니다.

자신을 소개하며 "놀라지 마"라는 그의 요청과 뒤이어 놀라며 극존대로 그놈을 대하는 곡마단 단장의 태도는 두 사람의 구도를 완전히 뒤집어 놓는다. 실로 뭔가 엄청나게 대단한 인물인 듯 하나 극의 전개상 그가 정확하게 무슨 직업의 사람이었는지는 명확히 나타나지 않는다. 단지 그가 분노하며 내뱉는 대사 몇 마디를 통해 저명한 과학자로 짐작된다. 빅토르(Victor Sjostrom)감독의 1924년 무성영화 「뺨 맞은 남자(He Who Gets Slapped)」에서도 그놈은 과학자였다가 일순간 광대로 전락한 인물로 형상화된다.

내면적 트라우마를 극복하기 위해 그가 자처한 피학적 행위는 그에게 심적인 안도감을 주며 스스로를 은폐하는 가면이 된다. 비록 신체적 고통으로 웃음을 유발하는 그놈이지만 그로 인해 관객이 증가하며 곡마단이라는 제한된 규율 공간에서 그는 인정(認定)받기 시작한다. (적어도 그의 정체를 모르는 사람들에 한해) 곡마단 단원들의 고뇌를 어루만지고 근심을 해소할 수 있는 심적 지지대의 역할로 그를 이끌기까지 한다.

하지만 완전히 거둬지지 않은 그 놈을 향한 이중적 시선은 뒤이어 그 놈을 알아보는 인물이자 그 놈의 연구와 삶을 송두리째 훔쳐간 이(신사)의 등장으로 곡마단 내외부의 감각은 뚜렷이 구획되기 시작한다. 신사를 대하는 그 놈의 적대적인 모습은 지금까지 은폐하려 한 증오와 광기의 사유를 적나라하게 끄집어낸다.

> 그 놈 : 그 여자랑 아들을 낳았다면서. 그 애가 나를 닮았소? 가끔 과부나 이혼녀들이 새서방이랑 낳은 애들이 전남편을 닮았다는 말을 못 들었소? 당신한테는 그런 불행이 생기지 않았나? (웃는다) 그리고 내 책도 내 성공이라지? (…) 말해보시오. 왜 나를 찾아다닌 거요? (…) 아마 나한테서 모든 걸 훔치지는 못했기 때문에 나머지를 훔쳐가려는 생각이 든 거겠지? 방울들이 달린 내 광대 모자를 가져가시겠소? (…) 당신이라는 훌륭한 표절자가 (…) 위대한 재능으로 내 '아폴로'를 이발사를 만들고 내 비너스를 창녀로 만들었어. 내 영웅에 당나귀 귀를 붙여버렸단 말이야. (…) 이 세상은 정말 모든 것이 멋지게 뒤집혀 있어! 피해자가 훔친 자로 비난 받고, 도둑은 돌아다니면서 자기가 강탈당했다고 불평과 저주를 하고 다니다니. (…) 나한테서 꺼지시오. 당신은 역겨워![23]

23) 레오니드 안드레예프,위의 책, 90~93면. ; 96~97면.

신사를 향한 적대적인 반응은 자신의 아내와 저술을 빼앗긴 그 놈의 증오에서부터 기인한다. 심지어 신사와 빼앗긴 아내 사이에 아이까지 낳았다는 소식은 그의 광대 얼굴 뒤에 가려진 내적 절망과 상실의 분노가 가늠할 수 없는 크기임을 짐작하게 한다. 뺨을 맞으며 웃음을 유발하던 그의 행동은 곡마단에 오기 전 그가 겪었던 잔인한 시간들과 단절하고 도피할 수 있는 자발적인 분리/금기이자 경계 짓기의 행위였다. 곡마단이라는 규율이 설정해 놓은 배제의 규칙들과 경계 속에 돈만 내면 누구든지 섬기는 가장 만만하다 여겨진 광대로 스스로를 가두어버렸던 것이다. 같은 공간 내에서 타자의 층위에 따라 변별되는 그 놈의 이중적 모습은 인지와 전경화 그리고 간극을 통한 적대적 방어의 전략이 될 수 있다. 되짚어 보면 뺨을 맞는 행위 외에 그가 어느 누구에게도 주눅 들거나 의기소침해 하며 휩쓸리지 않는 이유는 인지의 우월과 상실을 경험한 현실감각 덕분이다. 그럼에도 불구하고 지니다는 그 놈에게 운명을 거스르는 행동을 하지 않길 권고한다. 현재로써 잘생기지도 않고 젊지도 않으며 군중 속 낮은 위치에 있는 그가 상처받지 않고 모든 것을 망각한 삶을 살길 바란다. 이를 통해 무대 위 뺨을 맞는 곡마단 광대의 이중적 모습은 그 놈이 처한 현실과 그놈을 응시하는 관객의 현실 사이에서 "은폐와 위협, 그리고 변신"[24]의 접점을 만들어 내게 된다.

모순된 혼합과 갈등의 장으로서의 현실은 필연적으로 지배계급의 영향력으로부터 자유로울 수 없다. 피지배 계급의 저항력은 통상적으로 미약하기 그지없어 통상 성패(成敗)의 유무보다 시도에 의의와 해석에 많은 힘을 부여한다. 그 여파의 지속과 전망은 잠정적이기만 한 기대로 꾸

24) 이인성, 『축제를 향한 희극』, 서울; 문학과 지성사, 1992, 44~45면.

준히 귀결되어 왔다. 하지만 그놈은 이러한 틀을 결과적으로 무모하게 만들었다. 매매로 콘수엘라를 데려가려는 부르주아 남작의 등장은 그 놈으로 하여금 아내를 도둑맞은 트라우마를 상기시키며 저항하게 한다. 광대 이전의 경험이 곡마단 내부에서 동일하게 재현되는 것은 그놈에게 이 이상의 공간을 허용할 수 없다는 일종의 방어와 대응의 논리가 된다. 그리고 그 놈이 할 수 있는 빼앗길 수 없는 대상으로 전환하기 위한 최선의 저항은 자신을 가린 채 그 대상의 가치를 최대한 숨기거나 제거하는 것이었다.

"제국일본에 대한 적개심을 조장할 것을 두려워하여 경찰은 「뺨 맞는 그 자식」의 공연을 사흘 만에 폐막"[25]시켜버린다. 모든 것을 빼앗기고 광대로 살아가며 세상을 등질 수밖에 없었던 그놈의 처지가 당시 식민 조선의 젊은이들의 처지와 동일하게 인식되는 것을 우려했고, 콘수엘라는 도래할 근대와 문명 국가의 이미지로 인식될 수 있었던 것이다. 돈에 팔려 희생되어야 하는 상황은 주인공에게 재차 떠올려지는 트라우마가 되었고, 관객에게는 미완의 독립을 반복하지 않으려는 각성의 동기가 되고 있었다.

Ⅳ. 검열과 배제의 경계 너머

토착멜로와 신파를 표방하는 듯 보이지만 합법적 무대 상연과 검열을 고려한 측면에서 1920년대 창단 공연을 비롯한 러시아 번역극은 합리적

25) 안숙현, 앞의 글. 58~59면.

이성의 이름으로 비합리적 요소를 배제하고 전복시킨다. 그리고 인간 내면의 위반과 적대적 요소를 냉정하게 인지하며 이를 배설하고 승화하여 극복할 수 있는 계몽과 자각 의지로의 이행으로 기획되었다. 또한 극 서사 내 위반 담론의 구조로부터 적지 않은 영향을 받아 형성된 관객의 자발성은 내면적으로 의식화되는 적대적 대상에 대한 대응의 의지와 가능성을 마련할 수 있는 식민 극복의 주체로 귀결된다. 이러한 점에서 러시아 번역극의 무대와 관객간의 수용과 및 전유 과정은 유동적인 근대 주체로의 탄생으로 이어지는 단초가 될 수 있었다.

토월회의 주요 번역극 레퍼토리 비중을 차지하고 있는 톨스토이도 논의에서 간과할 수 없다. 창립 공연은 아니지만 「부활(Воскресение)」(1923, 1925, 1929)의 경우 9월 18일부터 24일까지 조선극장에서 막을 올린 제2회 공연은 대성공을 거두었고, 창립 공연의 빚을 청산함은 물론 대표 극단이라는 성과를 얻는 데까지 이르렀다. 카츄사 역을 맡은 이월화와 네프류도프 역의 안석주가 인기를 끌었다. 한편으로 “조명희에 의해 번역된 「산송장(живой труп)」(토월회 제5회 공연 : 1924년 4월 23일, 페저아 역 : 이백수, 마샤 역 : 이월화)은 독자적인 연구 대상이 되기보다 주로 서구 근대문학의 수용과 번역의 장에서만 언급되었을 뿐 희곡 텍스트 자체에 대한 분석은 시도조차 되지 않았다.”[26] 또한 조명희가 “고바야시 아이유(小林愛雄)의 축역본(縮譯本)을 『산송장』의 번역 저본으

26) 조명희가 번역한 「산-송장」은 아단문고 자료가 유일하며 현재까지 확인되는 공연 이력은 다음과 같다. 1923년03월 「金海青年會」公演, 1924년04월 「土月會」 第05回公演, 1925년05월 「土月會」 第14回公演, 1925년10월 「土月會」 第34回公演, 1925년12월 「(開城)성문회」 公演, 1927년02월 「高麗園」公演, 이후 1930년02월 러시아와 독일합작영화 「The Live Corpse」로 개봉. 김미연, 「趙明熙의 『산송장』飜譯」, 『민족문학사연구』 52, 2013, 407면.

로 택한 것은 그의 목적이 『산송장』의 소개"[27] 자체에 있지 않았음을 보여준다. 이는 다른 지면을 통해 좀 더 구체적으로 논의하도록 하겠다.

「熊」과 「뺨 맞는 그 자식」을 비롯한 초기 러시아 번역극은 주체에 대한 예속을 강화하고 정체성을 약화시키려는 의지가 무화되는 양상을 통해 문명적 대안의 길을 열어둔다. 물론 그 방향과 방법을 극 서사를 통해 제시하되 구체적인 지향점을 강화하지 않는 이유는 이러한 이항대립 개체나 지배 개체가 강화될수록 그 대상은 보편으로 작용함을 간과하지 않았기 때문이다. 기미년 3·1운동이라는 하나의 근대 이데올로기는 역사적 경험과 범주에 따라 정반대의 내용을 가진 이데올로기가 될 수 있을 정도로 그 범주가 넓고 제각기 다른 소리를 낸다. 하지만 이러한 미완의 한계를 인식한 상태에서 번역극을 통해 발현되는 기미의 기표를 살피는 일은 분명 의미 있는 일이다. 미완의 혁명과 식민의 트라우마가 근대 극장의 안과 밖에서 끊임없이 타자를 만들어 낸다면, 그렇게 생성된 타자들의 타자성이 만들어진 것임을 밝히는 방향으로 논의가 재차 이루어져야 한다. 타자의 타자성은 타자를 만들어내는 내부 구조의 문제를 밝힘에 따라 다른 양상을 띠며 새로운 층위의 경계를 횡단하게 될 것이다.

27) 손성준, 「代理戰으로서의 世界文學」, 『民族文學史硏究』 65, 2017, 188면.

제2부

기억과 기념으로서의 3·1운동

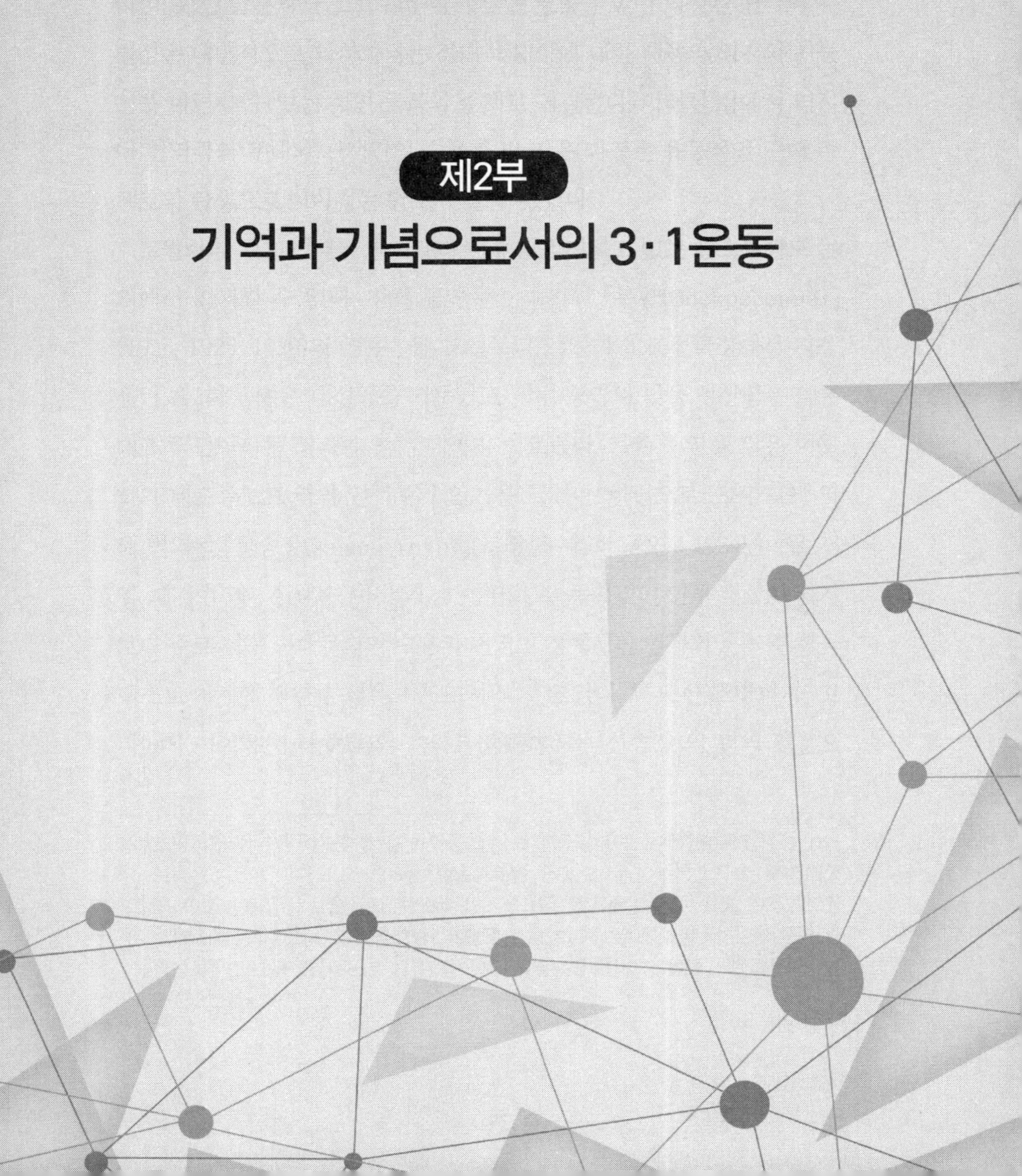

방송극이 소환한 3·1운동의 기억
: 1960년대 다큐멘터리 드라마 〈여명 80년〉

문선영

Ⅰ. 기념과 다큐멘터리 드라마

2019년은 3·1운동 100주년을 맞이하여, 다양한 문화행사와 학술활동이 지속적으로 이어졌다. 역사적 기념일에 대한 이벤트를 철저하게 준비하는 방송 미디어 역시 각 방송사마다 3·1운동 100주년 특집을 마련했다. 그 중 3·1운동 특집극은 각 방송사가 추구해온 기념일에 대한 기획 방식의 역사를 짐작해볼 수 있다. 예를 들어 MBC는 2019년 3·1운동 특집으로 '대한민국 임시정부 수립 100주년 기념' 40부작 연속극 〈이몽〉을 방영하였다.[1] 〈이몽〉은 지금까지 대중콘텐츠에서 본격적으로 다루지 않았던 독립운동가 김원봉을 주인공으로 한 첩보액션 드라마라는 점에서

1) 조규원 극본, 윤상호 연출, 유지태, 이요원 주연(2019.5.4.~2019.7.13.) 월북 인물인 김원봉을 소재로 하고 있어서 보수우파 계열에서 논란을 제기하기도 했다. 이에 앞서 2018년 KBS는 김원봉 소재 역사 드라마를 기획하였지만, 제작 전부터 반대에 부딪혀 결국 제작되지 못했다.

관심을 받았다. 이외에도 〈이몽〉은 또 다른 이유로 이슈가 되었다. 2019년 문재인 대통령이 현충일 추념사에서 독립운동가로서 의열단장 김원봉의 재조명을 언급한 이후, 〈이몽〉은 드라마가 방영되기 전부터 논란에 휩싸였다. 〈이몽〉은 정권교체 및 문재인 정부의 역사관과 밀접한 관계를 가진 드라마이다.[2] 한국 방송 초기, 상업방송국으로 성장해온 MBC의 3·1운동 기념극 기획은 현 정부의 기념사업 취지를 반영하면서 첩보액션이라는 장르를 통해 대중성을 확보하려는 전략을 취한 것으로 보인다. 한편 국가적 행사나 기념일에 대한 의례적 방송을 하였던 공영방송 KBS의 경우 정부가 주도하는 기념사업의 목적과 방향을 성실하게 반영한다. KBS는 기록된 사실 전달과 드라마적 재현이 결합된 다큐멘터리 드라마 〈신한청년당의 젊은 그들〉, 〈그날이 오면〉[3]등을 통해 학생, 여성 등 독립운동을 재조명한다.[4] 3·1운동이 기념극의 형태로 방송 된 것은 100주년을 맞이한 2019년만의 특별한 행사는 아니다. 3·1절 기념극은 해방이후 매년 방송사마다 마련해야 했던 의식이었다. 기념극은 각 시대의 정부의 역사의식이나 지향점과 동떨어진 기획으로 진행되기 힘들었다.[5]

---

2) 전지니, 「반일 이슈와 TV드라마가 구현하는 민족주의 - 〈이몽〉(2019)을 중심으로」, 『역사비평』, 2020, 106~110면 참조.

3) 〈신한청년당의 젊은 그들〉(KBS1, 2019.3.1. 7시 30분), 〈그날이 오면〉(KBS1, 2019.3.1.~3.2. 10시)

4) '3·1운동 및 대한민국임시정부 수립 100주년 기념사업 추진 위원회' 홈페이지의 100주년 주요 사업 내용 중에는 애국선열들의 독립정신, 발굴 · 선양이라는 세부 항목 아래 여성, 학생 등 일반 국민 항일 독립 운동 재조명이라는 내용을 찾아볼 수 있다.(100주년 기념사업 추진위 홈페이지https://www.together100.go.kr)

5) 1970년대 이후 TV에서는 3·1절을 기념하여 특집 형태로 단막극으로 방영하기 시작하였다. 당시 방송은 '국가 발전과 민족정기를 고취하고 건전한 오락성을 지향해야' 한다는 정부이념을 반영했기에, 공영방송의 경우 더 철저히 이 점을 준수할 수밖에 없었다. 야외 로케이션이나 제작비 규모가 큰 기념극이 활성화되었고, 이 경우 대부분 정권 옹호 성향을 강하게 드러냈다. 그러므로 KBS의 경우 목적성이 뚜렷한 다큐멘터리 드라

한국 방송에서 기념극은 주로 역사적 사건이나 인물을 기념하기 위한 특정한 목적의식을 가지고 오랫동안 지속되어왔다. 기념일과 기념 의례는 해마다 같은 사건이나 인물을 기념하는 행위를 통해 개인을 국민으로 호명하고 참여하게 함으로써 동일한 운명 공동체라는 의식을 각인시킨다. 해방 이후 특집이라는 타이틀이 붙는 기념 드라마는 주로 정부와 국민의 유대관계를 형성시키고 하나의 공동체라는 의미를 강화하기 위해서 사용되었다. 한국 방송의 기념 드라마는 6·25전쟁 이후 방송국이 안정적인 구도에 진입한 후부터 본격적으로 제작된다. 그 시작은 1958년 라디오에서 방송된 〈3·1절 기념 예술제〉이다. 이 행사는 39번째 3·1절을 기념하기 위해, KBS의 적극적인 추진을 통해서 이루어졌으며 라디오 드라마 12편이 방송되었다. 당시 많은 관심을 받았지만 '3·1절 기념'과 관련하여 뚜렷한 주제, 연출로 구성된 드라마는 2~3편정도 밖에 없었다. 12편의 라디오 드라마 중에서 〈아아 그날〉, 〈내일도 태양은 떠오른다〉, 〈서탑이 무너지는 날〉 3편을 제외하고 다른 드라마들은 3·1운동과의 관계성을 찾아볼 수 없었다. 시대적 배경이 일제 강점기일 뿐이지 사랑, 인정 등과 관련된 이야기가 중심이었다. 이 시기 〈3·1절 기념 예술제〉라는 타이틀로 방송된 드라마는 특정 역사를 기념하기보다는 단막극을 통한

마 방식을 더 선호하였으며, 상업방송국은 3·1절 관련 소재를 다양하게 활용할 수 있는 단막극 위주로 방송했을 것으로 추정할 수 있다. 이는 다음의 작품 목록에서도 확인할 수 있다.

작품명	방송년도	방송사
〈50년〉	1964	TBC
〈거룩한 손님〉	1976	MBC
〈족보〉	1978	TBC
〈대한문〉	1979	MBC
〈기미년 3월 1일〉	1979	KBS
〈땅에 묻은 노래〉	1980	TBC

예술적 실험에 초점이 맞춰져 있었다고 볼 수 있다. 이처럼 1950년대 후반 라디오에서 시작된 기념극 방송은 목적하는 방향이나 제작 의도 등이 뚜렷하지 않았다.[6] 기념극은 1960년을 지나면서 점차 뚜렷한 목적극적 성격을 띠게 된다. 특히 KBS의 기념극은 1961년 혁명기념 방송 현상 모집을 통해 보다 그 성격이 뚜렷해진다. 1950년대 후반 눈여겨볼 기념극은 KBS의 3·1절 특집 방송 〈기미년 3월 1일〉(1959)이다. 이 방송은 〈세미다큐멘터리 가공 실황 중계〉라는 또 다른 표제가 붙었는데, 다큐멘터리 방식을 활용한 기념극이었다. 〈기미년 3월 1일〉은 다큐멘터리 드라마의 시초가 되었으며, 이후 기념극 기획에서 적극적으로 활용되었다.[7] 〈기미년 3월 1일〉은 사실상 드라마라고 하기에는 조금 무리가 있었던 실황극이었다. 그럼에도 불구하고 〈기미년 3월 1일〉은 다큐멘터리 드라마의 시작을 알렸다는 점에서 의미를 둘 수 있다.

한국방송에서 다큐멘터리 드라마는 1960년 이후 본격적으로 정착되며 활발히 방송되는데, 그 흐름은 동아 방송(DBS)으로부터 시작한다. DBS는 1963년 개국 초기부터 기존 방송 내용의 고정적 틀과 매너리즘을 극복하고자 노력했다. 멜로드라마 위주였던 방송 판도에서 변화가 필요했다고 느꼈던 동아 방송은 개국 시기 다큐멘터리 드라마 〈여명 80년〉을 필두로 〈어느 실화〉, 〈조선총독부〉, 〈태평양 전쟁〉, 〈한국 찬가〉, 〈한국 독

---

6) 문선영, 「한국 라디오 드라마의 형성과 장르 특성」, 고려대학교 박사학위논문, 2012, 162~164면 참조.

7) KBS는 6·25특집 가공 실황 중계 〈6·25동란〉을 1~2부로 방송했다. 이 방송은 한국전쟁 발발 당일부터 28일 새벽까지의 상황과 9월 1일부터 9 · 28 서울 수복까지의 상황을 재현한 것이었다. 당시 청취자들은 다큐멘터리 방식에 익숙하지 않았기 때문에 실제 상황으로 착각하기도 했다.

립투쟁 비화〉 등 다큐멘터리 드라마 제작에 주력한다.[8] DBS의 다큐멘터리 드라마는 라디오 방송에 새로운 바람을 일으켰고, 이는 다른 방송사들의 다큐멘터리 드라마 제작에도 영향을 주었다. 1967년 TBC의 〈광복 20년〉, 1968년 KBS의 〈대한민국 20년〉은 DBS의 개국 다큐멘터리 드라마 〈여명 80년〉의 영향 아래서 탄생한 것이다. 1960년대 라디오 다큐멘터리 드라마는 갑신정변부터 광복, 한국전쟁에 이르기까지 광대한 역사적 흐름을 토대로 하고 있다. 그러나 대부분의 드라마들이 8 · 15 광복 전후를 주요 기점으로 두고 구성되었다. 장기간 방송되었던 다큐멘터리 드라마의 가장 중요한 에피소드가 3·1운동을 기반으로 하고 있다. 이처럼 3·1운동은 역사적 사실을 재현하는 다큐멘터리 드라마에서 주요한 에피소드로 소환되어 반복적으로 대중의 기억을 환기시켰다.

이 글은 다큐멘터리 드라마에서 재현된 3·1운동 전후의 기억에 주목하고자 한다. 역사 다큐멘터리 드라마의 유행을 선도했던 DBS의 〈여명 80년〉이 시도한 3·1운동의 관련 에피소드를 살펴보고자 한다. 〈여명 80년〉은 8 · 15해방 전후에 관련된 역사적 사건들을 실화극이라는 장르로 선보이며 1960년대 대중적 성공을 거둔 작품이다. 〈여명 80년〉이 재현하고 있는 3·1운동을 돌아보는 일은 1960년대 방송에서 소환한 3·1운동의 기억을 조명해보는 길이 될 것이다.

---

8) 윤금선, 『라디오 풍경, 소리도 듣는 드라마』, 연극과 인간, 2010, 294~295면.

II. 기록과 증언의 재구성

다큐멘터리 드라마에서의 3·1운동의 흔적을 찾으려면, 본격 다큐멘터리 드라마라고 할 수 있는 〈여명 80년〉(DBS)부터 관찰해봐야 한다. 〈여명 80년〉은 1884년 갑신정변에서부터 8 · 15해방까지 주요 역사적 사건들과 해방 후의 여러 사건들을 극적으로 구성한 실화극이다. 김경옥 극본, 오사량 연출의 〈여명 80년〉은 멜로드라마가 주종을 이루던 당시, DBS에서 다큐멘터리 드라마라는 새로운 장르를 시도하여 대중적 호응을 얻었던 라디오 드라마이다. 〈여명 80년〉 성공 이후 연도가 붙은 제목의 라디오 드라마가 유행하기 시작했다. 〈광복 20년〉(TBC), 〈대한민국 20년〉(KBS)이 제작되었고, 2000년 이후까지 이어진 '격동' 시리즈도 〈여명 80년〉의 명맥을 잇는 것이라고 볼 수 있다.[9] 〈여명 80년〉은 1963년 4월 25일 동아 방송(DBS)개국일을 시작으로 매일 밤 10시 15분부터 20분간 방송되어 1964년 6월 28일 360회로 종영되었다. 드라마 제작에 관여한 사람만 해도 PD, 해설자, 성우, 증언자 등 5000여 명이 넘는, 거대한 기획물이었다.[10] 〈여명 80년〉은 종영 이후 곧 책으로 출판되어 〈한국일보〉

9) 1967년 방송된 〈광복 20년〉(TBC)는 광복 전후를 중점으로 5 · 16쿠데타가 일어나 박정희 정권이 들어서던 시기까지의 역사적 내용을 다룬 드라마였다. 드라마에는 김구, 이승만, 여운형을 포함한 수많은 거물급 정치인들을 등장시켜 격동의 정치사에서 미처 알려지지 않았던 이면사까지 낱낱이 방송했다. 내용적으로뿐만 아니라 형식적으로도 〈여명 80년〉에 비해 좀 더 다큐멘터리 형식을 도입하여 라디오 다큐멘터리 드라마라는 장르를 질적으로 한 단계 끌어올렸다. 〈광복 20년〉의 작가 이영신은 당시 녹음기를 들고 다니며 일일이 취재하고 인터뷰를 해서 생생한 현장의 목소리를 담았다.(윤태진 · 김정환 · 조지훈, 『한국 라디오 드라마사』, 나무와 숲, 2014, 197~199면.)

10) 동아일보사 편, 『동아방송사』, 동아일보사, 1990, 105~106면.

출판문화상의 저작상을 수상했다.[11] 이 드라마는 역사적 인물들에 대한 다양한 문헌과 증언을 바탕을 두고 있다.

> 〈여명 80년〉은 이것을 한 마디로 표현하여, 사실을 뼈대로 싣고 설화로써 살을 붙인 우리 역사문학의 거작이라 하겠다. 이 서문의 필자는 칠순이 채 못 되는 일개의 서생이지만, 일생이랄지 반생이랄지, 그 동안 겪은 일을 회상할 적에, 과거 7~80년간 은 실로 현기증이 일어날 만큼 변화무쌍한 격동기였다는 것을 뼈저리게 느끼지 않을 수 없다. …중략… 대한제국, 일본 제국주의자의 식민지 정책, 3·1 만세의 폭발, 8·15 광복 …중략… 이 책은 정사(正使)도 야사(野史)도 아닌 것, 즉 순수한 역사가 아니지만, 그러나 엄연한 사실(史實)을 기본재료로 하면서 문학작품으로 형상화하기에 성공하였다는 것이다. 이 기간이야말로 우리 한국 민족의 극적인 심도와 다각적인 양상이 작품화하기에 절호한 재료가 되기 때문에 선택의 묘(妙)를 얻었다는 것이다. 이와 같이 다양다색한 재료를 기반으로 요리, 안배하여 개개의 사실을 활화(活畵)와 같이 재현시켜 놓았으니, 이것은 실로 우리나라의 현대인을 위하여 또는 앞으로 젊은 세대를 위하여, 자주의 미에서 이 저작은 그 의의와 가치를 높이 평가하지 않으면 안 될 것이다. 특히 이 3권에서는 3·1운동의 거화(炬火)와 그 뒤처리, 문화정책의 사탕발림, 언론활동의 허용과 항거, 각종 문화운동의 고조, 문예활동과 신극의 발생, 상해임시정부의 설립과 해외에서의 독립운동, 국경지대에서의 독립군의 활동 등을 수록하여, 80년사의 허리가 되는 대목으로서 미구(未久)한 앞날의 부활과 갱생을 약속하는 진통의 몸부림과 고심의 정성이 가장

11) 김경옥의 『여명 80년』은 방송 종영 이후 1964년 7월 창조사에서 총 5권으로 발간되었다.

치열한 클라이막스라 할 것이다. (밑줄 인용자)[12)]

방송 이후 출간된 〈여명 80년〉은 총 5권으로, 갑신정변에서8·15 광복까지 60장으로 구성되어 있다. 각 장마다 적은 경우는 4~5개, 많은 경우 10~12개 정도의 에피소드로 분류되어 있다. 각 장은 역사적 흐름 속에서 주요한 사건을 주제로 묶고 있으며, 세부적인 내용은 다시 작은 에피소드로 나눠있다. 각 장에 포함되어 있는 에피소드들은 라디오에서 방송했을 때 1회분에 해당되는 것이다.[13)] 다큐멘터리 드라마 〈여명 80년〉에서 역사적 사실에 대한 재현은 당시 다른 드라마와의 차별성으로 강조되었던 사항이다. 이는 김경옥의 『여명 80년』의 서문에서도 밝히고 있다. 또한 증언자의 명단을 서문 다음 페이지에 공개함으로써 사실을 기반에 두고 있음을 강조하고 있다. 사건에 대한 증언자 명단은 각 권마다 조금씩 달라지는 데, 총 5권 중 1권을 제외하고 증언자는 50명 가까이 된다. 증언

12) 김경옥, 『여명 80년』(창조사, 1964)의 3권 서문. 각 권마다 서문 필자는 다르며, 3권의 서문 필자는 이희승이다. 이희승은 13세 때 한성외국어학교 영어과, 경성고등보통학교, 중동학교, 중앙학교를 졸업했다. 3·1운동이 일어났을 당시 경성직뉴회사 입사 1년차 서기로 일하고 있었다. 회사가 시내 한복판에 있었기 때문에 그는 3·1운동의 현장을 목격할 수 있었다. 3월 5일 학생시위에는 거사 계획을 미리 입수해서 직접 참가했고, 이후 경성직뉴회사의 등사기를 빼돌려 지하신문을 제작하기도 했다.(이희승, 「내가 겪은 3·1운동」, 『3·1운동 50주년 기념논집』, 동아일보사, 1969, 402~403면.)

13) 동아 방송은 라디오로 방송된 프로그램을 복원 중에 있다. 그 중에서 다큐멘터리 드라마 〈여명 80년〉에 대한 음원은 현재 복원 중에 있어서 자세한 내용을 확인하는 것은 불가능하다. 그러나 당시 방송된 일부 제목과 방송일은 확인할 수 있었다. 책 『여명 80년』의 목차와 드라마 〈여명 80년〉의 방송 제목을 확인할 결과, 김경옥의 『여명 80년』의 각 장의 에피소드들의 제목이 드라마의 1회분과 일치되는 것을 발견할 수 있었다. 이러한 사실로 미루어 보았을 때, 『여명 80년』은 당시 방송된 내용과 차이가 없었을 것으로 추정할 수 있다. 이는 1960년대 인기가 있었던 라디오 드라마를 책으로 출간하는 유행현상에서도 발견된 점이다.

자 명단을 살펴보면, 김기진, 이서구, 박승희, 김동인, 조연현, 백철 등 당시 문화계 주요 인사들을 포함하고 있다.[14] 이는 증언자의 구성원에 따라 역사적 사건의 기억이 재현된다는 점에서 중요하다.

『여명 80년』의 서문에서 확인할 수 있는 사실은 다큐멘터리 드라마 〈여명 80년〉에서의 3·1운동 전후 이야기의 무게감이다. 이는 3·1운동 에피소드를 포함하고 있는 『여명 80년』 3권에 대한 서문 필자의 설명을 통해서도 알 수 있다. 그러므로 다큐멘터리 드라마 〈여명 80년〉은 3·1운동 기점의 역사적 사건들과 관련된 에피소드에 대해 가장 심혈을 기울였을 것으로 추정해볼 수 있다. 〈여명 80년〉은 3·1운동이 일어나기 전 준비 과정부터 3·1운동 현장, 그리고 그 이후 사건들을 상세하게 다루고 있다. 상하이를 거점으로 활동하는 신한청년당의 파리강화 회의 참석, 동경의 2·8독립선언, 국내의 3·1운동을 위한 비밀 활동까지 구체적으로 재현한다. 수많은 에피소드 중에서도 〈여명 80년〉에서 많은 분량을 차지하고 있는 것은 민족대표 33인의 활동이다. 〈여명 80년〉은 세 종교의 합동, 화합을 중요하게 다루고 있는데, 특히 기독교 대표 이승훈에 대한 이야기와 그의 관점에서 본 기록들이 많은 부분을 차지한다. 이승훈을 중심으로 기독교 단체가 3·1운동을 주도하고 천도교와 힘을 합치는 장면 제시가 꼼꼼히 기술되어 있다.

그렇다. 나라를 위한 일인데 누가 먼저 시작했느니 하는 따위가 문제될

14) 〈여명 80년〉에서 3·1운동 전후와 관련한 이야기를 다루고 있는 2~3권의 증언자 명단을 보면, 주기용(남강 이승훈 사위), 안헬렌(안창호의 아내), 주요한, 최희송, 지현용, 이동백, 한성준, 이강(안창호의 동지), 이신애(이강의 딸), 김화진(대한문 수위직), 윤석중(아동문학가), 오인경(동요 작곡가인 윤극영의 부인), 장덕창(전 공군참모총장이자 안창남 지인) 등이 있다.

> 리 없었다. 그저 나라 사랑하는 것밖에 생각지 않고, 그저 다음 세대의 교육밖에 생각지 않는 신념에 사는 남강 이승훈은, 자기가 떠날 때의 예감이 들어맞았고, 앞에 중대한 일이 가로놓여 있다는 것만으로 충만감을 느꼈던 것이다. (『여명 80년』 3권, 28~29면.)

위의 예시문은 이승훈이 3·1운동을 준비하는 과정 중에서, 천도교, 불교, 기독교가 합의를 이루지 못하는 상황을 극복하려는 의지를 해설자의 논평을 통해 제시하고 있는 부분이다. 〈여명 80년〉은 파리 강화회의에 참석하여 조선의 현실을 알리고자 한, 신한청년당의 활동, 동경의 2·8 선언 등에 대해서는 그 과정, 진행 일시를 기록하면서 객관적 사실을 전달하는 방식을 취하고 있다. 하지만 세 종교의 합의가 이루어지는 이야기에 대한 장면은 해설자의 주관적 개입으로 제시한다. 당시 라디오 드라마에서 해설자는 내레이션을 통해 사건과 관련된 배경지식을 전달하거나, 사건의 부연 설명을 하는 역할을 했다.[15] 〈여명 80년〉에서 해설자는 단지 사건의 흐름과 정보전달만을 하는 것이 아니라 주관적 평을 통해 드라마에 적극적으로 개입하였다. 〈여명 80년〉은 구체적 정보 전달을 통해 역사적 사건 재현의 신빙성을 확보하는 반면, 해설자의 논평으로 특정 관점으로 역사를 재현하였다.

〈여명 80년〉에서 기록과 증언을 활용한 예는 고종의 죽음에서 3·1운

---

15) 1960년대 라디오 드라마에서 해설자의 역할은 중요했다. 해설자는 주로 시각적으로 볼 수 없는 장면에 대한 묘사를 전달하거나, 드라마의 사건 전개의 연결을 위해 구체적인 설명을 해주는 역할을 하였다. 내레이션은 객관적 해설뿐 아니라 편집자적 논평도 많았는데, 드라마의 프롤로그, 에필로그에서 드라마의 정보, 주제, 의미 등을 전달하였다. 1960년대 내레이션으로 대중적 인지도 높았던 드라마는 〈전설 따라 삼천리〉이다.(문선영, 「전설에서 공포로, 한국적 공포물 드라마의 탄생」, 『우리문학연구』 45, 2015.)

동으로 이어지는 사건을 다루는 경우에서도 살펴볼 수 있다. 고종의 죽음에서 시작해서 3월 1일 그날까지의 기록은 3·1운동 관련 콘텐츠에서 주요하게 다루는 내용 중 하나이다. 〈여명 80년〉에서도 고종황제 승하 소식과 장례일을 기점으로 3월 1일 거사에 참석하기 위해 각 지역의 사람들이 모여드는 장면을 길고 상세하게 묘사한다. 고종이 일본의 음모로 독살되었다는 소문이 퍼지고, 조선인이 울분을 참지 못하는 장면은 삼일운동이라는 클라이맥스로 가기 위한 감정적 준비과정이 된다. 이는 당시 현장을 목격한 증언자에 의해 재현되며, 대중들에게 더 큰 감정적 동요를 일으킨다.

> 그 상황을 김화진 옹의 말로 들어보자. "나는 그 때 대한문에 번을 들고 있었다. 그때 어떤 친구가 지금 굉장히 사람들이 서울로 몰려온다고 한번 구경 않겠느냐고 해서 동대문과 남대문을 가 보았는데, 지방에서 얼마나 사람이 몰려 올라오는지 지금의 데모대보다 더 큰 물결을 지으면서 사람들이 몰려오는 것이었다. 대한문 앞에서는 백립을 쓴 사람들과 소복을 한 여인들이 일주일 전부터 엎드려 통곡을 하고 있었다. 그것은 국상(國喪)을 당산 설움과 아울러 일본에 대한 원성이기도 했다. 시골서 상경한 사람들이 어떻게나 많던지 여관이란 여관은 모두 만원이었고, 잘 곳이 없는 사람은 아무 집에나 들어가기만 하면 재워 주었고, 인산을 모시던 날은 대한문에서부터 일본 헌병들이 죽 늘어섰는데 그것을 뚫고 대여를 모시겠다고 악을 쓰고 덤비는 사람이 부지기수였다. 그 때 포목점에서는 베가 동이 났다고 하는데 상장으로 붙이는 베만 10만 필이나 나갔다고 한다." (『여명 80년』 3권, 34~35면.)

〈여명 80년〉은 고종황제 승하와 더불어 조선인들의 슬픔, 분노를 목격자의 증언을 토대로 재현하고 있다. 황제의 인산(因山)을 위해 전국 각지에서 모여든 사람들, 황제에 대한 추모의 분위기는 당시 대한문을 지키고 있던 인물의 목격담을 통해 생생하게 전달된다. 증언에 앞서 황제 독살설에 대한 소문이 조선인들 사이에서 떠돌고 있는 것, 소문의 발설이 위험함에도 전달되는 장면 제시는 고종황제의 승하 소식이 당시 조선인들의 공분으로 형성되기 충분했음을 알 수 있는 재현들이다. 소문의 장면은 증언자의 목격담을 통해 고종황제에 대한 애도 분위기를 고양시키며, 3·1운동 직전 분위기를 형성하고 있다. 이처럼 〈여명 80년〉은 기록과 증언을 활용하여 역사적 사실을 극화하는 전략적 구성을 취하고 있음을 알 수 있다.

III. 선택적 사실 재현과 극적 장면 연출

다큐멘터리는 사실에 대한 실증적 자료를 선별하고 편집하면서 완성된다. 그러므로 역사적 사건이나 인물에 대한 기록들 중 무엇을 선택하고 집중하느냐에 따라 다큐멘터리를 통해 전달하는 메시지는 달라진다. 다큐멘터리 드라마는 사실을 기반으로 한 극화이므로, 선택한 사실에 대한 상상력이 포함된 창작물이다. 역사적 사건을 재현할 경우, 선택된 사실들은 극적 구성에 의해 극대화되고, 수용자들의 감정을 몰입시키는 작용을 한다. 3·1운동이라는 역사적 사건에서 클라이맥스는 삼일운동이 일어나는 바로 그날의 현장이다. 〈여명 80년〉에서 역시 3월 1일 독립선언문의 낭독과 만세 소리가 울려 퍼지는 그날의 장면은 중요하게 다뤄지고 있다. 그렇다면 〈여명 80년〉에서 재현하고 있는 3·1운동 당일에 대한 기억은 무엇인지 주목해보자. 〈여명 80년〉은 3월 1일의 기억을 민족대표 33인의 독립선언문 낭독과 관련한 에피소드에 집중하는 방식으로 소환한다. 〈여명 80년〉의 3월 1일은 민족대표 33인이 독립선언문 낭독 장소를 종로 탑골공원에서 태화관으로 변경하게 된 이유를 찾아가는 것으로부터 시작한다. 드라마는 33인이 3월 1일 하루 전 늦은 밤, 독립선언문 낭독 장소를 변경하는 회의를 하는 장면을 길게 제시한다. 이후 3월 1일 오후 2시에 민족대표 33인이 나타나지 않자 태화관으로 이들을 찾아온 학생 대표들의 항의 장면이 이어진다. 33인 중 한 명인 최인은 학생 대표들을 조용히 불러, 장소를 변경한 이유에 대해 차분히 설명한다.

"우리 33인은 여기 명월관 지점에서 약식으로 독립선언을 하기로 했어."

"그건 언제 결정했습니까?"

"어젯밤에."

"네? 어째서요?"

"만일, 우리가 그 곳에서 선언식을 하면, 혈기에 넘치는 학생들과 군중이 일을 저지를는지 모르니까..."

"허지만, 그건."

"아닐세. 총독부나 경찰서에도 미리 알렸으니까, 곧 왜경이 달려올 걸세. 그런데 우리가 독립선포를 하고 만일 왜경이 우리를 붙들면 군중이 가만있겠나? 그렇게 되면 필경 쓸데없이 피를 많이 흘릴 게 아닌가?"

…중략…

"그건 알고 있어. 그러나 이번 운동은 어디까지나 평화리에 진행되어야

해. 그렇지만 우리가 거기서 독립선언을 한 다음에 일어날 사태가 뻔하지 않나? 자네들은 무슨 일이 일어나지 않으리라고 장담 할 수 있겠나?"

(『여명 80년』 3권, 34~35쪽.)

〈여명 80년〉은 독립선언문 장소 변경 이유를 설명하는 민족대표들의 의중을 충분히 전달하는 방식을 취하고 있다. 급박한 상황에 초조한 청년을 설득하는 최인의 말은 거사를 앞둔 하루 전날, 밤늦도록 회의를 거듭했던 장면을 교차적으로 제시하면서 설득력을 확보한다. 이는 민족대표 33인의 신중함과 미래를 내다보는 태도로 제시되며, 신뢰도 높은 인물의 이미지를 만들어내는 전략적 구성이라고 할 수 있다. 〈여명 80년〉은 이와 같은 긴 과정을 연출한 이후 태화관에서 한용운이 독립선언문을 낭독하는 장면을 엄숙하게 제시한다. 드라마에서 독립선언문은 전문이 낭독된다. 민족대표들의 독립선언문 낭독 장면은 탑골공원의 독립선언문 낭독의 장면과 교차된다. 〈여명 80년〉은 탑골공원을 약속장소 알고 모인 사람들이 청년 대표의 이야기를 전달받고, 자체적으로 독립선언문을 낭독하기로 결정하는 장면을 간단히 제시한다. 탑골공원에 모인 사람 중 한 인물이 육각당에 올라가 독립선언문을 낭독하자 모인 사람들은 낭독이 마칠 때까지 조용히 듣고 있다.[16] 〈여명 80년〉은 독립선언문 낭독 장면 이후 민족대표들이 일본 헌병들에게 포박되어 끌려가는 것을 비장

16) 〈여명 80년〉은 탑골공원에서 독립선언문을 낭독한 인물을 '정지용'이라고 표기하고 있고, 부연 설명을 하고 있지 않다. 이는 시인 정지용으로 오인할 수도 있는 부분이다. 실제 기록과 비교해보면 '정지용'이 아니라 '정재용'이다. 정재용은 기독교의 전도사로 독립선언문을 비밀리에 배포하는 역할을 한 인물 중 한 명이다. 정재용은 독립선언문을 지방으로 배포하던 중, 자신이 소유하고 있던 한 장을 3월 1일 탑골공원에서 즉흥적으로 낭독하였다. 이는 정재용의 구술 증언에서 밝혀진 바 있다.

한 장면으로 연출한다. 이 장면은 앞에 다루었던 3·1운동에 대해 신중한 태도를 보여주었던 민족대표 33인의 이미지와 연결되면서, 민족대표의 희생이 강조되는 장면이다. 탑골공원의 만세소리와 교차하며 민족대표가 차례로 일본경찰에게 끌려 나가는 장면은 만세운동과 연결되어 대중의 감정을 고양시키는 주요 장치 중 하나이다.

〈여명 80년〉은 3·1운동 이후 전국적인 만세운동과 이를 억압하는 일본의 폭력성을 구체적으로 재현한다. 만세 장면은 라디오 드라마라는 양식적 특성을 최대한 활용한다. 〈여명 80년〉에서 3월 1일 이후 전국적으로 확산된 만세 운동의 장면은 소리로 재현됨으로 1960년대 대중들에게 감각적으로 전이된다. '소리'라는 극적인 장치는 서술된 기억의 이면을 효과적으로 전달할 수 있다. 그것은 개인이 아닌 군중의 목소리인 동시에 수용자에게 직접 전이되는 감각의 양식이다. 청각을 통해 전달되는 시위의 장면은 문자의 기록 앞에 선행하는 감각의 기억들을 복구해낸다.[17] 드라마 〈여명 80년〉은 "우렁찬 소리, 울부짖음, 절규하는 민중의 소리" 등 청각적 효과와 만세 장면을 구체적으로 묘사하는 시각적 재현을 통해 역사적 현장을 감각적으로 체험케 한다.

> 학생과 군중은 다시 만세를 우렁차게 불렀다.
> "태극기를 높이 휘날립시다."
> 학생들은 품 안에 숨겨 가지고 나온 태극기를 일제히 휘날렸다. 그리고 "동해물과 백두산이…" 하고, 애국가를 불렀다. 강기덕, 김원벽이 인력거를 타고 앞장서서 태극기를 흔들고 만세를 부르며 학생과 민중의 일대

---

17) 이민영, 「기념되는 역사와 부유하는 기억들」, 『한국현대문학연구』 58, 2009, 66면.

대열을 진군시키기 시작했다. (『여명 80년』 3권, 47면.)

특히 3월 5일 학생 중심의 만세 운동은 청년들의 우렁찬 만세 소리, 애국가 제창, 태극기가 휘날리는 장면으로 3·1운동 이후 학생과 민중이 하나가 되는 이미지를 연출한다. 태극기와 3·1운동의 결합은 전형적인 3·1운동상을 만들어내는 주요한 요소 중 하나이다. 위의 예문에서 볼 수 있듯이 태극기 장면은 우렁찬 만세 소리라는 청각적 요소와 함께 학생과 민중이 하나가 되는 감정적 동요를 불러일으키는 데 효과적인 장치이다. 하지만 3·1운동 이후 태극기가 휘날리는 만세 운동은 회고담을 통해 만들어진 하나의 전형적 장면이라는 사실에 주목해봐야 한다. 실제 기록에 따르면 3월 1일 직후 만세 시위에서 태극기가 휘날린 적은 없었다고 한다. 〈여명 80년〉에서 휘날리는 태극기와 만세소리로 극적인 장면을 연출하고 있는 3월 5일 만세운동에서도 실제 기록에 따르면 태극기는 부재했다. 실제 역사에서 학생들은 붉은 천을 가지고 만든 깃발, '적기(赤旗)'를 준비하고 이 깃발을 들었다.[18] 드라마 〈여명 80년〉에서 복원한 3·1운동은 해방 이후 대한민국에 정착된 3·1운동상을 반복적으로 재현, 강화하고 있는 것이라 할 수 있다.[19]

〈여명 80년〉에서 3·1운동과 관련하여 상세하게 제시하는 또 다른 에피소드는 3·1운동 이후 일본인의 잔인함과 무차별적 폭력적 행동에 대한 묘사이다. 드라마는 이 부분에 대해서 해설이나 목격자의 증언 자료

18) 권보드래, 『3월 1일의 밤』, 돌베개, 2019, 88~91면 참조.

19) 『여명 80년』의 서문 필자 중 한 명이었던 이희승은 당시 3월 5일에 대해 태극기가 휘날리는 장면으로 회고한 적이 있다.(『한민족독립운동사 자료집』 17, 국사편찬위원회, 1994, 48면.) 이희승의 회고담이나 구술증언은 드라마 〈여명 80년〉를 구성하는 데 주요한 자료로 활용되었다는 점을 생각해볼 때, 태극기 장면은 가능한 일이었다.

를 극화하여 구체적으로 제시하고 있다. 조선인에 대한 고문, 학살에 대한 사실은 상상력을 통해 강조되고 극적 장면을 연출한다. 대사와 장면 묘사를 통한 사건의 전달은 그 시대의 참혹한 현장을 상상하게 함으로써 수용자를 감정적으로 몰입하도록 만든다. 〈여명 80년〉에서 3·1운동 이후 조선인의 참혹함은 여성들의 피해를 통해서도 드러난다.

> 한인에 대한 무차별 사격, 잔인한 학살은 이루 말할 수 없었다. 3월 9일 일본 헌병들은 많은 남녀 교인을 교회당안의 십자가에 매달아 놓고, "이 연놈들을 죽을 때까지 쳐라." 하고, 몽둥이로 사정 없이 마구 갈기게 했다. 연약한 여자들의 피부는 누더기처럼 터져 선혈이 뚝뚝 흘렀다. 그런가 하면 그 이틀 전인 3월 7일, 평양에서는 여학생들이 시위운동을 감행했는데, 왜경은 소방차를 동원하여 이를 제지했다. 그리고, "저 계집애들을 붙잡아라." 하며, 그 중의 주동자 둘을 붙들어 놓고, "이 두 여학생의 머리를 전주에 붙들어 매어 놓아. 그러면 헌병이 와서 붙들어 가겠지." 하고 도저히 볼 수 없는 잔학한 짓을 했다. 또한 장댓재 교회 주일학교의 어느 여선생은 피해 달아나다가 일본 헌병에게 붙들렸다. 일본 헌병의 눈은 피에 굶주린 짐승처럼 빨갛다. …중략… "그 년들을 모두 끌고 나와.", "네", "어디로요?", "마굿간으로", 서른 한 명의 여학생은 매를 맞아 얼굴들은 파랗게 질렸고, 다리는 허청거렸다. 그러나 그만한 고문은 이미 각오하고 있던 터라 이를 악물고 참을 대로 참을 수 있었던 것이다. 그러나 밤중에 어디론지 끌고 가는 것 같아 그들의 호수 같은 눈동자도 두려움에 얼어붙었다. 끌고 가는 일본 헌병의 얼굴엔 능글맞은 웃음이 감돌고 입은 짐승처럼 이지러졌다. "흥, 젊은 계집애들이, 빨리 그 년을 벗겨."
>
> (『여명 80년』 3권, 52~53면.)

〈여명 80년〉에서 3·1운동 이후 일본이 가했던 폭력은 다양하게 묘사되고 있지만, 여성에 대한 고문과 폭력은 지나치게 상세하다. 조선여성에 대한 일본 헌병의 고문 장면은 극단적이고 자극적이다. 이 드라마에서 3·1운동이 일어나는 과정에서 독립운동과 관련된 여성 인물에 대한 재현이 극히 적었던 것과 비교해볼 때, 피해자로서의 여성을 집중적으로 연출했던 방식은 생각해봐야 할 문제이다. 3월 1일 이후 전국적 만세 시위가 확산되면서, 일제의 탄압이 폭력적이고 야만적이었던 것은 사실이다. 그러나 참혹한 현실에 대한 재현이 유독 여성에게 집중되어 있다는 것은 과도한 설정이라고 할 수 있다. 이 과도함은 "무고하고 연약한 민족 주체를 폭력적인 제국이 짓밟았다는 인식의 선동적 표현"으로 읽힌다.[20] 3·1운동 이후 '팔 잘린 소녀'에 대한 탄생과 소문을 활용한 민족주의적 서사 전략은 1960년대 드라마 〈여명 80년〉에서도 찾아볼 수 있다.[21] 이는 방송이라는 대중매체 특성상 더 대중적이고 보편적 이미지로 확산되었을 가능성이 높다.

또한 〈여명 80년〉은 3·1운동이후 조선의 참혹함을 주로 기독교인의 피해 현장으로 기억하고 있다는 점도 주목해 볼 필요가 있다. 〈여명 80년〉은 3·1운동 이후 조선인 고문과 학살 사건을 문헌자료 『조선독립혈사』에 기록된 사실을 기반으로 하고 있다고 밝히고 있다.[22] 하지만 선택

---

20) 권보드래, 앞의 책, 418면.

21) 1919년 이광수는 『신한청년』 창간호에 여러 편의 시를 기고하면서 그중 한 편에 '팔 찍힌 소녀'라는 표제를 붙였다. 이광수의 이 시는 3·1운동에 대한 기억을 지배한 이미지 중 하나였다. 3·1운동 이후 신문에는 '팔 잘린 소녀'의 사례들이 자주 실렸다. 해방 이후 '팔 잘린 소녀'는 순결한 소녀의 희생 이미지를 생산하면서 반복적으로 회고되었다.(권보드래, 앞의 책, 416~417면 참조.)

22) "이제 〈조선독립혈사〉에 기록된 가장 참혹했던 그 당시의 대량 학살사건을 살펴보면 다음과 같다. 물론 삼일만세 사건에 관한 많은 문헌이 한결같이 일제의 악랄상을 열

한 내용은 대체로 교회나 기독교인에게 가해진 일본의 잔인함이 드러나는 사례이다. 이는 앞서 서술한 바와 같이, 〈여명 80년〉이 3·1운동과 관련하여 기독교의 역할을 강조하고 있는 점과 맥을 같이한다.[23)]

IV. 시대적 부응과 3·1운동의 기억

해방 직후 한국사회의 중요한 과제는 국가건설이었다. 3·1운동은 건설되는 국가의 정체성을 만들어내는 중요한 재료였다. 그것은 과거의 사건을 기억하는 것을 넘어서 현재 국가의 이미지를 만들어내는 장치로 작동되었다. 1962년 3·1절 기념사는 '3·1운동의 정신을 계승하여 민주독립국가'로서의 대한민국 재건에 대한 민족 항쟁의 찬양이었다. 3·1운동의 기억을 되살려 민족정신으로 국토의 통일을 이룩하자는 것이 주요 논점이었던 것이다. 새로운 민주 독립 국가를 재건했다고 자칭한 박정희 정권은 3·1정신을 번영과 중흥을 위한 민족단결의 표상으로 재구축해 간다.[24)] 민족국가의 정체성을 구축하기 위해 활용된 것은 기념일 행사이다. 해방 이후의 3·1절 행사에는 엄청난 대중들이 동원되어 축제의 성격을 띠는 기념식이 거행되었던 것에 반해, 박정희 정권 이후에는 축제적

거하고 있는데, 대개 대동소이하므로 상기의 책자에 수록된 몇 가지를 소개한다"(김경옥, 『여명 80년』 3권, 56면.)

23) 증언자 중에서 남강 이승훈의 사위 주기용 목사가 포함되어 있다는 점만 보더라도, 편중된 시각을 예상할 수 있다.

24) 최은진, 「대한민국정부와 3·1절 기념의례와 3·1운동 표상화」, 『사학연구』 128, 2017, 460~461면 참조.

요소는 배제된다.[25] 박정희 정부시기 기념식은 대통령을 중심으로 소수 인사만이 참여하는 국가 주도형으로 변경된다. 이는 역사적 기억을 국가가 통제, 지배하려는 박정희 정권의 전략적 기반을 확인할 수 있는 사례일 것이다. 기념식이 대중적이고 열린 방식으로 진행되었을 때, 다양한 역사 재해석의 담론이 부상할 가능성에 대한 위험성을 최소화시키기 위한 것이다.[26] 이처럼 3·1운동의 성격과 의의를 정치적 목적에서 규정하는 행위는 박정희 정부 때부터 더욱 강화되었다.[27] 3·1운동 정신은 민족국가 건설을 위해 민족적 단결과 반공주의를 강화해야 한다는 논리적 기반을 강화하는 데 활용되었다.

라디오 다큐멘터리 드라마 〈여명 80년〉은 1960년대 국가 주도형 기념일을 기반으로, 3·1운동이 기억되는 분위기에서 방송되었다. 〈여명 80년〉이 재현하고 있는 3·1운동 전후의 역사적 사건의 진행, 증언과 기록은 공동의 기억으로 3·1운동을 재생하고자 하는 정치적 열망이 내재되어 있다. 3·1운동 기념식이 국가 공적 행사로 제한적 이벤트에 그쳤다고 한다면, 〈여명 80년〉에서 재현된 3·1운동의 이미지는 공동의 기억을 생산하는 데 대중적 파급력이 컸을 것이다.

---

25) 이승만 대통령 하야, 1961년 5.16 군사정변 이후, 1962년 3·1절 기념식은 서울시 주최로 서울운동장 육상경기장에서 작게 거행되었다. 1963년 12월 박정희가 야당 단일후보 윤보선을 근소한 표차로 누르고 취임하여 정식으로 제3공화국 박정희 군사정부가 들어서고 나서 3·1절 기념식은 축소되어 가는 경향을 띠었다.(최은진, 위의 글, 455면.)

26) 김민환, 「한국의 국가 기념일 성립에 관한 연구」, 서울대학교 석사학위논문, 2000, 49면.

27) 1964년 3·1절에 박정희 대통령은 경축사에서 3·1운동에서 시현한 거국적 단결을 되새기자며, 제국주의자들에게 저항했던 강인한 민족의식과 자력갱생에의 노력을 빈곤과의 대결로 사용하며, 후진의 굴레에서 벗어나자고 말했다.(『경향신문』, 1964.3.2 "어제 제45회 3·1절 기념")

다큐멘터리 드라마는 사실을 기반으로 하지만 창작 주체의 관점에 따라 초점화가 달라진다. 1963년 방송된 〈여명 80년〉이 1960년대의 시대적 분위기를 내재하고 있다면, 2019년 KBS TV에서 방송된 다큐멘터리 드라마 〈그날이 오면〉은 최근 3·1운동의 복원된 기억을 담고 있다. '팩츄얼 다큐드라마'라는 표제를 달고 있는 〈그날이 오면〉도 3·1운동에 대한 사실을 극화한 다큐멘터리 드라마이다.[28] 〈그날이 오면〉은 3·1운동의 독립선언문을 인쇄하고 배포했던 인쇄소 보성사 사장 이종일의 회고록과 그 주변 인물들의 증언이 주요 자료로 활용되었다.[29] 또한 3·1운동 관련 독립기념관 연구원, 역사학자, 학예사 등의 해설이 극이 진행되는 중간중간 삽입되어 그날의 기억을 증명해준다.[30] 회고담을 중심으로 한 증언과 기록을 토대로 드라마를 만들었다는 점에서 〈여명 80년〉과 동일한 방식의 다큐드라마라고 할 수 있다. 3·1운동을 주제로 한 역사 다큐멘터리 드라마이지만, 3·1운동에 대한 기억은 다르다. 2019년 다큐멘터리 드라마 〈그날이 오면〉은 3·1운동을 추동하고 움직였지만 그동안 주목받지 못했던 인물과 사건을 발굴하는 데 집중하고 있다. 앞에서도 언급했지만, 〈그날이 오면〉은 2019년 문재인 정부가 추진한 3·1운동 100주년 기

---

28) 〈그날이 오면〉은 김유정이 내레이션을 맡았고, 아역배우 이영은이 독립운동가 이장옥 여사 역을 맡아서 방영 전부터 화제가 되기도 했다.(KBS 홈페이지 http://vod.kbs.co.kr)

29) 다큐멘터리 드라마 〈그날이 오면〉의 프롤로그는 "이 프로그램은 옥파 이종일 선생과 3·1운동 관련자들의 증언과 기록을 토대로 재구성했습니다."라고 시작한다. 드라마 진행 중 사실을 확인을 위한 자료는 이종일의 회고록이 많은 비중을 차지하고 있다.

30) 김정인(춘천교육대학교 교수), 박찬승(한양대학교 사학과 교수), 최우석(독립기념관 수석연구원), 박종련(한남대학교 사범대학교 역사교육학과 교수), 이동근(수원시 학예연구사), 이양희(충남대학교 충청문화연구소 연구원), 성주현(숭실대학교 역사학 연구교수), 정홍택(활판주조), 김재범(인쇄자문) 등.

념사업 맥락 안에 있는 작품이다. 〈그날이 오면〉은 인쇄소 사장 이종일을 통해 일반 국민으로서의 독립운동가를 강조하고 있으며, 수원 기생들을 제시하여 여성 독립운동가 발굴에 주목하고 있다. 이 드라마는 "2019년 문재인 정부가 추구하는 여성, 일부 좌파 독립운동까지 포함한 다양한 독립운동의 기억을 소환하고 3·1운동의 이념을 촛불항쟁과 연결하는 역사적 해석에 시도"[31]와 분리해서 생각하기 힘들다.

이처럼 3·1운동은 〈그날이 오면〉을 통해 2019년의 기억으로 소환되었다. 다큐멘터리 드라마 〈그날이 오면〉이 2019년의 시대적 관점을 보여준 것처럼 이후에도 3·1운동은 다양한 방식으로 기념되고 재생될 것이다. 1960년대 최초의 다큐멘터리 드라마로 기록되었던 〈여명 80년〉과 2019년 〈그날이 오면〉 사이, 한국 방송극은 3·1운동을 어떻게 기억하고 있는지에 대해서는 향후 연구를 통해 진행되어야 할 것이다.

---

31) 천정환, 「3·1운동 100주년의 대중정치와 한국 민족주의의 현재」, 『역사비평』 130, 2020, 20면.

기념 뮤지컬과 독립운동의 기억
: 〈신흥무관학교〉, 〈구〉, 〈워치〉

정명문

Ⅰ. 기념 뮤지컬과 기억의 정치학

2019년은 3·1운동 및 임시정부 수립 백주년이 되는 해였다. 독립운동과 해방이란 소재는 해방기부터 연극, 영화, 드라마, 뮤지컬과 같은 다양한 장르에서 다뤄져 왔다. 특히 뮤지컬은 특정 인물의 기념주기(서거 100주년)에 맞춰 '기념 사업회' 주축으로 제작되곤 하였다. 주최 측 입장에서는 음악, 춤, 무대장치 등으로 스펙터클을 보여주는 뮤지컬이 대중성을 견인하는 기념의 미디어로 작동될 것이란 기대를 충족시키기 때문이다. 3·1운동과 임시정부 수립 '백주년'은 10년 단위의 주기 중 가장 높은 수이기에 그 상징성도 높다. 이 시의성으로 인해 2019년에는 새로 제작된 작품과 일제 강점기를 다뤘던 기존 작품들이 대거 무대화되었다. 이 시기에 진행된 공연을 살펴보면 첫째 〈페치카〉, 〈영웅〉, 〈독립군〉, 〈백범〉, 〈구 : 도깨비들의 노래〉, 〈도산 안창호〉[1]처럼 최재형, 안중근, 김구, 안창호 등 독립 운동가의 생애를 중심으로 한 작품들, 둘째 〈윤동주, 달을 쏘다〉, 〈팬레터〉[2]처럼 윤동주, 이상 등의 문인과 그 작품을 소재로 한 작품들이 있다. 셋째 〈워치〉, 〈대한의 이름으로〉[3]처럼 독립 운동가와 가상 인물이 공존한 허구의 스토리를 엮어 내거나 넷째 〈신흥무관학교〉, 〈여명의 눈동자〉, 〈대한이 살았다〉[4]처럼 학도병, 위안부, 여성독립운동

---

1) 이상백 작, 주세페김 곡, 권오경 연출, 〈페치카〉, K문화독립군 제작, 세종문화회관 대극장, 2019.02.20.
   한아름 작, 오상준 곡, 윤호진 연출, 〈영웅〉, ACOM 제작, 예술의전당 오페라하우스, 2019.3.9.~4.21.
   유현서 작, 조선형 곡, 장용휘 연출, 〈독립군〉, 수원시립공연단, 수원SK아트리움 대공연장, 2019.04.12.~2019.04.21.
   장성희 작, 원미솔 곡, 성재준 연출, 〈백범〉, 국립중앙박물관 제작, 국립중앙박물관 중앙극장 용 2019.04.11.~12.
   정찬수 작 연출, 안예신 곡, 〈구 : 도깨비들의 노래〉, 인천민예총 후원, 한다 제작, CJ 아지트, 2019.06.26. ~ 2019.07.14.
   이은숙 작, 정민찬 각색, 심형보 곡, 이재윤 연출, 〈도산 안창호〉 사) 흥사단 주최, 나루아트센터 대공연장, 2019.11.16.~17.
2) 한아름 작, 오상준 곡, 권호성 연출, 〈윤동주, 달을 쏘다〉, 서울예술단, 예술의전당 CJ 토월극장, 2019.3.5.~17.
   한재은 작, 박현숙 곡, 김태형 연출, 〈팬레터〉, 라이브 제작, 두산아트센터 연강홀, 2019.11.07.~2020.2.20.
3) 강보람 작, 맹성연 곡, 정태영 연출, 〈워치〉, 충남문화재단 기획, 아이엠컬처 외 제작, 국립중앙박물관 극장 용, 2019.9.10~15.
   한주은 작, 연출, 최현규 작사, 서진영 곡,〈대한의 이름으로〉, 창작팀KE, 정동세실극장, 2019.11.2.~10.
4) 이희준 작, 박정아 곡, 김동연 연출, 〈신흥무관학교〉, 육군본부 주최, 쇼노트 제작, 광림아트센터, 2019.2.27.~4.21.
   김성종 작, 지인우 각색, J.ACO 곡, 노우성 연출, 〈여명의 눈동자〉, 수키컴퍼니 제작, 디큐브아트센터, 2019.3.1.~4.14.
   배새암 작, 김승진 곡, 김동순 연출, 〈대한이 살았다〉, 구로문화재단 기획, 구로아트밸리예술극장, 2019.12.4.~7.

가 등 주목받지 못했던 이들을 중점적으로 다룬 작품들도 있다. 그간 일제 통치 역사를 다루는 기념 뮤지컬에서는 독립 운동가를 잔혹한 일본인에 맞서는 영웅적인 인물로 그려 그들의 희생에 교훈적인 의미를 강조하곤 하였다. 2019년에 뮤지컬 무대로 호출된 독립운동 혹은 독립 운동가는 제작 편수가 많아진 만큼 여러 부분에서 변화의 조짐이 보인다.

역사 소재를 극적 형태로 만들어내는 작업은 문화적 기억의 산물이라 할 수 있다. 알라이다 아스만에 따르면 공식 역사와 비공식 역사의 갈등을 기념의 형태로 구현하려면 회상 과정에서 필수적으로 망각이 포함된다.[5] 기억은 당사자의 것으로 같은 상황을 의식 속에서 반복하는 것이라면, 기념은 타인의 경험과 기억에 참여하는 것이다. 결국 기념은 공공 차원에서 이루어지는 기억이라고 할 수 있다.[6] 이 공적인 기억은 선택하는 주체에 따라 '소환할 만한 과거'[7]여부가 결정되어 축소되거나 확대될 수 있다. 그러니 국가 주도적으로 만들어진 공식 기억과 비 국가기관 혹은 대중들이 생산하는 대중 기억은 차이가 생길 수밖에 없다. 또한 기념의 대상으로 다뤄지는 과거에는 현재 우리를 둘러싸고 있는 삶과 사회의 욕망이 반영된다. 기념으로 호출된 과거가 지금의 인물들에게 전해지려면 단순 재현에서 한 단계 나아가야 한다. 현재의 대중이 반응하고 공명하는 지점은 현 시점의 어떤 부분과 마주칠 때이기 때문이다. 그러기에 기념의 의도 아래 과거를 재현한 경우, 기념 대상과 제작 주체의 목적이 어떻게 교직되었는지 살펴보아야 한다. 그래야 관객에게 끌어내고자 한 공통 감정과 의미를 해독할 수 있기 때문이다.

---

5) 알라이다 아스만, 변학수 채연수 역, 『기억의 공간』, 그린비, 2011, 21면.
6) 김상봉, 『철학의 헌정-5.18을 생각함』, 길, 2015, 201면,
7) 여문환, 『동아시아 전쟁기억의 국제정치』, 한국학술정보, 2009, 27면.

3·1운동이 해방 이후 어떠한 시선으로 연극화 됐는지에 대한 연구 외에[8] 기념 뮤지컬 관련 연구는 전우형의 분석이 유일하다. 전우형[9]은 뮤지컬 〈여명의 눈동자〉와 오페라 〈1945〉가 사이 공간에 있는 반 영웅을 그렸기 때문에 기념의 의미를 일부 균열시켰다고 보았다. 이 연구는 2019년에 등장한 기념 뮤지컬을 이분법적인 시선으로 다루었다. 그래서 다양한 갈래(독립운동가의 생애, 문인의 작품, 팩션, 대상의 확장) 중 일부의 형태만 언급했다는 아쉬움이 있다.

2019년에는 동시 다발적으로 기념 뮤지컬이 나왔고, 기획 주체들이 다양해지면서 기념의 목적성이 분화된 지점들이 있었다. 또한 기념 뮤지컬이지만 일회성이 아닌 공연이 증가하면서 많은 관객들에게 노출되었다는 점도 과거와 다르다. 그러므로 2019년에 기념하고자 했던 각각의 대상, 기획 주체, 목적 등 전반적인 상황을 살펴보아야 당대의 의미를 보다 적확히 파악할 수 있을 것이다.

이 글에서는 3·1운동 및 임시정부 수립 100주년 기념 뮤지컬이 기념을 위해 취한 다양한 방식들을 논의하고자 한다. 이를 위해 2019년의 시점을 기념하여 창작된 작품 중 갈래 별로 인물, 표현기법 등에서 변화를 보이는 작품들을 확인하였다. 이 과정을 통해 선별된 작품은 다음과 같다. 다뤄지는 인물 군상의 변화가 나타난 작품 군에서는 〈신흥무관학교〉, 독립운동가의 생애를 다룬 작품 중에서는 〈구 : 도깨비들의 노래〉, 독립운동가와 허구의 인물을 엮어 팩션물로 만든 작품 중에서 〈워치〉가 대상

---

8) 이화진, 「극장국가로서 제1공화국과 기념의 균열」, 『한국근대문학연구』 8-1, 한국근대문학회, 2007.
이민영, 「기념되는 역사와 부유하는 기억들- 3·1운동 서사를 중심으로」, 『한국현대문학연구』 58, 한국현대문학회, 2019.

9) 전우형, 「사이공간과 반영웅들의 재현 정치」, 『역사비평』 130, 역사비평사, 2020.

이 되었다. 문인 소재 작품의 경우 100주년을 기념한 신작이 없어 제외되었다. 각 작품들에서 기념의 메타포는 인물, 음악, 주제 표출 등을 통해 점검한다. 이후 기념을 위해 활용된 방식과 성과를 살펴본다. 또한 공식 기록의 유무에 따라 기념 대상이 어떻게 달라지는지, 제작 주체의 의도가 어떤 방식으로 반영되었는지 살펴볼 것이다. 이를 통해 기념 뮤지컬에서 드러난 개별적인 역사와 집합 기억의 공유 지점을 확인하고 그 의의 및 한계를 도출해 보도록 하겠다.

Ⅱ. 독립 운동가와 기념의 확대

〈신흥무관학교〉는 2018년 9월 9일부터 22일까지 제 70주년 국군의 날을 기념하여 육군본부에서 주최하고 민간 제작사인 쇼노트와 협력하여 초연되었다. 이 작품은 서울 공연과 지방 투어를 진행한 후 바로 2019년 2월 27일부터 4월21일까지 3·1운동 및 대한민국임시정부 수립 100주년 기념으로 재 공연되었다.[10] 육군이 기획 주최가 되어 제작된 군 뮤지컬은 이번이 처음은 아니다. 〈마인(2008)〉[11], 〈생명의 항해(2010)〉[12], 〈더 프라

10) 2018년 서울을 시작으로 성남, 안동, 목포, 대전, 전북, 울산, 부산, 안산, 수원 등 12개 도시 투어, 2019년 서울 공연 후 대구, 광주, 경주, 춘천 등 5개 도시 투어로 진행 되었다.

11) 문희 작, 김태근 작곡, 김덕남 연출, 〈MINE〉, 건군 60주년 기념 육군 제작, 충무아트홀, 2008.10.24.~26. 양동근, 강타, 재희 외 출연.

12) 김정숙 작, 미하엘슈타우다허 작곡, 권호성 연출, 〈생명의 항해〉, 6·25 제 60주년 기념, 국방부, (사)한국뮤지컬협회 제작, 국립극장 해오름 극장, 2010.8.21.~29. 이준기, 주지훈, 김다현 외 출연.

미스(2013)〉[13]처럼 건군 60주년, 6·25 60주년, 정전 60주년 등의 기념 시기에 연예인 병사 출연 및 지방 투어 공연 사례를 찾을 수 있다. 공공 기관 뮤지컬 제작의 장점은 대형 프로젝트 진행이 가능하다는 점이다. 특히 군 뮤지컬의 경우 제작비용 중 큰 몫을 차지하는 개런티를 들이지 않고도 군 복무 중인 유명인 캐스팅이 가능하다. 또한 군 복무 유명인의 출연은 화제성이 높아 홍보에도 유리하다. 하지만 특정한 상황 속에서 계몽적인 주제를 다루다보니, 당대 유명 배우와 제작진이 참여하였어도 단발성 공연으로 그쳤던 한계가 있었다.

〈신흥무관학교〉도 캐스팅 및 제작 방식이 이전 군 뮤지컬과 유사하다.[14] 하지만 역대 군 뮤지컬 중 최다 지역, 최다 공연에 성공적인 관객 모집이란 성과[15]를 거두었고, 뮤지컬 어워즈에 노미네이트되면서[16] 작품성도 인정받았다. 이 작품은 독립군 양성학교 및 무장투쟁에 대한 역사를 공식화하고, 대한민국 육군의 기원을 재조정하기 위한 목적 아래 만들어졌다.[17] 이를 두고 애국심을 촉발하는 목적극의 정체성을 벗지 못했음을 비판받기도 하였으나[18] 다양한 차원으로 점검해 볼 필요가 있다.

---

13) 서윤미 작, 최종윤 작곡, 이지나 연출, 〈The Promise〉, 6·25 정전 60주년 기념, 국방부, 육군본부, (사)한국뮤지컬협회 제작, 국립극장 해오름극장, 2013.1.9.~20. 김무열, 윤학(초신성), 이특(슈퍼주니어), 이현(에이트), 지현우, 정태우, 배승길 외 출연.

14) 당시 군복무중인 탈랜트 지창욱, 이하늘, 가수 김성규, 이진기(온유), 조권, 뮤지컬 배우 고은성, 이재균 등이 출연하였다.

15) 초연 이후 143회 공연, 누적 관객수 11만 명(국군 장병 2만 7천 명 포함)을 기록하였고, 인터파크, 예스24 예매율 1위를 기록하였다.

16) 제7회 예그린 뮤지컬 어워드 '남우주연상', '여우신인상' 제3회 한국 뮤지컬 어워즈 '한국 뮤지컬 어워즈 대상', '여우신인상', '안무상'

17) 홍보부, 『대한민국 국군』, 국방부, 2019.

18) 정수연, 「국방부 뮤지컬에서 진짜로 보고 싶은 것은」, 『더 뮤지컬』 181, 클립서비스, 2018.11.

작품 제목이기도 한 '신흥무관학교(신흥강습소)'[19]는 무장 투쟁을 위해 만주 지역에 세워졌던 군사기관이다. 신민회[20]는 '기성 군인과 군관을 재훈련하여 장교로 삼고 애국 청년을 수용하여 국가의 인재를 육성'[21]하려는 목적으로 양성기관을 세웠다. 주축이 되었던 이들은 전 재산을 자금화 하여 서간도로 이주하여 토대를 마련하였다. 기록으로 남은 인물들은 학교 설립 주체, 무장 독립 운동의 활약자이다. 신흥무관학교가 독립운동에서 지니는 의미는 크다. 개교 후 1920년에 문을 닫을 때까지 3500여명의 졸업생을 배출하였는데, 졸업생들은 주요기관 파괴, 요인 암살 및 폭탄 투하, 봉오동, 청산리 전투 및 독립군 부대와 광복군 등에서 무장항쟁의 기본 인력이 되었다.[22] 군 뮤지컬은 사실에 근거하여 귀감이 되는 주인공을 내세웠지만[23] 〈신흥무관학교〉는 이름이 남은 이들과 무명의 학생들을 함께 보여준다. 이 부분은 제작사 섭외부터 제작 발표회까지

19) 1911년 6월 추가가의 옥수수 창고에서 개교식을 가진 후, 1912년 통화현 합니하로 이전한 당시 명칭은 신흥강습소였다. 하지만 당시 독립운동자와 학생들은 신흥무관학교로 칭했고, 독립운동사 연구가들은 학교 명칭을 따르고 있다. 한시준, 「신흥무관학교와 한국독립운동」, 『독립기념관 한국독립운동사연구』40, 한국독립운동사연구소, 2011, 5면 참조.

20) 신민회는 애국계몽운동을 지하에서 지도했던 전국 규모의 항일비밀조직이었다. 신민회는 1907년 4월에 창립되었으며 5개의 국권회복운동 집단이 연합하였다. 양기탁과 대한매일신보사를 중심으로 한 집단, 이동녕, 이회영, 김구 등 상동교회와 청년학원을 중심으로 한 집단, 이동휘 등 무관 출신의 집단, 이승훈, 안태국 등 평안도 일대 상인과 실업가 집단, 안창호 등 미국 공립협회의 집단이 그것이다. 이들은 경술국치 시기 대일무장투쟁을 공식노선으로 채택하였다. 신용하, 「신민회의 독립군기지 창건운동」, 『한국문화』 4, 서울대학교 규장각한국학연구원, 1983, 71~72면 참조.

21) 서중석, 『신흥무관학교와 망명자들』, 역사비평사, 2001, 93면.

22) 한시준, 앞의 글, 14~18면 참조.

23) 〈마인〉은 비무장 지대에서 지뢰 폭발 사고로 두 다리를 잃은 이종명 대령의 실화에서, 〈생명의 항해〉는 1950년 흥남 철수작전을 배경으로 〈프라미스〉는 개성-문산 축선 방어, 상주 화령장 전투, 다부동 전투 등을 기반으로 제작되었다.

진행하는데 난관의 요소이기도 했다.[24] 즉 군 뮤지컬에서는 파격적인 행보이며 영웅을 내세우는 기존 방식과 변별된다.

뮤지컬 〈신흥무관학교〉에는 학교를 다니는 15~18세의 동규, 팔도, 나팔, 혜란이 등장한다. 이들은 안동, 만주, 서간도 지역에서 각각의 사연을 가지고 독립 운동을 하기 위해 학교에 모인다. 주인공인 동규는 자결유생의 아들이다. 그는 어머니를 죽이겠다는 일본인의 협박에 밀정으로 들어갔고, 시를 쓰는 것이 사치스럽다고 생각한다. 하지만 자신의 밀서로 동료가 피해를 입자 이를 반성하고, 일본 기지에 폭탄을 던지고 죽는다. 팔도는 석주 이상룡 집안의 머슴이었으나 서간도로 이주하면서 자유로운 신분이 된다. 하지만 독립군에 지원했다. 팔도는 지식은 부족하나 열정을 가진 인물이다. 그는 열정적으로 훈련에 임하여 실력을 갖추고 밝은 에너지로 동지들에게 좋은 영향을 끼친다. 나팔은 여성이나 홍범도의 영향을 받아 최전방에 서는 나팔수가 되기 위해 학교에 들어갔고, 훈련성과가 좋아 전투에 제일 먼저 참여한 졸업생이 되었다. 혜란은 마적단의 수양딸이지만 신흥무관학교의 학생들과 교류한다. 그는 변복한 나팔을 남자로 착각하여 해프닝을 보여주나, 한국인의 정체성을 잃지 않고 친구들을 구하기 위해 애쓴다.

학도병들로 대표된 이들은 누구도 기록된 인물이 아니다. 작품 속 학생들은 서로 글자와 숫자를 알려주고, 잘하는 친구를 자랑스러워하면서도 결핍을 지닌 이를 배려하고 격려한다. 학생들은 자신이 독립군 양성학교에 다닌다는 것을 자랑스러워하며, 죽은 동지가 못 다한 것을 마저

---

24) 박민희, 「3·1운동 100주년 기념, 육군 창작뮤지컬 '신흥무관학교'제작발표회」, 『NEWSTAGE』, 2018.8.15. 〈http://www.newstage.co.kr/news/articleView.html?idxno=29461〉(검색일 2021.08.08.)

해내겠다는 맹세도 한다. 일제에 항거한 젊은이들은 남녀, 신분, 이민족의 차이를 떠나 하나의 목적 아래 결속하고 성장한다. 이렇게 이 작품은 독립 운동의 중심에 학도병과 군인 즉 이름이 남지 않았지만 행동했던 보통 사람들을 배치하여 독립운동이 특별한 이의 전유물이 아니었음을 드러낸다.

한편 〈신흥무관학교〉에는 인터뷰, 자서전, 소설, 희곡 등 공식 기록에 남은 인물들도 등장한다. 유생들에게 자결은 왜적을 이롭게 할 뿐 독립에 도움이 안 되니 살아서 싸우라 설득하는 석주 이상룡, 전 재산을 팔아 독립군 자금을 형성한 이회영과 형제들 및 이회영의 곁에서 당당하게 의견을 제시하며 독립군을 위해 여러 가지를 수행한 부인 이은숙, 일본 육사 출신이나 서간도로 망명하면서 최신병서, 군용지도 등 정보를 빼낸 지청천 · 김경천, 열 다섯에 나팔수로 자원했고 의병부대를 이끌었던 홍범도가 그들이다. 남만주의 '남만삼천'이란 별칭으로 학생들을 훈련시킨 교관들도 존재했다.[25] 이들의 재력과 지력, 군사적 지식과 전술 등은 실제 독립 운동에서 중요했다. 그리고 그들의 기록으로 무장 항쟁이 기억될 수 있었다. 하지만 뮤지컬은 과감히 실존 인물들의 에피소드를 무장투쟁을 실현할 수 있었던 배경으로 설정한다. 이 구조는 당시 어른다운

---

25) 안동독립운동 기념관 편, 『국역 석주유고』 상,하, 경인문화사, 2008.
이관직, 『우당 이회영 전』, 을유문화사, 1985. 이은숙, 『민족운동가 아내의 수기』, 정음사, 1974.
「빙설싸힌 서백리아에서 홍백전쟁한 실지 경험담(아령조선군인 김경천)」,『동아일보』, 1923.07.26.
김경천(김병학 정리), 『경천아일록』, 학고방, 2012.
지복영, 『역사의 수레를 끌고 밀며-항일무장 독립운동과 백산 지청천 장군』, 문학과지성사, 1995.
편집부, 「홍범도일기」, 『한국독립운동사연구』 31집, 한국독립운동사 연구소, 2008.

어른들이 바탕이 되면서 젊은이들이 바른 의지를 품을 수 있었다는 해석을 가능케 한다. 즉 기념의 대상을 이름이 알려진 자 외에 이름 없는 이들까지 확대한다.

그렇다고 이 작품이 공식 기억과 기록을 소홀히 한 것은 아니다. 알려지지 않았던 사실과 공식 기록을 뮤지컬 넘버에 섬세하게 배치하여 서사의 신뢰성을 높여준다. 실제 멜로디와 가사를 그대로 활용한 '신흥무관학교 교가'는 작사는 독립운동가인 이준형이 했지만, 멜로디는 스코티쉬 리듬을 사용한 조지아 행진곡(Marching Through Georgia)을 사용하였다. 당시 우리 작곡가의 음악이 부족하여 찬송가나 일본 음악 등 익숙한 멜로디에 노래를 붙이던 방식이 많았고[26], 신흥무관학교 교가 역시 이 방식으로 만들어졌다. 3절로 구성된 가사에는 중국과 일본이 우리 민족의 영향을 받았다는 '환단고기' 역사관을 바탕으로 빼앗긴 조국에 대한 애통함, 군사훈련을 통해 육체를 단련하여 새 나라를 세우기를 다짐하는 내용이 담겨있다.[27] 당시 신흥무관학교는 이주민들의 역사의식과 독립사상, 자생의 의지를 키우는 중심 장소였다. 이 교가는 원곡을 살린 방식으로 뮤지컬 넘버화 되었다. 무대에서 남녀 앙상블들은 씩씩하게 합창하면서 가사에 맞춰 농작물을 일구고, 한글과 역사를 배우고, 군사 훈련을 받는다. 기존의 노래가 무대화되면서 학생들의 일상을 재현하는 효과를 획득한다.

넘버 '독립선언서'는 2막 2장에서 등장하는데, 1919년 1월 21일 고종황제의 승하 상황을 대화로 짧게 제시한 뒤, 총 3절의 노래를 통해 3·1

26) 이강숙, 김춘미, 민경찬, 『우리 양악 100년』, 현암사, 2001, 114~115면 참조.
27) 길태숙, 「재만조선인 항일투쟁노래의 과거와 현재적 의미- 〈신흥무관학교 교가〉를 중심으로」, 『동방학지』 144, 연세대학교 국학연구원, 2008, 92면 참조.

운동의 기본 형태 즉 독립선언과 다 함께 만세를 외치는 상황을 보여준다. 이 넘버는 특별한 지점이 있다. 총 3절에 각각 다른 실제 독립선언서를 연결한 것이다. 1절에서는 신흥학교로 대표되는 무장 투쟁가들의 '대한독립선언서'를, 2절은 여성들이 중심이 된 애국부인회의 '대한독립여자선언서'를, 3절은 잘 알려진 33인 민족 지도자들의 '기미독립선언서'를 배치하였다.[28] 대한 독립선언서와 대한독립여자선언서는 기미독립선언서 이전에 만들어져서 배포되었고, 기미독립선언서의 기초가 되었지만 잘 알려지지 않았었다. 하지만 무대 연출과 노래는 이들을 동일하게 다룬다. 첫 번째 그룹인 무장 투쟁가들이 낮고 힘 있는 소리로 '육탄 혈전으로 독립을 완성할 지어다'를 외치고, 두 번째 그룹인 애국부인회는 좀 더 속도를 낸 높은 소리로 '때는 두 번 이르지 아니하니 속히 분발하길' 촉구한다. 마지막 33인의 민족지도자들은 빠르게 교차 선언을 하여 독립 의지가 강하게 쌓여간다는 점을 보여준다. 이 넘버는 노래 뿐 아니라 연출로도 민족 지도자 뿐 아니라 무장 항쟁을 주장한 이들과 여성 독립 운동가를 시각화 한다. 여기서 선언에 동참한 이들을 호명하는 것은 일본인이다. 밀사의 편지로 유출된 정보가 무엇인지를 보여주는 것이다. 즉 이 넘버는 관객들에게 다양한 독립 선언서와 그 주체들도 기념의 대상임을 확실히 각인시킨다.

---

28) 대한독립선언서는 만주 길림에서 1919년 2월28일에 반포되었다. 선언자는 39명으로 무장투쟁가 김동삼, 김좌진, 여준 외에 이동녕, 이동휘, 이상룡, 이세영, 이시영 등이다. 대한 독립 여자 선언서는 본문 33행 총 1291자로 된 한글선언서로 여자독립운동을 위한 부인회가 선언서를 발표한 것이다. 1919년 2월 2일에 발표되었다. 이 선언서의 서명자는 김인종, 김숙경, 김옥경, 고순경, 김숙원, 최영자, 박봉희, 이정숙 총 8인이다. 박용옥, 「대한독립여자선언서 연구」, 『한국민족운동사연구』 14, 한국민족운동사학회, 1996, 166면 참조.

그 외 뮤지컬 넘버 '빼앗긴 봄'은 이상화의 시 '빼앗긴 들에도 봄은 오는가'에서 일부 차용했으며, '남만삼천' 속 '백마 탄 초인'은 지청천의 시에서 가져온다. 넘버들은 다양한 인물이 자신의 위치에서 한 소절씩 불러 각자의 상황을 충분히 확인시키고, 노래 전 혹은 사이의 간단한 대사 등으로 감정 변화의 단계를 마련한다. 독립에 대한 열망과 기대는 기록된 인물 외에 모두의 의지였는데, 이는 의병대, 학도, 독립운동가, 군인으로 분한 앙상블의 움직임으로 드러난다. 위 넘버를 부르면서 중앙을 장악하는 것이 바로 앙상블이기 때문이다.[29] 이렇게 뮤지컬 넘버들은 기록 중 알려지지 않은 것과 알려진 것을 적절히 시청각화 하여 기념의 대상을 확대하는 성과를 낼 수 있었다.

〈신흥무관학교〉는 기념 뮤지컬이고, 기획 주체가 육군이다. 이 작품의 중심은 '무장 항쟁'을 준비했던 서간도 신흥무관학교이다. 신흥무관학교 출신들이 활약했던 독립군과 한국 광복군의 무장 항쟁 시도를 우리 군의 기원으로 볼 것이냐 여부에 따라 '국군의 날' 변경 논란도 있었지만, 2018년 의병- 독립군- 광복군으로 이어지는 군의 역사적 정통성 잇기에 대한 대통령과 국방부, 보훈처의 방향 제시가 있었다.[30] 이렇게 이 작품은 기획 주체와 대상이 명확하고 목적성도 뚜렷하다. 군에서는 '나라를 되찾기 위해 자기가 가진 모든 것을 걸고 투쟁한 사람들'을 기억할 수 있는

29) 정명문, 「이름 없는 이들을 기억해주는 시대를 위하여, 뮤지컬〈신흥무관학교〉」, 『공연과 이론』 73, 공연과 이론을 위한 모임, 2019. 참조

30) 10월1일 국군의 날은 1955년 8월 육군 제3사단이 38선을 돌파한 날을 기념하는 것이다. 이에 대해 광복군 계승여부와 국군의 날 기념일 변경 관련 김대중- 노무현- 이명박- 문재인 등 대통령이 바뀔 때 마다 논란이 있어왔다. 외교부, 「2018 연두 업무보고」, 정부업무 보도자료, 2018.01.19. 〈https://www.mofa.go.kr/www/brd/m_4080/view.do?seq=368021〉 (검색일 2021.07.01.)

콘텐츠로 만들고자 했다.[31] 이 작품은 '사람들'을 기억시키기 위해 다양한 인물들을 그린다. 그래서 군인학교에 들어간 10대와 지행일치를 실천하는 교관들의 바람직한 성장 과정을 보여준다. 또한 밀정 행위를 스스로 책임지는 결말을 제시하여 문제를 미화시키지도 않는다. 실제 독립을 바랐던 이들은 양반과 평민(하인), 남자와 여자(남장여자), 장교와 병사 모두 임을 자연스레 각각의 서사로 드러낸 것이다.

[사진1] 만세삼창 (육군, 쇼노트 제공)

[사진2] 청산리 전투(육군, 쇼노트 제공)

기억 정치가 제도화되면 각종 기념 시설 조성, 국가 기념일 제정, 기념 교육 기관의 신설과 후원이 이루어진다. 즉 기억의 정치는 기념공원, 기념관, 기념 재단을 세울 땅을 마련하고 그 기관을 움직이는 데 필요한 예산을 확보하면 끝난다.[32] 그러기에 기억의 성패는 기념의 문화 즉 개인의 기억과 집단 기억을 연결시키는 것에서 결정된다. 뮤지컬 〈신흥무관학교〉는 무장 항쟁의 기원이 곧 국군의 기원이란 메시지를 기념의 문화 차원에서 제작하였다. 물론 뮤지컬에서 망각된 개인을 역사의 주체로 끌어올린 시도는 이전에도 있었다. 그러나 이 작품의 경우 보편적인 이들의 다양한 선택을 남녀 구분 없는 배역 배치로 구현하고, 군의 기원을 조정

31) 박민희, 앞의 육군본부 문화영상과장 심성율 대령 인터뷰 참조.
32) 최호근, 『기념의 미래』, 고려대학교출판문화원, 2019, 453면 참조.

하겠다는 목적을 달성하였으며, '신흥무관학교'를 조망하는 계기[33]도 되었다. 또한 장르 특성에 맞게 넘버화 하였기에 공감대 형성에도 기여 할 수 있었다. 즉 기념의 미디어 역할을 적절히 수행하였다는 점에서 의의를 찾을 수 있다. 그러므로 〈신흥무관학교〉는 기념 뮤지컬의 대상을 확대시키고 기록을 어떻게 활용하여 기념할 것인가에 대해 나름의 변화를 꾀한 작품이라 할 수 있다.

Ⅲ. 재현을 통한 기억의 수정

백범 김구(1876~1949)는 임시정부의 수장이라는 상징성으로 인해 2019년에 뮤지컬로 여러 번 제작되었다. 〈독립군(獨立群)〉의 경우 수원시립공연단 정기공연으로 3·1운동과 임시정부수립 100주년을 기념해 제작된 것으로, 명성황후 시해 사건부터 광복까지의 사건들을 김구의 생애를 중심으로 전반은 김구의 우리나라 현실 자각, 후반은 김구와 만난 독립운동가로 구성하였다. 독립 운동과 그 활동가의 희생을 부각하여 관객들의 감정적 동의를 요청하는 전형적인 형태라 할 수 있다. 〈백범〉은 국립박물관문화재단의 '박물관 역사 잇기 시리즈'물로 2019년 4월11일 대한민국 임시정부 수립 100년, 백범 김구 서거 70주년이 되는 해를 기

33) 2019년을 전후로 폭발적으로 검색 데이터가 늘어났으며 미디어도 생산되었다. 남양주 시는 '이석영 광장' 조성, '이석영 신흥상회' 등 신흥무관학교 관련 각종 행사를 주최하고 있으며, 독립기념관은 〈신흥무관학교 새벽의 노래〉라는 웹툰을 연재하고 있다. 신흥무관학교 설립한 형제들의 이야기를 그린 〈여섯 꽃의 넋이여〉란 연극과, 〈석주 이상룡〉이 오페라로 제작되었다.

념하여 주요 장면을 낭독 뮤지컬로 공연하였다.[34] 낭독 당시는 상해에 김구가 임시정부를 만들고 한인 애국단을 조직한 활동 위주의 서사를 담고 있었다. 2020년에는 총 2막 20장으로 각색과 연출을 변경하여 백범을 남녀 배우 18명이 돌아가며 연기하고 랩을 활용하는 방식으로 제작하였다.[35]

김구는 『백범일지』라는 기록으로 자신의 삶과 독립운동을 연결시켰다. 그는 40대를 경계로 전반은 한국, 후반은 중국에 머물다가 70세에 한국으로 돌아왔다. 즉 공간의 분리와 통합을 겪으면서 사고가 확대되었던 인물이다. 그는 본인이 겪었던 한국사의 중요 사건들을 자서전에 기술하고, 그에 대한 개인적 평가를 남겼다. 이 기록은 그를 기념하는 작품들에게 강력한 영향을 끼쳐왔다. 위 작품들처럼 그가 서술한 연대기와 평가, 공간을 좇아 스토리가 구성되었기 때문이다.

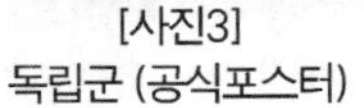
[사진3]
독립군 (공식포스터)

[사진4]
백범 (공식포스터)

[사진5]
구 (공식포스터)

[사진6]
구 (공식포스터)

34) 국립중앙박물관 공연안내 〈https://www.museum.go.kr/site/main/show/view/perform/469438?cp=〉(검색일 2021.07.10.)

35) 장성희 작, 원미솔 곡, 장우성 각색, 연출, 〈백범〉, 국립중앙박물관 제작, 국립중앙박물관 중앙극장 용 2020.09.10.~10.4.

〈구 : 도깨비들의 노래〉는 김구를 다루었지만, 위 작품들과 다르게 접근한다. 이 작품은 〈구(九)〉란 제목으로 인천 민예총의 후원을 받아 낭독 공연을 거친 후 부평구문화재단 주최로 무대화 되었다.[36] 이후 CJ 문화재단의 Stage up 공간지원 사업[37]에 선정되어 대학로 소극장에서 3주간 공연이 되었다. 인천(부평)에서 이 작품을 후원한 이유는 인천이 애국 청년 김창수를 독립운동가 김구로 재탄생시켰다는 지역적인 상징성 때문이다. 김구는 1896년 대동 강변 치하포에서 일본인을 죽인 사건으로 인천 감리서에 수감되었다가 탈옥했고, 1911년 안국 사건으로 구속되어 서대문 감옥소에 투옥됐다가 다시 인천으로 이감되었던 이력이 있다. 그의 탈옥 과정과 강제 노역의 고통은 『백범일지』 및 인천 방문 시 술회로 기록되어 있다. 인천시는 지금도 김구와 인천의 인연을 기념사업을 통해 알리고자 한다.[38] 김구는 청년기에 인천에 있었다. 흥미로운 지점은 〈구 : 도깨비들의 노래〉도 김구가 임시정부 수장으로 살았던 시간이 아닌, 청년 김구의 시간을 재현한 스토리라는 점이다. 창작자는 독립 영웅보다 '청년과 실패'에 집중했다고 한다.[39] 여기서는 〈구 : 도깨비들의 노

36) 정찬수 작 연출, 안예신 곡, 〈구 九〉, 부평구문화재단 주최, (사)인천민예총 주관, 부평아트센터 달누리극장, 2019.05.16.~17.

37) CJ 문화재단이 2016년부터 소규모 창작 단체, 극단의 가능성 있는 작품들에 지원하는 사업으로 CJ아지트 대학로 공연장과 장비를 사용할 수 있게 하고, 창작 지원금1500만 원, 홍보마케팅, 하우스 운영인력을 지원한다. CJ 문화재단 〈https://www.cjazit.org/support/stage-up〉.(검색일 2021.06.20.)

38) 인천시 중구는 2018년 3·1운동 및 임시정부 수립 100주년 기념 사업 공모에 '청년 김구 역사거리 조성사업'을 선정하였고, '마인크래프트'에 인천 크래프트를 구축하여 청년 김구가 인천감리서를 탈출하는 과정을 체험하는 콘텐츠도 공개하였다. 이정용, 「인천에서 다시 태어난 '청년 김구'」, 『시사저널』 16117, 시사저널사, 2020.08.30

39) 조나단, 「인터뷰 : 정찬수 연출가, "인간이 가질 수 있는 욕망 찾고자 해"」, 『한국증권신문』, 2020.05.03.

래〉에서 실존 인물을 재현한 방식을 통해 기념하고자 하는 바와 성취 지점을 파악해 보고자 한다.

〈구 : 도깨비의 노래〉는 1949년 김구가 안두희의 총에 맞아 죽기 직전의 찰나에서 출발하여 그의 과거로 돌아가는 여행으로 구성되어 있다. 과거로 돌아가는 타임 슬립은 다섯 명의 도깨비로 인해 가능하다. 검은색 복장을 한 도깨비들이 '123456789 구사일생 인생'이란 가사를 읊을 때마다 김구의 시간은 변경된다. 도깨비들은 김구에게 질문을 던지고, 과거로 이동해서 김구가 만났던 사람들로 변신한다. 도깨비의 이름은 두래, 연상, 연하, 장진, 원종이다. 이들은 김구가 평생 사용하였던 이름들이다.[40] 그래서 이들은 김구의 분신이기도 하다.

환상(판타지)은 부재와 상실로 경험되는 것을 추구한다.[41] 즉 판타지 활용은 현실에서 이루지 못한 결핍이 있음을 의미한다. 김구는 과거를 반추하고, 제시된 장면의 변화는 결핍을 드러내게 된다. 김구는 도깨비들의 인도에 따라 청년 김창수였던 시기로 돌아가서 자신을 마구잡이로 때렸던 할아버지, 치하포의 쓰치다 조스케, 인천 감리서에서 탈출을 도모했던 백석과 순용과 만난다.

돌아간 김구는 노인에게 왜 자신을 때렸는지를 묻는다. 노인은 일본인들에게 말도 안 되는 이유로 딸자식을 빼앗긴 화를 주체 못하고 있었다. 그는 노인의 억울한 사연을 듣고, 과거에 들어주지 못한 것을 사과한다. 두 번째로 도착한 곳은 얼음으로 전복될 위기에 처했던 배 위이다. 김구

40) 김구의 이름은 총 9개였다. 자(字)는 연하(蓮下), 호는 백범(白凡), 연상(蓮上), 처음 이름은 창암(昌巖), 19세 때 창수(昌洙), 37세 때 구의 한자를 바꾼다.(龜-九) 감옥 탈출 후 불교에 귀의했다가 환속했을 때 두래(斗來), 피난 시기 가명 장진(張震), 장진구(張塵救)도 있었다.

41) 로지 잭슨, 서강여성문학연구회 역, 『환상성 - 전복의 문학』, 문학동네, 2001, 12면.

는 사람들과 힘을 합쳐 빙하 조각을 밀어내서 위기를 극복한다. 하지만 시종일관 불만만 토로했던 이가 조선인으로 위장한 일본 상인이었고, 배에 함께 탔던 이들이 그 일본인을 처단하려고 한다. 김구는 '위장하고, 칼을 품었다고 죄가 있는 것이 아니다'라며 말려보지만 소용이 없다. 결국 그는 민심을 안정시키기 위해 일본인을 죽이고, 그 책임을 진다. 치하포 사건의 경우, '국모의 원수를 갚은' 행위로 감옥에 간 것이 만인에게 알려진 계기였으며, 김구 역시 『백범일지』에 많은 양을 할애할 정도로 자부심을 준 사건이었다. 하지만 이 작품은 그가 과거 행동에서 놓친 것을 부각시킨다. 김창수는 누군가에게 토로하지도 못하는 사람들을 알아보지 못했고, 들어줄 여유도 없었다. 그는 평범하고 일반적인 선택을 했을 뿐이었다. 이렇게 〈구 : 도깨비의 노래〉는 김구가 기록한 의미 있던 시간들을 다르게 조망한다. 김구는 타임슬립을 통해 과거 선택에서 자신의 옆에 있었던 다른 이들을 놓쳤음을 깨닫는다.

〈구 : 도깨비의 노래〉에서 반절 이상을 차지하는 인천 감리서 탈출 에피소드의 경우, 주인공은 백석과 순용이다. 김구는 순용과 백석이 서로 마음을 전할 수 있도록 글을 가르친다. 출옥이 며칠 안 남은 순용은 여린 백석을 위해 탈옥을 감행하지만 그 과정 중 총에 맞아 죽는다. 하지만 『백범일지』에 따르면 탈옥은 김창수의 계획 하에 남색인 김백석과 황순용을 움직여서 진행되었다. 함께 움직인 조덕근, 양봉구, 황순용, 김백석은 탈옥 직후 흩어져 버렸다.[42] 이 작품은 탈옥 계획부터 탈옥 상황 및 결과를 기록과 다르게 구성한다. 김구는 1914년 감옥에서 자신의 이름을 구로 바꾸고 호를 백범으로 고친다. 즉 인천 감옥은 애국 청년 김창수를

42) 이주영, 「121년전 청년 김창수, 인천감리서 감옥을 탈출하다」, 『인천일보』, 2019.03.18.

독립운동가 김구로 재탄생시켰던 공간이기에 지역에서 상당히 의미를 부여하고 있다. 하지만 이 작품에서는 김구의 탈출이 독립운동의 빛나는 출발점이기 이전에 타인의 순애보를 바탕으로 이루어진 것임을 드러낸다.

우리가 과거를 기억하는 이유는 화해와 치유의 가능성을 발견하기 위해서이다.[43] 〈구 : 도깨비의 노래〉는 기념 대상의 과거를 통해 다른 시각을 제시한다. 작가는 관객에게 공유되었던 기억을 수정하고 다시 보기를 요청한다. 즉 독립운동과 영웅에 대해 거시적인 의미를 강조하기 보다는 일제강점기를 살아가는 일반인들의 일상이 얼마나 불합리한 모습이었는지를 미시적으로 드러낸 것이다. 이를 위해 김구의 청년기로 돌아간다. 사실 김구가 죽인 일본인은 군인이 아니라 상인이란 기록이 있고, 자신의 탈출로를 확보하기 위해 다른 죄수들로 시선을 돌린 것은 타인을 도구로 썼다는 점에서 문제가 된다. 김구 스스로 애국과 독립이란 공적인 의미를 부여하더라도, 그의 주변에서 타인이 죽었다는 사실은 변하지 않는다. 김구가 돌아본 김창수의 삶은 당대 보편적인 일상인의 모습이었다. 김창수는 죽을 고비에 영웅을 자처하고 도망쳤으며, 타인의 희생으로 자유를 얻었다. 이렇게 〈구 : 도깨비의 노래〉는 이름 없는 이들의 누군가의 희생을 조망한다.

이 작품은 주인공을 맹목적으로 칭찬하지 않는다. 오히려 그가 남긴 『백범일지』의 기록에 기대지 않고 그 행동의 이면을 노출한다. 그래서 관객들은 고민하고 반성하는 인간 김구와 마주하게 된다. 이를 통해 작가는 김구가 만났던 이들 모두를 기억해야 함을 요청한다. 이 의도는 공연

43) 최호근, 앞의 책, 58~59면.

의 처음과 끝에 불리는 중요한 넘버이기도 한 '나의 소원'에서 확실해진다. 이 작품에는 김구의 부르짖었던 '내 소원이 무어냐고 물으신다면'과 그 대답인 민족국가, 정치이념, 내가 원하는 우리나라는 나오지 않는다. 단지 그의 바람이 곧 또 다른 사람들의 소원이고 믿음이라고 노래한다. 즉 기념의 대상은 김구를 의미 있게 만든 주변 인물들로 이동되었다. 하지만 제목부터 에피소드까지 김구에서 비롯된 것이기에 이런 의도가 한눈에 관객에게 전달되지 않는다는 아쉬움도 있다. 그러나 기록과 기억에 의존하지 않고 대상의 이면을 드러내고자 한 시도는 나름의 의미를 지닌다 하겠다.

Ⅳ. 팩션과 기억 조정의 한계

뮤지컬 〈워치〉는 3·1평화운동 백주년을 기념하여 제작된 작품으로 충남문화재단과 국립중앙박물관 문화재단의 '박물관 역사 잇기'시리즈 물로 기획되었다. 이 작품은 윤봉길의 지사적인 면모와 애국적인 면모를 지역의 한 성과처럼 내세운다. 작품 홍보 과정에서 윤봉길의 출신지를 강조하고, 공연 중 지역 명칭이 여러 번 호출되었으며 그 결과 충남의 문화 이미지에 도움이 되었다는 점에서 관객 만족도 81%라는 설문조사 결과도 나왔다.[44] 이 작품에는 윤봉길을 중심으로 한인 애국단 및 김구와 미래를 볼 수 있는 초능력자가 등장한다. 이로 인해 실화 외에 픽션을 추가한 팩션 뮤지컬임을 전면으로 부각한다.[45] 팩션(faction)이란 팩트와

44) 충남문화재단, 〈워치〉 제작 · 공연 만족도 결과 중 관람객 만족도 참조.

픽션의 합성어로, 2000년대 이후 사실이나 실존 인물에 픽션을 섞어 재창조된 작품들에게 붙여진 명칭이다. 소설, 영화, 텔레비전 드라마 등으로 대중화가 되었고[46] 최근 뮤지컬에서도 시도 중이다. 매체에서 팩션을 내세운 작품의 경우 다양한 관점과 흥미를 준다는 점에서는 환영받았지만 동시에 상상력을 어디까지 확장시킬 것인가에 대한 논란에서 자유롭지 못했다. 3·1절을 기념하는 극들은 대부분 사실주의의 극적 환영 장치를 통해 실제 사건 재현[47]으로 의미를 부여하려고 했었다. 〈워치〉는 사실적 기록과 함께 그와 상반되는 판타지 기법을 동시에 사용하였다. 이 장에서는 기념 뮤지컬에서 실제 기록과 팩션을 활용한 방식과 의미를 살펴보도록 한다.

윤봉길은 '홍구 공원 의거(虹口公園義擧)'를 일으킨 독립 운동가이고, 그의 의거는 독립 의지를 적극적으로 표현한 극적인 사건이었다. 그에 관련한 자료는 의거 시점의 국내외 신문 기록[48]뿐 아니라 재단 및 기념관에 관련 에피소드나 발언까지 보존되어 있다.[49] 윤봉길을 정면으로

---

45) 안시은, 「윤봉길 의사 담아낼 〈워치〉 오늘의 관객들과 호흡하려 한다 (제작발표회)」, 『더뮤지컬』 2019.07.17. 〈https://www.themusical.co.kr/News/Detail?num=12410〉. (검색일 2021.07.10.)

46) 팩션 관련 논의는 김기봉, 『역사들이 속삭인다 -팩션 열풍과 스토리텔링의 역사』, 프로네시스, 2009. 참조.
2000년대 텔레비전 역사드라마 관련 논의는 텔레비전 연구회, 『텔레비전드라마, 역사를 전유하다』, 소명출판, 2014. 참조.

47) 3·1운동 관련 기념연극제에서 공연된 연극의 상세한 특성에 관해서는 양근애, 「해방기 연극, 기념과 기억의 정치적 퍼포먼스」, 『한국문학연구』 36, 동국대학교 한국문학연구소, 2009 참조.

48) 한시준, 「윤봉길 의사의 홍구공원의거에 대한 중국신문의 보도」, 『한국독립운동사연구』 32, 독립기념관 한국독립운동연구소, 2009.

49) 매헌 윤봉길의사기념사업회, http://www.yunbonggil.or.kr/ 윤봉길 의사기념관(충청남도 예산군 덕산면 시량리)

내세운 기념 작품들은 이전에도 여러 번 시도되었다.[50] 뮤지컬 〈워치〉의 경우 실제 기록들을 넘버와 장면으로 만들어내고자 노력하였다. 윤봉길의 망명 전 에피소드 중 그가 야학을 세운 계기가 되었던 공동묘지 묘표 사건(1926), 월진회와 '부흥원' 설립 후 실제 올렸던 학예회(1929)는 앙상블과 함께 넘버를 부르며 장면을 만들어 냈다. 윤봉길이 쓴 글들은 그의 감정과 의지를 드러내는 데 활용되었다. 중국 망명 직전에 남긴 '이향시'(1930)와 '아들에게 남긴 유시'(1932)는 지사의 비장한 다짐을 한껏 드러내는 노래로 만들어졌다. 한인 애국단 가입 선서(1932), 국민장(1946) 과 같은 공식 기록의 경우 태극기를 배경으로 동료들과 함께한 각오 및 그의 애국적인 죽음을 기리는 데에서 활용되는데, 사실 재현처럼 보여 감정 고양을 조성하는 토대로 적용된다.

〈워치〉에서는 1920~30년대의 모습을 신문기사, 사진, 뉴스 릴(news reel) 등으로 표현하였다. 극은 사실과 허구가 섞여 있지만 실제 공간과 시간을 확실하게 표현하기 위함이었다. 사진은 공통의 기억을 산출하는 기반이기에, 사진과 영상이 어떻게 결합되고 문자와 텍스트가 어떻게 엮이는가에 따라 의미가 확대되거나 축소될 수 있다.[51] 1장의 경우, '상해로 진격한 용맹한 천황의 군대', '중화민국은 정녕 상해를 포기하는가' 와 같

50) 조영규 작, 박범훈 곡, 정갑균 연출, 창극〈청년시대〉, 매헌 윤봉길의사 상해의거 70주년 기념, 국립창극단, 2003.04.05.~13.
구성 및 드라마투르기 이혜정, 김세한, 곡 박일훈, 예술감독 유인촌, 〈낭독, 1945〉, 유시어터, 2015. 12.22~30.
김재복 작 연출, 천득우 곡, 〈아름다운 영웅 윤봉길〉, 윤봉길 의사 순국 85주년 기념, 예산ACTS 예술단,예산군 문예회관, 2017.12.20.
김재복 작 연출, 천득우 곡, 〈스물다섯, 매화로 피다〉, 윤봉길 탄신 110주년 기념, 예산 ACTS 예술단, 충남도청 문예회관, 2018.09.04.

51) 테사 모리스 스즈키, 김경원 역, 『우리안의 과거』, 휴머니스트, 2006, 143면.

은 헤드라인, 일본군이 상해를 진군하는 사진들이 제시된다. 이는 1932년 중국 19로군의 철수와 무장해제로 인해 일본에 대한 중국인의 불만이 극도로 부정적인 상황을 실질적으로 보여주기 위함이었다. 이후 〈소용돌이 치는 미래〉라는 넘버로 중국인과 한인 애국단의 공동의 적이 일본이며, 모두 떠나든지 맞서 싸우든지 선택해야 함을 외치게 된다. 재현의 도구로 활용된 실제 기사와 사진은 관객들에게 당시 분위기에 몰입하도록 한다.

사진은 진실한 표현과 충실한 기록이란 두 기능을 가지고 있다.[52] 〈워치〉에서는 추모를 위해 사진으로 현재와 과거를 연결시킨다. 이는 일본 경찰에 고문당해 희생된 이들(임화순, 공성환, 박상희, 남지선, 윤미화, 추종수, 김국현, 오필상)을 기리는 장면에서 나온다. 무명 용사의 기념비처럼 근대 민족주의 문화의 상징으로만 남아있던 이들이[53] 한 명씩 호명한 뒤 사진을 통해 실재하였음을 증빙하는 절차를 밟는다. 독립이 오는 "그날을 위해" 노력했던 사람들의 이름과 구체적인 이미지는 투사를 기억하는 확실한 장치가 된다.

[사진7] 홍구 공원 기념식장

[사진8] 윤봉길의 폭탄투여 장면
(충남문화재단 제공)

52) 롤랑바르트, 수잔손탁, 송숙자 역, 『바르트와 손탁 : 사진론』, 현대미학사, 2004. 243면.
53) 베네딕트 앤더슨, 윤형숙 역, 『상상의 공동체 : 민족주의의 기원과 전파에 대한 성찰』, 나남, 2002, 29면.

〈워치〉에 활용되는 흑백의 뉴스 릴의 경우, 1932년 4월 29일 상해 홍구 공원에서 거행된 전승 기념 겸 천장절(일본 국왕 생일) 기념식장에서 한 기마 사열식과 규모를 보여준다. 다양한 기록을 통해 식장에 참여한 이들에 대한 정보는 이미 상세히 알려져 있다.[54] 그런 정보를 바탕으로 이 작품은 기념식장의 규모를 영상으로 처리한 뒤, 무대에서 폭탄 투하와 만세 장면을 구현한다. 윤봉길의 폭탄은 현장에 있던 시라카와(白川義則) 사령관, 우에다(植田謙吉) 육군대장, 노무라(野村吉三郎) 해군중장, 시게미쓰(重光葵) 주중 공사에게 즉사 또는 중상을 입혔다. 영상은 과거의 활기를 재생하여 보는 이에게 과거의 이미지를 새겨 넣고 역사에 대한 강렬한 일체감을 불러일으키는 힘을 지니고 있다.[55] 〈워치〉는 짧은 기록 영상을 당시의 현장 재현에 활용한다. 즉 영상은 과거의 기억을 보조하여 다음 무대의 강렬한 분위기를 끌어올 수 있는 연결 장치가 되었다.

이 작품은 윤봉길과 그가 소속된 단체까지 기념 대상을 확장하였다. 한인애국단(韓人愛國團)은 대한민국임시정부에서 일본의 주요 인물을 암살하여 일본의 국가 운영 체계나 대외침략을 좌절시키고자 만든 단체이다. 김구가 중심이 되어 유상근, 유진만, 윤봉길, 이덕주, 이봉창, 최홍식 등이 참여하였다.[56] 한인애국단은 비밀 결사였기에 그들의 투쟁과정

---

54) 단상 중앙에는 시라카와 요시노리 대장과 노무라 요시사부로(野村吉三郎) 중장, 좌측에 제9사단장 우에다 켄키치(植田謙吉) 중장과 상해총영사 무라이(村井), 우측에는 주중국공사 시게미쓰 마모루(重光葵), 상해거류민단장 가와바다 사다쓰구(河端貞次), 거류민단 서기장 도모노(友野) 등이 앉았다. 이 자리에는 1만여 명의 일본군인들과 1만 여명의 일본거류민들이 동원되었고 각국 외교관, 무관들도 초청되었다. 한시준, 앞의 글, 45~48면 참조.

55) 테사 모리스 스즈키, 앞의 책, 214면.

56) 김창주, 「한인애국단의 성립과 활동」, 『한국독립운동사연구』 2, 독립기념관 한국독립운동사연구소, 1988, 441~444면 참조.

은 비밀리에 이루어졌고, 기록을 남길 수 없었다. 그러므로 창작자들은 첩보전과 폭탄과 같은 활약을 팩션으로 제시하여 작품의 스펙터클을 만들어내고자 하였다.

〈워치〉를 팩션으로 이끄는 인물은 박태성이다. 그는 미래를 보는 초능력이 있다. 하지만 만세운동을 하던 형 승구의 죽음을 막지 못했다는 죄책감을 가지고 있다.(승구는 윤봉길의 제자이다) 박태성은 윤봉길과 상해 일본 군수물자 밀매 거래소에서 처음 마주친다. 태성과 봉길은 이곳에서의 만남이 계기가 되어 한인애국단 일원이 된다. 두 사람의 임무는 중국인 폭탄 전문가 향차도(向佽濤)를 찾는 것이었다. 임무 수행 도중 다나카의 추격을 받고 그 여파로 애국단은 위기에 처하게 된다. 태성은 천장절에 폭탄을 던지려는 윤봉길의 죽음을 예견하고, 이를 막기 위해 다나카를 처치한다. 그 결과 윤봉길은 폭탄 투척에 성공했지만 일본군에게 잡힌다. 태성은 자신의 능력에 대해 의심하고 현실에 충실한 인물이었지만 윤봉길을 만나 독립운동까지 참여하게 된다. 그 결과 〈워치〉 속에서 태성은 한인애국단의 활동들을 시각화하는 인물로 기능하게 된다. 이렇게 태성의 능력은 스토리 안에서 매력적으로 활용되었지만, 홍구 의거라는 실제 사건까지 변화시킬 수는 없었기에 윤봉길의 보조 인물이 되었다.

한인애국단에는 독립을 하고자 하는 의지와 능력을 갖춘 인물들이 모여 있었었다. 남녀, 출신, 신분, 지역은 중요하지 않았다. 〈워치〉에서 윤봉길과 다양한 인물 군상을 보여준 것은 2019년의 기념 뮤지컬들의 방향성과 일부 유사하다. 그리고 이들의 활약을 팩션으로 제시하여 빈 부분을 보완하였다는 점에서 의미가 있다. 하지만 여성 인물 서사는 아쉽다. 허구 인물인 구혜림의 경우 노래, 일본어 실력, 격투까지 잘하는 스파이였지만 그녀가 미인계를 써서 알아낸 정보는 바로 '호외'로 알려진다. 그 결과 그녀는 작품 내에서 쇼걸의 이미지 즉, 시각적 볼거리에 머무른다. 실제 인물 정정화의 경우 3·1운동 직후 상해로 망명하여 임시정부의 안살림을 맡았고, 국내로 여러 번 밀파되어 임무를 수행하기도 했다. 그녀는 한국여성동맹, 대한애국부인회 재건 등 국내외 부녀의 총 단결과 임시정부 옹호에 활동하였다.[57] 하지만 무대에서 그려지는 정정화는 먹을 것을 해주는 어머니의 이미지만 소화한다. 이처럼 〈워치〉는 팩션의 양면, 즉 스토리와 스펙터클을 보완해준 장점과 인물을 균형적으로 제시해주지 못한 단점을 드러냈다.

〈워치〉는 윤봉길을 기억하기 위해 공식적 기록과 허구 둘 다 활용한다. 모리스 알박스(Maurice Halbwachs)는 기억을 사회적인 현상으로 설명한다. 개인의 기억은 다른 사람들과 감정, 느낌, 인상을 공유하게 되고 공동의 기억 풀(pool)을 형성한다. 시대적 분위기 제시 뿐 아니라 감성과 기억의 매개체로 상반된 상황을 인지시키기 때문이다. 개인은 자신이 속해 있던 사회적 상황에 따라 집단 기억과 관계를 맺으며 기억을 재배치하고, 실제 경험한 당사자가 아니더라도 '증인' 역할을 하며 공동의 기억을 형성한다.[58] 이 작품에서 윤봉길은 흔들리지 않고 희생하여 세상의 변화를 끌어온 인물이었다. 각종 기록과 사진은 알려지지 않았던 이들을 기억하게 하고, 당시 스펙터클을 재현하여 공동의 기억을 추가 형성하는데 일정 정도 도움을 주었다.

창작자는 작품의 설정 범위에서 팩션이 어떤 기능을 할 것인가를 고민

57) 정정화, 『녹두꽃』, 도서출판 미완, 1987, 71~73면.
58) 김영범, 「알박스의 기억사회학 연구」, 『사회과학연구』 6-3, 대구대학교 사회과학연구소, 1999, 571면.

할 수밖에 없다. 실제 기록과 인물이 있는 역사 소재의 경우, 왜곡 논란에서 자유로울 수 없기 때문이다. 이 작품은 팩션을 비밀결사처럼 기록되지 않은 부분에서 활용하여 이를 극복하고자 하였다. 하지만 여전히 역사적 사실에 대한 압박으로 인해 허구 인물과 실제 인물의 교차지점을 통해 이야기를 확장하거나 인물의 이면을 드러내는 방식으로까지 나아가지 못하였다. 이는 팩션을 주도한 박태성이 작품 내에서 단독으로 등장하지 않았다는 것으로도 확인된다. 〈워치〉의 중심은 지사 윤봉길이다. 결국 그의 이미지를 강조하기 위해 사용된 기록과 팩션만 미화 되었다.

기념 뮤지컬에서 사실적 기록 외의 방식을 적용하기 시작한 것은 새로운 서사와 볼거리를 요청하는 대중들의 변화를 반영한 시도라 할 수 있다. 역사적 인물의 희생을 기억하고 기념하는 방식은 그간 여러 매체에서 되풀이 되었다. 2019년에 호출된 1919년이 현상 자체에 머물지 않으려면 현재에도 공감대를 얻어 연속적인 기억으로 남아야 한다. 〈워치〉는 사실과 재미 두 가지를 잡기 위해 다양한 실제 자료와 팩션을 활용하였던 작품이다. 하지만 기념의 주체와 기념 대상이 확고하다보니 역사를 전복하거나 뛰어넘는데 제약이 따랐다. 기록과 팩션은 장면의 스펙터클을 보조하고 강화하는 데 다양한 기능을 하였다. 다만 목적이 한정적이다 보니 이전의 기념 대상과 현재의 관객과의 공유 지점 확보는 미지수이다.

Ⅴ. 결론

우리는 역사적 사건을 상징이나 재현을 통해 경험하게 된다. 이 상징과 재현은 언제나 현재적 시점에서 재구성되고 해석된다. 과거의 경험을 회상하는 기억은 선택과정을 통해 의미가 생산되며 집단기억으로 발전하게 된다. 역사적 전환점에 놓인 사건들이 기념의 대상이 되었다면, 어떤 세계관으로 재구성되었는지 살펴볼 필요가 있다. 기념의 대상을 선택하고 그를 재현하는 과정에서 당대 사회의 정체성이 드러나기 때문이다.

3·1운동은 대한민국의 체제 성립 과정에서 지속적으로 호출되었다. 3·1운동은 도시, 중산층, 지식인 집단에서 출발하긴 하였으나, 아래의 고른 지지를 얻으면서 일상 영역의 근대화를 위한 개선과 개혁이 이루어지는 계기였다.[59] 하지만 독립 운동을 기억, 기념하는 작품들은 국가 수호에 국한되어 나라 잃은 비운의 감정, 애국지사에 대한 존경과 같은 '감정' 호소에 치우치는 경향이 많았다.

역사를 다루고 있는 작품들은 그 사건과 소재들이 의미가 있다고 판단되는 지점들을 선택할 수밖에 없다. 2019년에 공연된 〈신흥무관학교〉, 〈구 : 도깨비들의 노래〉, 〈워치〉는 적극적인 무장 항쟁의 노력, 자기 회고 및 반성, 판타지 등 새로운 방식으로 무대화를 시도했다. 〈신흥무관학교〉의 경우, 이름 없는 학도병들을 전면에 드러내어 평범한 인물들의 간절함을 드러내었고, 잘 알려지지 않았던 공식 기록 속 인물을 재 조망하여 기념의 대상을 확대하였다. 〈구 : 도깨비들의 노래〉는 김구의 청년기를 타임 슬립을 통해 재현하되, 당위성으로 인해 그가 놓쳤던 것들과 망각된 대상을 수면 위에 올려 반성을 통해 공유 기억을 수정하였다. 〈워치〉는 팩션과 다큐멘터리 기법(신문기사, 사진, 뉴스릴)을 동시에 활용하여

59) 유선영, 「3·1운동 이후의 근대 주체 구성」, 『대동문화연구』 66, 성균관대학교 대동문화연구원, 2009, 265면.

스펙터클은 강화하였지만 현재와 공유되는 지점을 확보하지 못한 한계도 지니고 있었다.

역사적 사실을 기억하고 기념하는 방식에는 기억 주체와 당대의 권력관계 즉 기억의 정치학이 반영된다. 〈신흥무관학교〉, 〈구〉, 〈워치〉 각 공연을 제작-기획한 주체들은 육군, 부평문화재단(인천민예총), 충남문화재단 즉 국공립 단체였다. 이들은 최소 1년 단위로 예산을 짜고, 예산 없이는 집행이 불가한 시스템을 가지고 있다. 즉 2019년 3월 1일이 백주년이고 이를 기념하려면 최소 1년 전인 2018년 초에는 공연을 기획했음을 유추할 수 있다. 공연을 기획-제작하는 주체들은 누구를 기억할 것인가에 관심을 가질 수밖에 없다. 기획이 성공적인 평가를 얻기 위해서는 단체나 지역을 대표하는 인물군을 통해 이미지 고취도 해야 했고, 관객 동원을 통해 증빙도 해야 했을 것이다.

기억은 현재의 관심사를 반영하고, 유사성의 원리에 의존하면서 감정에 호소한다. 과거를 이겨낸 현재, 살아 움직이는 역사(history-in-action)로 2016년 광화문 촛불 시위와 2017년 탄핵으로 이루어진 정권 교체와 같은 대중의 경험치[60]가 직전에 있었다. 이 촛불 시위는 구조적으로는 민주적 책임성을 담보하지 못하는 권력 구조의 문제, 즉 한국형 결손 민주주의로 인해 촉발되었다.[61] 시민들은 자발적으로 문제에 대해 의견을 표현하고 참여하였으며, 그 목소리의 대대적인 규합은 변화를 이끄는 토대가 되었다. 당대의 관객들이 직접 경험했던 성공적인 기억, 즉 민중의 움직임은 '민중의 성취'라는 계보에 남을 수 있는 대상이었다. 그러기에 위

---

60) 천정환, 『촛불 이후, K-민주주의와 문화정치』, 역사비평사, 2020, 65면.

61) 정재관, 「촛불시위의 정치학」,『한국과 국제정치』 35-4, 경남대학교 극동문제연구소, 2019, 152면 참조.

작품들 모두 유명의 독립 운동가와 함께 움직였던 민중들에 관심을 가지고, 기념의 대상에 포함시킨 것을 우연이라 보기 어렵다.

기념은 어떤 특정한 인물이나 사건 등을 생각나게 하며 기억을 새롭게 하는 모든 행위이다. 3·1운동 및 대한민국 임시정부 수립 백주년 기념으로 제작된 뮤지컬에서는 기념해야 할 대상과 목표의 변화가 반영되었다. 독립을 열망한 주체가 의사, 열사 등 기록된 인물 외에도 양반과 평민, 남자와 여자, 장교와 병사처럼 이름 없는 인물의 열정으로 이루어진 역사임을 전면화하였다. 각 작품에서는 '민중의 움직임'이 현재와 연결되고 있음을 적극적으로 드러내는 장치들이 여럿 발견된다. 역사적 기록에 새로 생산된 가치와 기억을 반영하였고, 군중의 일상과 감정에 공을 쏟았다. 또한 실증적 고찰과 호명하기를 동시에 활용하여 신뢰성을 높였다. 기록과 픽션, 실제와 허구 사이, 독립 운동과 임시정부의 주체에 대한 해석에 변화도 있었다. 공식 기록에 새로 생산된 기억을 유연하게 연결한 위 작품들은 독립운동가와 함께 움직인 군중의 일상과 감정 즉 미시문화사적 접근을 포함하였다. 이 시도들은 동시대적 공감대 형성이란 성과를 얻기도 하였지만, 한편으로는 목적성에 함몰된 부분도 존재한다.

2021년 국립박물관문화재단에서 기획 제작한 〈뮤지컬 역사 톡! 그날〉은 위 뮤지컬에 대한 또 다른 시각을 보여준다. 이 갈라 콘서트에서는 2019년에 국립중앙박물관 용에서 기획, 공연된 작품인 〈백범〉, 〈워치〉, 〈신흥무관학교〉을 활용하였다. 그런데 영웅적인 인물들이 단체 톡방에서 만나서 독립을 논한다는 구성에서 드러나듯, 주인공은 김구, 윤봉길, 이봉창, 안중근이다.[62] 각 작품들에서 부각되었던 민중, 영웅의 이면, 일

62) 장우성 구성, 정태영 연출, 원미솔 음악감독, 〈뮤지컬 역사 톡! 그날〉, 국립중앙방물관

상들에 대한 다양한 기념 대상보다 유명 인물을 중심으로 재구성되어 주요 넘버만 활용된다. 또한 2019년 이후 이 작품들은 역사 뮤지컬로 지칭되고 있다.

2019년 3·1운동 및 대한민국 임시정부 수립 백주년을 기념한 뮤지컬들은 다양한 방식으로 기념의 대상을 확대하였다. 역사 소재를 다루는 장르는 정치적 변화에 유기적으로 반응하기에, 이 변화가 지속될 것인지는 지켜볼 필요가 있다. 역사 뮤지컬과 기념 뮤지컬 관련하여 대상을 정립하고 세분화시키는 연구는 차후 과제로 남기고자 한다.

극장 용, 2021.04.17.~18. 양준모, 김승용, 남궁혜인, 신은총, 유지인, 장재웅, 정원철, 채태인, 최현선 출연.

제3부

한국전쟁에 대한 기억의 흐름들

'항미원조'(抗美援朝) 위문단의 실체와 활동 양상
: 한국전쟁을 통한 신중국의 문화정치

이복실

Ⅰ. 들어가며

1937년 7월 7일, 중일전쟁이 발발해서부터 1945년 8월 15일 일본 제국주의가 항복하기까지 8년 간 전면적인 항일전쟁[1]을 거쳐 중국은 드디어 조국해방이라는 감격의 순간을 맞이하였다. 하지만 그 기쁨도 잠시, 국공 쌍방이 '공동의 적'에 대항하는 동안에도 꾸준히 전개되었던 서로 간의 암투가 해방 후, 1946년에 이르러 국공내전 즉 이른바 해방전쟁[2]으로 가시화되면서 중국은 또다시 전쟁의 혼란을 겪게 되었다. 그 뒤, 3년 간 치열한 내전 끝에 정권을 장악한 공산당이 1949년 10월 1일에 중화인

1) 항일전쟁을 거론할 때, 중국에서는 흔히 '14년 항전'(14年抗戰)(1931.9.18~1945.8.15) 혹은 '8년 항전'(8年抗戰)이라고 한다. 그 중, 국공 합작 및 전국항일민족통일전선 결성 하에 전면적으로 전개된 대일(對日) 전쟁을 '8년 항전'이라고 한다.

2) 해방 후, 전개된 국공내전은 중국의 제 3차 국공내전에 해당하므로 이를 '제 3차 국내혁명전쟁' 혹은 중국인민해방군이 중국공산당의 지도 하에 국민당 정권을 몰아낸 전쟁이라는 의미에서 '해방전쟁'이라 일컫는다.

민공화국을 건립하면서 중국은 그동안 숨 가쁘게 치러 온 혁명전쟁의 막을 내리고 사회주의 신중국의 미래를 향해 호기롭게 매진하는 듯 했다. 그런데 중국에 이어 한반도에서 벌어진 또 한 차례의 동족상잔의 전쟁이 신중국으로 하여금 건설로 매진하기는커녕 전쟁의 피로감도 채 풀지 못한 중국인민들을 또다시 전쟁터로 소환했다.

1950년 6월 25일, 한국전쟁이 발발하자 중국은 여러모로 조용히 관망할 수 없었다. 우선 중국 둥베이(東北) 지역은 북한과 국경을 마주하고 있어 직접적으로 전쟁의 위협을 받았기 때문에 변방의 안전을 중요하게 고려하지 않을 수 없었다. '순망치한'(唇亡齒寒)이라는 당시의 핵심적인 참전동원 논리는 바로 그러한 국가안보 의식에서 비롯되었던 것이다. 또한 건국 후, 타이완(台灣) 해방에 주력하고 있던 중국은 미국이 타이완 해협(台灣海峽)에 군대를 배치함에 따라 목전의 전쟁에 더욱 촉각을 세울 수밖에 없었다.[3] 이와 동시에 공산당의 정권안정과 경제건설 또한 상당히 긴요한 문제였는데, 당시 중국의 지도계층은 이 문제를 효과적으로 해결하기 위한 대중 동원의 수단으로 한국전쟁을 이용하고자 했다.[4] 중국 공산당은 비록 국민당과의 정권쟁탈전에서 승리를 쟁취하여 신중국을 건립하였지만 동시에 국가 경영 제반 분야의 막중한 과제를 떠안게 되었다. 가장 시급했던 것은 건국 전의 혼란스러운 정치에 대한 국민들의 불신과 불안감을 불식시키고 신정권을 안정적인 궤도로 정착시

---

3) 이완범의 글에 따르면 당시 미국은 한국전쟁이 타이완까지 확산되는 것을 미연에 방지하는 차원에서 타이완해협에 미군을 배치했다고 설명했지만 중국은 그대로 믿지 않고 중국 본토에 대한 침략 의도로 받아 들였다.(이완범, 「6·25전쟁에 대한 중국의 개입과 중국에 미친 영향」, 『군사』 63, 국방부 군사편찬연구소, 2007, 197면 참조.)

4) 진탁, 「한국전쟁 시기 '중국군'의 참전과 동원 유형 및 구성에 관한 연구」, 『정신문화연구』 39-4, 정신문화학회, 2016, 48면.

키는 일이었을 것이다. 그러기 위해서는 사회주의 사상을 전국적으로 보급시켜 국가 이념을 통일하고 이를 기반으로 한 사회질서를 수립하는 한편 침략과 전쟁으로 뒤처진 현대화 경제를 실현하여 국민들에게 안정적이고 보다 발전적인 생활을 제공해야 했다. 이에 중국은 '항미원조'전쟁의 명분으로 대대적인 동원운동을 전개함으로써 효과적으로 사회주의 사상통합과 경제건설을 이룩하고자 했다. 환언하자면 '항미원조' 운동을 신중국의 '거대한 사회주의혁명건설' 과정의 일환으로 이용하고자 했다.[5] 실제로 '항미원조' 운동을 통해 전국적인 사상동원과 경제건설이 이루어졌다. 중국은 이러한 실리 목적 외에 과거에 자국을 도와 일본제국주의와 국민당 정권을 몰아냈던 우방국가 북한의 원조 요청과 소련의 적극적인 참전 권유에 도의적으로라도 일정한 제스츄어를 취해야 했다.[6] 이상과 같은 복합적인 이해타산 하에 중공중앙은 참전을 둘러싼 지도계층 내부의 의견 불일치[7]에도 불구하고 같은 해, 10월 19일에 '항미원조, 보가위국'(抗美援朝, 保家衛國)의 기치를 내걸고 북한으로 출병하였다.

---

5) 이완범의 글에 의하면 당시 중국지도부는 한국전쟁을 통해 '반혁명분자진압운동', '토지개혁운동' 등 사회주의 체제정비를 위한 각종 대중적인 정치운동을 효과적으로 진행할 수 있을 것이라 판단했으며 이러한 인식이 한국전쟁 참여에 매우 중요한 역할을 했다고 보았다. (Melvin Gurtov and Byon Moo Hwang, ed., China Under Threat : The Politics of Strategy and Diplomacy(Baltimore : The John Hopkins Univ, 1980, p. 59 ; 이완범, 앞의 글, 48면, 재인용, 참조.)

6) 이완범, 같은 글, 191~192면.

7) 한국전쟁 참전여부에 대해 당시 중국 지도층의 의견은 분분하였다. 대부분 전쟁의 피로감과 강력한 군사력을 보유한 미군과의 불투명한 전쟁 결과에 대한 우려 등을 이유로 참전을 반대하였다. 결국 출병을 결정하였지만, 그 직전까지 진행된 세 차례의 회의에서도 심한 반대에 부딪혔다. 그 밖에 국민들은 대부분 한국전쟁에 무관심하거나 소극적이었으며 또는 미국을 두려워하거나 심지어 숭배하는 태도를 보였다.(진탁, 앞의 글, 44~47면 참조.) 다만 이러한 반응들이 전쟁 당시의 공식적인 기록물이나 기억서사와는 다소 괴리감이 있다는 점에 유의해야 한다.

중국은 '항미원조' 전쟁을 단순히 '우방국가 북한을 지원하여 미 제국주의에 대항'한 원조전쟁이 아닌 보다 주체적인 전쟁으로 기록 · 기억하고 있다. 대부분의 경우 한국전쟁이나 조선전쟁이 아닌 '항미원조' 전쟁이라는 명칭을 사용하는 점에서도 그렇지만, 전후 70년이 되는 오늘날까지 수없이 양산된 '항미원조' 전쟁에 대한 기록과 기억의 서사적 주체가 중국인민지원군(이하 지원군)을 비롯한 모든 중국인민에 집중되어 있다는 점에서도 중국이 한국전쟁을 자국의 주체적인 전쟁으로 전유하고 있다는 점을 알 수 있다. '항미원조' 전쟁에 대한 이와 같은 주체적 인식 근저에는 '보가위국'을 비롯한 여러 가지 복합적인 이유가 존재할 것이다. 이 글은 중국의 의도대로 한국전쟁이 사회주의혁명건설사업에 관건인 대중 동원 역할을 함으로써 사상통합과 경제건설에 일조한 것이 중요한 원인 중 하나라고 본다. 이는 '항미원조' 전쟁에 관한 수많은 기록과 기억 서사들을 통해 확인할 수 있는데, 이 글은 항미 원조 위문단의 활동에 주목하고자 한다.

중국은 참전한 이듬해인 1951년부터 1953년까지 총 세 차례 '항미원조' 위문단을 조직하여 북한으로 파견하였다. 당시 위문단은 북한과 중국을 오가며 스펙터클한 활동을 펼쳤다. 이에 따라 공식적인 목적인 지원군 위안을 비롯하여 여러 면에서 중요한 의미를 남겼다. 하지만 위문단에 관한 연구는 관련 자료의 한계로 인해 본격적인 연구가 이루어지지 못한 듯하다. 현재 위문단 활동에 관련된 자료는 우선, 중국 공산당 기관지인 『인민일보』(人民日報)를 비롯한 각 지역 신문에 산발적으로 보도된 것으로 확인된다. 『인민일보』의 경우, 필자가 조사한 바에 의하면 위문단 파견과 관련된 공식적인 일정 및 그 내용에 대한 소개는 확인되지만 구체적인 활동 과정과 내용에 대한 기록은 잘 확인되지 않는다.[8] 그 밖에 당시 지역 신문의 경우에는 수량도 방대한데다 데이터베이스도 거의 이루어지지 않았기 때문에 전반적으로 확인하기 어렵다. 기타 간행물의 경우, 주로 잡지 성격에 부합되는 내용이 실렸던 것으로 보인다.[9] 이처럼 당시 위문단 활동에 관한 1차 자료는 접근성이 상당히 어렵고 제한적이다. 다음, 2차 자료의 경우에는 『항미원조전쟁사』(抗美援朝戰爭史)[10]와 『중국인민해방군전사』(中國人民解放軍全史)[11]에 기록된, 조직 과정과 구성역량 등 일부 공식적인 내용과 위문단에 참여했던 인물들의 회고록이 전부이다. 이 글은 이처럼 제한적인 자료들을 최대한 확보하여 이를 바탕으로 1951-1953년에 조직된 '항미원조' 위문단[12]의 실체와 활동 양상을 전반적으로 살펴보고자 한다. 이를 통해 '항미원조' 위문단 활동이 지니는 문화 정치적 성격과 그 의미를 파악하는 데 목적을 두기로 한다. 이는 신중국이 한국전쟁을 전유하는 방식-한국전쟁을 통한 대중동원과 사상 선전-을 이해하는 데에도 일정한 도움을 제공할 것이다.

---

8) 필자는 『인민일보』 공식홈페이지를 통해 당시의 위문단 관련 기사를 확인했다. 하지만 관련 기사가 의외로 적은 편이었다.

9) 예를 들면 1954년 2월분 『희극보』(戲劇報)에는 연극 관련 내용만 기록되어 있다.

10) 軍事科學院軍事曆史硏究部, 『抗美援朝戰爭史』 1-3, 軍事科學出版社, 2000.

11) 軍事科學院曆史硏究部, 『中國人民解放軍全史』, 軍事科學出版社, 2000.

12) 현재까지 필자가 확인한 자료에 의하면 '항미원조 위문단'은 1953년 이 후에도 두 차례 더 파견된 것으로 보이지만, 4차 위문단에 관한 자료는 확인되지 않고, 1958년의 5차 위문단에 관한 자료만 한 건(薄鳳玉 구술, 海英 글, 「凱旋時分-第五次赴朝慰問團東線分團慰問活動側記」, 『黨史縱橫』10, 2002.) 확인된다. 따라서 이 글은 1-3차 위문단을 연구대상으로 삼으며 4, 5차 위문단 자료는 앞으로 꾸준히 발굴해 나가기로 한다.

Ⅱ. 위문단의 조직과정과 구성역량

1950년 10월, 한국전쟁에 참전한 후 중공중앙은 '지원군과 조선인민군 및 조선인을 정신적으로 고무함과 동시에 국내의 중국인들에게 전사들의 영웅사적(英雄事跡)을 선전할 목적'으로 '항미원조' 위문단을 조직하기로 하였다. 그리하여 참전 7일 뒤인 10월 27일에 '중국인민 세계 평화수호와 미국침략 반대 위원회'(中國人民保衛世界和平反對美國侵略委員會)를 설립하였다. 약칭 '중국인민항미원조총회'(이하 '항미원조총회)인 이 위원회는 각각 한국전쟁 발발 전후에 출범한 '중국 세계평화수호대회'(1949.10.03.)와 '타이완, 조선에 대한 중국 인민의 미국 침략반대운동대회'(1950.07.10.)를 합병하여 재편한 단체로 그 구성원은 각 민주당파와 인민단체 및 각계 대표 인사들이었으며 주석은 중국의 유명한 현 당대 작가 궈모뤄(郭沫若)였다.[13] 이어 1951년 1월에 중공중앙은 '항미원조총회'의 명의로 위문단을 조직할 것을 공식적으로 발표함과 동시에 위문단의 북한 방문을 통해 "중국인민지원군과 조선인민군의 선전(善戰)과 중국에 대한 미국의 간섭 및 미 제국주의 죄행을 중국인민들에게 알림으로써 인민들의 반제국주의 결의와 승리의 신념을 굳건히 하고 나아가 낙후한 민중들의 공미(恐美)와 숭미(崇美) 심리를 소탕할 것"[14]을 요구하였다. 이에 '항미원조총회'는 전국적인 범위 내에서 제 1차 '항미원조' 위문단을 조직하였고, 그 뒤, 1952년과 1953년에도 위문단을 결성하여 총 세 차례 북한을 방문하였다. 세 차례 위문단의 관련 정보는 다음과

13) 重慶平, 「鮮爲人知的"中國人民第一屆赴朝慰問團"」, 『黨史縱橫』 2, 2011, 21면.
14) 重慶平, 위의 글, 21면.

같다.

[표 1][15]

회차	제 1 차	제 2 차	제 3 차
활동기간	1951.4(초) -1951.5(말)	1952.9(중) -1952.10(중)	1953.10(초) -1953.12(초)
구성단체	총단(總團)과 8개 분단, 총 9개 단체	총단과 9개 분단, 총 10개 단체	총단과 8개 총분단, 총 9개 단체
구성인원	전국 각 민주당파, 각 인민단체, 각 계층, 각 지역, 각 민족, 인민해방군 대표, 문예공작자, 각계 유명인사 등 총 575명	전국 각 민주당파, 각 인민단체, 인민해방군, 각 민족대표, 각 지역의 열군속, 공농업노동모범, 부녀, 청년, 문화, 신문, 공상, 종교계와 해외화교계의 대표, 문예공작자 등 총 1049명	전국 각 민족, 각 민주당파, 각 인민단체와 인민해방군 대표, 전투영웅, 공농업노동모범,혁명열사가족과 혁명군인가족, 사회 유명인사, 과학자, 교육자, 문예공작자 등 총 5448명
총/부(총) 단장	廖承志/陳沂, 田漢	劉景範/陳沂 외 4명	賀龍/陳沂, 梅蘭芳, 老舍 외 19명

우선, 위 표에 정리된 세 차례의 구성단체를 보면 한 개의 총 단체(이하 '총단')와 8~9개의 부속 단체(이하 '분단')으로 구성되었음을 알 수 있다. 베이징(北京)에서 조직된 '총단' 이외의 각 '분단'은 일차적으로 화베이(華北), 화둥(華東), 둥베이(東北), 시베이(西北), 시난(西南), 중난(中南), 네이멍(內蒙) 등 각 지역별로 단체를 구성하였다. 하지만 초보적으로 구성된 각 지역별 '분단'은 인원수와 구성역량 면에서 균형을 이루지

15) 〈표 1〉은 軍事科學院軍事歷史硏究部에서 편찬한 『抗美援朝戰爭史』 2, 3을 참고하여 정리하였다.

못했다. 제 1차 위문단을 예로 들면 화베이 지역(제 5 '분단')의 구성인원이 50명이었던 데 비해 네이멍 지역의 인원은 몇 명밖에 되지 않았다. 또한 각 지역별 '분단'에는 기본적으로 문예공작대(이하 문공대)가 소속되어 있었는데, 화베이와 같은 일부 지역 '분단'에는 별도의 문공대가 없었다.[16] 이에 따라 총 집합 단계에서 위문단은 인원을 재조정하고 각 단체에 문공대를 배치하는 등 새롭게 재편했다.

다음 구성인원의 규모를 보면 뒤로 갈수록 인원이 증가한 점이 발견된다. 이는 각각의 조직 시점 및 준비 기간과 연결시켜 이해할 수 있다. 사실 제 1차 위문단이 조직되기 전에 중공중앙의 지시와 '항미원조총회'의 추진 하에 둥베이 지역에서 위문단을 조직하여 북한으로 파견한 바 있다.[17] 전국적으로 조직하기 한 달 전에 가장 용이하게 입선(入鮮)할 수 있는 둥베이 지역에서 조직되었다는 점에서 볼 때 사전답사의 의미가 강해 보인다. 어쨌든 '항미원조총회'는 제한된 지역의 위문단을 조직하여 조선에 파견한 경험은 있지만 전국적인 규모의 위문단 조직은 처음이었기 때문에 인원 동원이나 조직 구성 및 관리 이동전략, 등 전반적인 기획과 실행 면에서 어려움을 겪었을 것으로 짐작된다. 게다가 2월 중순부터 3월 말까지 한 달 여 만에 모든 준비를 마쳐야 했기 때문에 시간적으로 많은 제약이 따랐을 것이다. 이처럼 사전 경험이 없고 준비 기간이 짧은 상황에서 많은 인원을 동원하기란 쉽지 않았을 뿐더러 처음부터 큰 모험을 감행하기도 어려웠을 것이다. 그런 까닭에 제 1차 위문단이 가장 작은 규모로 조직되었던 것으로 보인다. 제 1차 경험을 바탕으로, 그리고 다가오

16) 重慶平의 앞의 글, 22면.
17) 軍事科學院軍事曆史硏究部, 앞의 책(2), 278면.

는 '항미원조' 전쟁 2주년을 기념하는 의미에서 제 2차 때는 보다 다양한 계층의 인원을 동원하여 구성원을 배로 늘렸다. 제 3차 위문단이 가장 방대한 규모를 자랑하는데, 이는 '휴전협정' 이후에 조직된 점과 밀접한 연관을 갖는다. 1953년 7월 27일 '휴전협정'이 체결되면서 한국전쟁은 승패 없는 전쟁으로 결속되었지만 중국은 '항미원조'의 승리로 받아들였다. 이에 따라 협정이 맺어지던 날, 중공중앙은 "기존보다 더 큰 규모의 위문단을 조직하여 중국인민지원군과 조선인민군 및 조선인민을 위문할 것"[18]을 지시하였다. 그리하여 '항미원조총회'는 대대적인 준비 과정을 거쳐 전례 없는 규모와 화려한 진영으로 제 3차 위문단을 조직하게 되었다.

세 차례 위문단의 단원은 〈표 1〉의 구성인원을 통해 알 수 있듯이 정치, 군사, 민족, 사회, 문화, 교육 등 국가 제반 구성 분야의 다양한 계층(노동자, 농민, 지식인, 여성, 학생, 군인 등)의 인물들로 구성되었다. 이러한 구성방식은 당시 신중국이 고취하던 '민주와 평등'의 사회주의혁명사상을 고스란히 반영하는 것이라 할 수 있다. 그 중, 특히 각 민주당파와 각 민족 대표 및 신중국의 탄생과 더불어 새로운 주체로 호명된 '부녀'의 참여는 전근대와 근대의 봉건주의 및 제국주의와 민족주의를 극복하고 '민주와 평등'을 실천하는 신중국의 '참된 정치'를 압축적으로 보여준다. 한마디로 위문단의 구성 자체가 사회주의 체제의 상징성을 지닌다고 할 수 있다.

위문단에 참여한 각계각층의 구성원은 엄격한 기준으로 선발되었는

18) 軍事科學院軍事曆史研究部, 앞의 책(3), 467~468면.

데, 가장 중요한 기준은 사상과 업적에 있었던 것으로 보인다.[19] 좀 더 구체적으로 말하자면 사상적으로 '진보적'인 인물로서 사회주의 이념 선전에 긍정적인 영향을 미칠 수 있거나 임의의 분야에서 뛰어난 성과를 창출한 인물로서 전쟁 지원 및 사회주의 건설 · 발전에 일정한 공헌을 한 모범인물이어야 했다는 것이다. 20대의 나이에 위문단(제 3차)에 참여한 양지헝(楊吉恒)과 순샤오홍(孫小紅)은 중국인민을 사회주의혁명건설 속으로 동원할 수 있는 선전역량들이었다. 1948년에 공산당에 가입한 양지헝은 사상적으로 '진보적'인 청년일 뿐만 아니라 농업증산에도 큰 공을 세워 정부로부터 '농업노동모범'의 칭호를 수여받은 인물이었다.[20] 그는 바로 그 표창을 인정받아 위문단에 참여하게 되었다.

순샤오홍은 위문단 대표로서 더 적합한 조건을 갖춘 인물이었다. 그녀는 공산당이자 '여성농업노동모범'으로서 뭇 여성들에게 귀감이 되는 존재였으며 '항미원조' 전쟁에서 영광스럽게 전사한 남편을 둔 열사가족이기도 했다. 즉 그녀는 신중국의 새로운 주체인 '부녀 대표'이자 '열군속 대표'의 자격으로 위문단의 대열에 참여하게 되었던 것이다. 무엇보

---

19) 위문단 구성원들의 선발 기준에 관한 구체적인 기록은 없다. 푸진위(傅金玉), 주위안칭(朱元慶)은 당시 위문단 구성원의 조건이 엄격했음을 밝힘과 동시에 그 기준을 사상과 업적 면에서 뛰어난 양지헝(楊吉恒)과 순샤오홍(孫小紅)의 선발 과정을 통해 설명하였다. 물론 위문단 구성원에게 다양한 조건이 요구되었겠지만 본고는 '항미원조' 운동 및 신중국건설 과정이라는 시점에서 볼 때 푸진위가 언급한 사상과 업적이 가장 중요한 기준이었을 것이라 본다. 이 글의 양지헝과 순샤오홍에 관한 내용은 푸진위, 주위안칭의 글을 참조하여 작성하였다.(傅金玉,朱元慶,「第三屆中國人民複活草慰問團的珍貴回憶」,『黨史博采』 10, 2010).

20) 북한에서 위문 활동을 마치고 귀국한 이후에도 그는 가족과 마을 농민들에게 지속적으로 '사상공작'을 전개하고 농업합작사를 운영하여 농업 증산과 발전에 일조한 공적을 인정받아 1956년에 "허베이성 사회주의건설 적극분자"(河北省社會建設積極分子), 傅金玉, 朱元慶, 위의 글 51면 참조.

다 '열군속 대표'로서 참여한 의미가 남달랐다. 그녀는 북한에서 남편이 소속되었던 지원군 부대를 방문하여 밥을 짓고, 빨래를 하는 등 지원군들의 일상을 가족처럼 따뜻하게 보살펴 주어 "마음씨 곱고 솜씨 좋은 '붉은 형수님'"[21]으로 불렸다고 한다. 열군속 대표와 지원군 사이의 각별한 유대관계가 돋보이는 대목인데, 이를 일종의 가족 간 유대관계로 간주할 수 있을 것이다. 그런 점에서 볼 때, 순샤오홍을 비롯한 당시 위문단의 열군속 대표들은 타국의 전선에서 고군분투하는 지원군들에게 그립고 따뜻한 가족의 정을 느끼게 해줌으로써 진정한 의미의 위로를 선사하였다고 할 수 있다.

위문단에 참여한 문예인사들 중에는 메이란팡(梅蘭芳), 저우신팡(周信芳), 창샹위(常香玉), 김염(金焰) 등 유명한 인물들이 많았는데, 그 중 1930년대 상하이(上海)에서 조선인 배우로 활동했던 김염을 언급하지 않을 수 없다. 1910년 서울에서 태어난 그는 독립운동가로 활동하였던 아버지 김필순을 따라 만주로 이주하였다가 톈진(天津), 난징(南京)을 거쳐 상하이에 정착하여 영화배우로 활동하였다. 1930년대 중국의 '영화황제'로 불렸던 그는 "영화인은 자본가의 유흥거리를 위해서가 아니라 사회발전에 기여하고 반제국주의 투쟁에 도움이 되는 식으로 자기예술을 발휘해야 한다"[22]는 신념하에 〈대로〉(大路)를 비롯한 다수의 항일영화에 출연하며 반제국주의 혁명에 적극 참여하였다. 뿐만 아니라 '일본제국주의 홍보 영화에 출연해 달라'는 일본 측의 요구에 '죽어도 출연하지 않겠다'며 단호하게 거절했던 소신 있는 인물이었다. 따라서 그는 단

21) 傅金玉, 朱元慶, 위의 글, 51면.
22) KBS 다큐, 〈불꽃처럼 살다, 중국의 영화황제 김염〉(KBS 웹사이트 : www.kbs.co.kr/).

지 유명한 영화인으로서만이 아니라 반제국주의 혁명역량으로서 '항미원조' 위문단에 동원되었던 것이다. 이 점에 있어서는 메이란팡, 저우신팡, 창샹위 등도 마찬가지였다. 김염이 보다 특별한 점이라면 신중국의 새로운 민족구성원으로서, 게다가 조선인으로서 보다 더 복합적인 자격과 영향력을 지닌 인물이었다는 데 있었다. 하지만 김염 개인의 입장에서 볼 때, 위문단을 통한 북한 방문은 자신을 낳아준 조국 및 어머니와 상봉할 수 있는 기회였다는 점에서 공적인 의미보다는 사적인 의미가 더 컸을 것이라 생각된다. 김염은 이를 끝으로 다시는 조국 땅을 밟지 못했다.

이렇게 다양한 역량으로 구성된 위문단은 북한으로 출발하기 전에 둥베이 선양(沈陽)에서 총집합하여 사상과 군사 교육을 받았다. 사상교육은 '항미원조' 운동 기간의 핵심적인 사상으로 고취되었던 애국주의와 국제주의에 대한 교육으로 이루어졌다. 이에 관해서는 다음 절에서 고찰하기로 한다. 위문단은 전선 위문에 대비하여 군사규율과 방공상식에 대한 교육도 진행하였으며, 모의 방공 훈련도 전개하는 등 철저한 준비 과정을 거쳤다. 10~15일 정도의 집중 교육을 거친 후, 위문단은 어두운 밤에 트럭을 타고 압록강을 지나 북한으로 진입하였다.

Ⅲ. 이성의 영역에 대한 신중국의 감성정치

애국주의와 국제주의는 '항미원조' 운동의 핵심 사상이자 신중국 건설의 가장 근본적인 이념으로서 적극 선전되었다. 주지하듯 신중국은 인민이 주인이며 그 대표인 공산당이 집권하는 사회주의국가이다. 여기서 인민은 노동자계급, 농민계급, 도시소자산계급, 민족자산계급으로 구성된 집단으로 구체적인 계급성을 지니고 있다. 따라서 신중국은 봉건세력과 자산계급의 이익을 대변하는 이왕의 국민당 정권과 근본적으로 변별된다. 또한 이에 따라 '민족부흥', '국가지상', '자산계급민족주의'를 지향하던 '국민당 반동'정부의 애국주의와 다른 '신애국주의'[23]가 요구되었다.

건국 초기 사상통합과 신정권에 대한 안정의 차원에서 제기되었던 '신애국주의'의 구체적인 내용은 "인민의 국가주권을 사랑하고, 인민의 역사적 전통과 인민의 문화를 사랑하며 인민의 영토와 인민의 재산을 사랑하는 것"[24]이었다. 이처럼 '신애국주의'의 방점은 '인민'에 찍혀 있는데, 신중국의 주인이 곧 인민이고 공산당이 인민의 이익을 대표한다는 점에서 보면 애국은 곧 '인민을 사랑하고 공산당과 사회주의를 사랑'하는 것이 된다.[25] 환언하자면 '신애국주의'란 곧 사회주의정권을 옹호하는 일이자 인민 자신의 이익을 수호하는 일이었다. 신정권에 대한 불안감과 한국전쟁 참전에 대한 국민들의 의구심은 이러한 '신애국주의' 논리를 통해 일정부분 해소되었다. 이에 따라 건국 초기의 중국인민들은 전쟁과 사회주의건설의 대오 속으로 '자발적으로 참여'하게 된다. 하지만 '신애국주의'는 '신중국 인민의 공공도덕관'으로서 '헌법의 성격을 지닌 강령'을 통해 규제되었다[26]는 점에서 일정한 강제성을 지니기도 한다. 그러므로 신중국 건설 과정에 전개되었던 모든 애국주의운동에의 '자발적 참여'는 강제성을 전제로 이해해야 한다.

---

23) 何吉賢, 「"新愛國主義"運動與新中國"國際觀"的形成」, 『文化縱橫』 4, 2014, 92면.
24) 何吉賢, 위의 글, 92면.
25) 虞 强, 「新中國初期大學生愛國主教育的曆史考察與啓示」, 『道德與法研究』 223, 2017, 82면.
26) 何吉賢, 앞의 글, 93면.

신중국은 또한 애국주의와 국제주의의 결합을 강조하였는데, 여기서 국제주의란 민족평등의식에 근거하여 중국인민과 공동의 운명을 지닌 세계 각 국 '무산계급인민대중'에 대한 '우호적 관계'를 지향하는 것으로 협애한 자산계급 민족주의 및 제국주의와 결탁하여 무산계급의 이익을 파괴하는 행위를 철저히 반대하였다.[27] 이러한 무산계급 국제주의 수호는 궁극적으로 자국의 이익을 보존하여 진정한 애국주의를 실현하는 길과 맞닿아 있기 때문에 중국은 양자의 결합을 특별히 강조함과 더불어 그 논리를 기반으로 '항미원조, 보가위국'의 기치를 내걸고 전국적인 '항미원조' 운동을 전개하였다. 그 과정에서 애국주의와 국제주의는 다양한 내용과 방식을 통해 전국적으로 선전되고 학습되어 전쟁동원과 사회주의혁명건설사업의 중요한 사상역량으로 작용하였다. 바로 여기에 본고가 주목한 '항미원조' 위문단의 발자취가 보다 특별하게 남아 있다.

1. 위문단의 활동 – 분노와 동정, 희생과 감동

위문단의 활동은 주로 북한과 지원군의 고위 기관, 양국의 군인 및 북한 인민들에 대한 위문과 취재, 각종 좌담회 등의 방식으로 전개되었다. 고위 기관에 대한 위문은 전체 위문단을 인솔했던 '총단'과 그 직속 '분단'을 통해 이루어졌다. 이들은 조선인민군 최고사령부, 조선인민정부 등 기관을 방문하여 생활용품, 음식 등 각종 위문품과 중국인민의 응원, 격려의 메시지가 담긴 깃발을 전달하였다. 이와 동시에 위문단 대표와 조

27) 劉少奇, 『論國際主義與民族主義』, 人民出版社, 1954, 9면, 35면.(何吉賢, 위의 글, 94면 재인용).

선 고위 관계자들은 서로의 노고를 치하하고 '중-조친선 단결'과 미 제국주의에 대한 필승의 신념을 다지는 강연을 진행하기도 하였다. 이러한 국제주의정신과 양국의 우호적 관계는 위문단의 카메라를 통해 중국 각 지역에 생생하게 전달되었다.

위문단의 각 '분단'은 북한 각 지역을 순회하며 노동자, 농민, 여성, 문예계, 교육계 등 각계각층의 인민들을 위문하고 서로 교류하였다. 그 과정에서 단원들은 미군의 폭격으로 폐허가 된 북한 땅에 여성과 노약자들만 남아 전쟁에 시달리는 모습에 슬퍼하고 분노했다. 그 슬픔과 분노는 그들의 필과 눈을 통해 기록되었는데, 이는 당시의 위문단이나 종군작가가 지원군의 영웅서사와 함께 가장 공을 들였던 부분 중 하나였다.

> ① 조선 땅을 밟자 미군의 폭격에 무너진 가옥들이 눈에 들어왔다. 완전한 가옥이 거의 없었다. 폐허를 거닐던 한 무리의 어린아이들이 "방공, 방공"이라고 웨치며 미군의 폭격에 주의할 것을 경고했다. 어떤 부녀들은 탄약이 든 나무상자를 머리에 이고 있었고, 또 어떤 부녀들은 부서진 돌조각과 모래가 든 가마니를 머리에 이고 있었다.
>
> ② 자동차가 우리를 싣고 압록강을 건너자 즉시 짙은 화약 냄새가 코를 찔렀다. 도처가 총탄구멍과 폐허였다. 첫날, 우리는 조선 아주머니네 집에서 숙박을 했다. 밤이 되자 미군의 비행기소리와 폭탄소리, 그리고 전선의 포성이 섞여 들려 왔는데 그 소리에 밤을 샜다.[28]

---

28) ① : 張啓元, 「參加"中國人民首屆赴朝慰問團"回顧」, 『口述曆史』 9, 2011, 57면. ② : 白浪, 「永遠珍藏的記憶-赴朝慰問點滴」, 『新文化史料』 1, 1996, 46면.

위의 두 인용문은 각각 제 1차와 제 2차 위문단에 참여했던 위문단원의 회고록에서 발췌한 것이다. 오랜 세월이 흘렀음에도 불구하고 전쟁으로 얼룩진 북한에 대한 기억은 인체의 모든 감각기관을 통해 각인된 듯하다. 당시 위문단의 카메라에 담긴 북한의 모습은 그들에게 각인된 전쟁의 폭력성을 생생하게 증명해 보이고 있다.

[그림 1] 미군의 폭격과 총탄으로 폐허가 된 조선의 모습
(출처 : 다큐멘터리 〈中國人民赴朝慰問團〉, 1951)

과거의 영화 속으로 사라진 '아름다운 금수강산' 대신에 '너덜너덜하게 상처 입은' 북한 과 전쟁의 공포에 시달리는 어린아이와 여성들의 모습이 카메라와 위문단원의 증언을 통해 먼 후방의 중국인민들에게 널리 전해졌다. '현장 목격이라는 진실성'을 빌어 '공동의 전선'에 놓여 있는 북한인민에 대한 동정심과 전쟁의 폭력을 조장한 미 제국주의를 향한 적개심을 자극하려는 데 그 증언의 목적이 있다는 사실은 매우 분명하다. 실제로 미 제국주의에 대한 중국인민들의 적개심을 유발하고 이를 강화함에 있어서 위문단은 보다 더 전략적인 방식을 취했다. 이를테면 지원군의 훼손된 신체나 영웅적 희생을 크게 부각시키는 방식인데, 이는 중국

인민들의 마음 속 '가장 사랑스러운 사람'[29]의 신체와 목숨을 앗아간 미제국주의에 대한 증오심을 강화하기에 아주 효과적이었다. 때로는 반전의식을 지닌 미군포로에 대한 인터뷰를 통해 그 증오심을 더욱 극대화시킴으로써 국가-중국에 대한 애국심을 강화시키기도 했다.[30]

한편, '항미원조' 운동 기간의 애국주의는 지원군의 영웅사적을 통해 더욱 직접적으로 고취되었다. 특히 조국과 인민들을 지키기 위해 목숨마저 두려워하지 않는 지원군의 숭고한 희생정신이 중국 각 지역에 집중적으로 전달되면서 지원군에 대한 중국인민들의 뜨거운 감동과 사랑이 애국주의의 힘으로 응집되었다. 위문단은 세 차례의 위문 과정에서 수많은 '영웅들의 이야기'를 취재하여 국내의 중국인민들에게 전달함으로써 애

29) '가장 사랑스러운 사람'은 '항미원조'전쟁에 참전했던 중국인민지원군을 상징하는 표현으로 1951년 『인민일보』에 게재되었던 웨이웨이(魏巍)의 통신문 〈누가 가장 사랑스러운 사람인가〉(誰是最可愛的人) · (한국전쟁에서 직접 보고 들은 사례를 쓴 글)에서 비롯되어 전국적으로 전파되었다. '가장 사랑스러운 사람'은 지금까지도 국가를 위해 헌신하는 '영웅'들을 표상하는 언어로 사용되고 있다.

30) 미군포로에 대한 인터뷰 내용은 張啓元의 앞의 글을 통해 확인할 수 있다. 인용문을 보면 당시의 선전 내용이 고스란히 드러나 있다. 즉 미국이 도발한 전쟁은 사실상 미국국민조차 찬성하지 않는 반인류적인 행위이며, 바로 그 이유로 미국은 결코 전쟁의 승리를 쟁취할 수 없다는 점과 미국은 사실상 인종차별과 정부의 억압이 존재하는 국가라는 점이 인터뷰의 핵심인데, 이는 곧 신중국이 연출하고자 했던 미국의 진면목이었다. 그 진상에 대한 미군의 직접적인 폭로는 진실성의 무게를 싣고 중국인들에게 전달됨으로써 미국에 대한 중국인들의 공포와 환상의 심리를 효과적으로 제거함과 동시에 미국을 향한 증오심을 극대화시킬 수 있는 힘을 지니고 있었다. 한편 인터뷰에 드러난 논리는 역으로 평등과 평화를 수호하고 인민을 사랑하는 중국의 이미지를 미국과 대조적으로 보여줌으로써 중국인들의 애국심을 강하게 자극했다. 이를 통해 분명하게 알 수 있는 것은 미국에 대한 신중국의 급진적인 선전 목적이 미국에 대한 '착오 심리'를 없애고 그를 적대시함으로써 결국은 그와 반대 진영에 놓여 있는 사회주의 정권을 옹호고 애국주의를 고취하려는 데 있다는 점이다. 나아가 통일된 사상을 기반으로 '항미원조' 전쟁과 사회주의건설사업을 성공적으로 이끌려는 데 그 궁극적인 목적이 있음을 알 수 있다.

국주의 고취에 큰 힘을 발휘했다.[31)]

사실, 지원군의 영웅사적과 관련된 서사는 위문단뿐만 아니라 종군 작가나 기자들에 의해서도 수없이 많은 텍스트로 생산되었다. 그뿐 아니라 사신취의(舍身取義), 충정보국(忠貞報國)의 정신으로 '무장'한 '항미원조' 영웅서사는 중국인민들을 애국심으로 뭉치게 하는 데 큰 역할을 했다. 여기서 지원군의 영웅서사는 아니지만 그와 동일한 감염력을 발휘했던 서사로 위문단원의 희생사건을 거론하지 않을 수 없다. 제 1차 위문단이 북한을 방문하여 위문 활동을 전개하는 과정에 불행하게도 미군의 폭격으로 제 5' 분단'의 단지부서기 랴오헝루(廖亨祿)와 톈진의 유명한 샹성(相聲)[32)]배우 창바오쿤(常寶堃), 악기사 청수탕(程樹棠)이 희생하는 사건이 발생했다. 귀국 후, 이들의 희생은 3만 여명이 참석한 성대한 추도식을 통해 애도되었고 마지막 가는 길에는 1.5만 명의 톈진 시민이 함께 했다고 하니, 그 기세는 짐작하고도 남는다.[33)]

이는 일종의 정치적 퍼포먼스로서 '항미원조'의 사상동원에 아주 효과적으로 작용했다. 창바오쿤의 '희생' 이후, 샹성계의 많은 배우들이 위문

---

31) 이를테면 '흰죽에 물이나 눈을 섞어 굶주린 배를 채우고 한겨울에 홑옷과 짚신으로 추위를 견디는 지원군, 얼음 속을 뚫고 들어가 적군이 폭파한 다리를 수리하다 온몸이 꽁꽁 얼어붙거나 고귀한 생명을 잃은 38명의 지원군, 총대를 메고 지원군행렬 속에서 전쟁 상황을 보도하는 신문 발행을 혼자서 감당하는 19세의 영웅소녀 류시란(劉錫蘭)'(張啓元, 앞의 글 58~60면, 62면 참조.), '기지를 발휘하여 적군으로부터 조선마을과 탄약, 식량을 수호한 자동차 운전병사 자오바오인(趙寶印)과 쉬궈안(徐安國), '동상으로 팔다리를 절단한 류촨란(劉船蘭)과 리즈위(李之玉), 열악한 의료환경 속에서도 병사들의 생명을 지키기 위해 분투하는 의료진'(王貞虎, 「第一屆赴朝慰問團」, 『文史月刊』 5, 2018, 20~22면 참조.) 등 다양한 영웅들의 희생적 이야기가 위문단을 통해 전국 곳곳으로 퍼져 나갔다.

32) 샹성은 중국식 재담이라 할 수 있는데 보통 한 명이나 두 명의 샹성 배우가 출연하며 흉내, 풍자, 익살 등의 특징을 지닌다.

33) 孟紅, 「戰火中飛揚的歡笑-知名藝術家赴朝慰問演出記」, 『黨史縱橫』 10, 2010, 9면.

단에 적극 참여했던 사실이 그 효과를 직접적으로 보여준다. 창바오쿤의 동생 창바오화(常寶華)와 파트너로 함께 무대에 섰던 샹성배우 루어위성(駱玉笙), 그리고 중국 현대 샹성계의 대가로 불리는 마산리(馬三立) 등은 모두 가족과 동료의 '신성한 죽음'에 감화되어 1953년에 제 3차 위문단에 자진 참여하였다고 한다.[34] 이처럼 그들의 '희생'은 죽음을 공포심으로 몰아가기 보다는 정의와 대의를 위한 자긍심으로 수용하도록 하였다. 군인이 아닌 일반인으로서 전시상태/준전시상태의 조선을 방문했던 위문단원들의 행보는 그 자체만으로 고상한 명분을 획득할 수 있었다. 하지만 그 중에서도 개개인의 감정을 하나의 초점으로 집중시키는 데 있어서는 '죽음'만큼 위력을 지닌 힘은 없었던 듯하다. 요컨대, 애국주의, 국제주의와 반제국주의 등 이성적인 영역에 대한 신중국의 사상 선전과 동원은 '항미원조' 전쟁과 그 희생으로부터 비롯되는 동정과 분노, 감동과 사랑 등 인간의 보편적 감정에 대한 호소를 통해 이루어졌다.

2. 문공대의 위문 공연-전투와 낭만, 감격과 위안

'항미원조' 위문단의 각 단체에 부속되었던 문공대는 전국 각 지역의 다양한 예술단체로 구성되었는데, 각 시기별 인원이나 장르 구성에 있어서는 다소 편차가 존재한다. 우선, 인원은 2장에서 살펴 본 위문단의 인원구성과 마찬가지로 제 3차 위문단의 문공대 인원이 가장 많고 배우진영도 가장 화려했다. 전국 각 지역의 40개 단체로 구성된 제 3차 문공대의 총 인원은 3100명이었는데, 이는 각각 196명과 1091명으로 구성되었

34) 孟紅, 위의 글, 9면.

던 제 1, 2차 문공대에 비하면 월등히 많은 인원수였다.[35] 뿐만 아니라 제 3차 위문단에는 세계적으로 유명한 경극배우 메이란팡을 비롯하여 저우신팡, 청옌츄(程硯秋), 마롄량(馬連良) 등 경극계의 각 유파 대표들로 구성된 경극단이 참여하였다. 사실, 이들의 참여는 저우언라이(周恩來) 총리와 제 3차 위문단 총 단장 허룽(賀龍), 상하이시 시장 천이(陳毅) 등의 특별 요청으로 성사된 것이었다.[36] 후술하겠지만 신중국 지도층의 특별 요청인 만큼 메이란팡의 행보 역시 여타 문공대원들에 비해 보다 핵심적으로 기록되었다.

장르 구성에 있어서는 각 시기별로 확실하게 파악할 수 있는 자료가 없지만 현재까지 알려진 자료상으로 보자면 대체적으로 제 1, 2차 시기에는 중국 전통연희인 곡예(曲藝)[37]가 많이 언급되고 있으며 제 3차 시기에는 곡예 외에 경극과 연극이 중요하게 언급되었다. 즉 장르 면에서도 제 3차 문공대의 구성이 더 다양하고 풍부했다고 볼 수 있는 것이다. 이와 같은 장르 구성의 차이는 전시와 준전시(휴전)의 시점으로부터 비롯된 것이라 할 수 있다. 적군의 총탄과 폭격이 수시로 날아드는 긴박하고 위험천만한 전시 상황에서 문공대의 공연은 인원, 무대, 도구, 복장 등 측면에서 최소한의 구성으로 제한받을 수밖에 없었다. 실제로 제 1, 2차 시기에는 적의 표적이 되지 않기 위해 주로 밤에 트럭을 무대삼아 공연

35) 세 차례의 문공대 인원수는 제 1차 시기 196명, 제 2차 시기 1091명, 제 3차시기 3100명이었다. 역시 규모면에서는 전국 각 지역의 40 개 예술단체가 참여한 제 3차시기가 가장 방대했다.(軍事科學院軍事曆史研究部, 앞의 책(1-3), 278면, 317면, 468면 참조).

36) 顧聆森, 「"天下第一團"——梅,周,馬,程赴朝慰問記事」, 『中國戲劇』 3, 1995, 30면.

37) 곡예(曲藝)는 중국 설창예술의 총칭으로, '곡'은 악곡 혹은 악창을 가리키며 '예'는 일반적으로 기예를 가리킨다. '곡'의 대표 종류로 샹성, 다구(大鼓), 콰이반(快板) 등이 있고 '예'의 대표 종류로 서커스가 있다.

하거나 숲 속 혹은 방공호 내에 가설무대를 설치하여 공연 활동을 펼쳤다. 때로는 공연 도중에 미군의 돌연 습격을 받아 배우들도 함께 전투에 참여하는 경우도 있었고 트럭에서 공연하던 배우들은 그대로 트럭에 몸을 실은 채 산속으로 대피하는 경우도 있었다.[38] 이처럼 '전투적인 공연'을 감수해야 했던 상황에서 제 1, 2차 문공대는 공연 효율성을 고려하여 복잡한 요건을 필요로 하는 경극이나 연극보다는 상대적으로 간소한 곡예, 음악, 무용 등을 주요 장르로 채택한 것으로 보인다.

[그림 2] 순서대로 1951년, 제 1차 위문단에 참여했던 가오위안쥔(高元鈞)의 샹성 공연 장면 ; 제 2차 위문단에 참여했던 常香玉의 구극 공연 ; 1953년 제 3차 위문단 공연시 산언덕에 설치된 공연무대[39]

반면 제 3차 문공대의 공연 활동은 휴전 이후의 상대적으로 '안전한 시점'에서 이루어졌기 때문에 공연 시간과 장소에 있어서 큰 제약을 받지 않았다. 당시 제 3차 위문단에 참여했던 화둥 총'분단' 산하의 제 4 '분단'의 기록에 따르면 문공대는 56일 동안 조선의 20 여 곳을 다니며 낮과 밤에 각각 28회, 24회 공연하였고, 실내와 광장에서 각각 32회, 19회 공연

38) 劉大爲, 「慰問團的故事」, 『黨史縱橫』 176, 2000, 22면.

39) 〈그림 3〉 의 출처 : 순서대로 王貞虎의 앞의 글 23면, 孟紅의 앞의 글 9면, 解朝曦, 「中國人民赴朝慰問團到前線慰問演出」, 『央視新聞』, 〈https://baijiahao.baidu.com/s?id=1706395678135021459&wfr=spider&for=pc〉(검색일 : 2020.09.05).

하였다.[40] 주로 밤에 트럭과 같은 '전투적'인 무대 위에서 공연했던 제 1, 2차와는 사뭇 다른 분위기가 상상된다. 하지만 휴전 이후에도 준전시상태에 놓여 있었으므로 완전한 자유와 안전이 보장된 것은 아니었다. 때문에 제 3차 문공대의 공연 과정에도 경계와 긴장의 분위기가 감돌기는 마찬가지였다.

> 비록 휴전되었지만 전투는 여전히 치열했다. 적군이 휴전협정을 파괴하는 사건이 종종 발생했다. 우리는 행군 과정에서 아군이 월경한 미군의 비행기를 구축하는 장면을 여러번 보았다. …(중략)… 연안촌은 비록 작지만 복잡한 지역인데, 여기로부터 멀지 않은 작은 섬에 미군이 주둔하고 있었다. 이러한 상황에서 등불을 환하게 밝히고 북을 치며 공연하게 될 경우, 미군의 습격을 받을 가능성도 있었다. 상부는 회의 후, 정상적으로 공연을 전개하기로 함과 동시에 경계를 강화하고 진지를 엄수하기로 하였다. **우리는 침착하게 대응하며 공연을 했다. 무대 위에서 펼쳐지는 우아하고 아름다운 공연은 주변의 총알 장전 소리 및 삼엄한 경계와 강렬한 대조를 이루었다. 게다가 해면 위를 비추는 적군의 탐조등이 우리의 공연을 방해했다. 이처럼 조화롭지 못한 장면이 한폭의 독특한 전선 풍경을 만들어 냈다.**[41](인용자 강조)

이처럼 공연과 전쟁 소리의 불협화음은 위문단의 전반적인 공연 활동에 전투적이면서도 낭만적인 색채를 안겨주었다. 이와 같은 공연은 조선과 지원군의 각 기관과 부대 및 전선에 이르기까지 폭넓은 범위 내에서 전개되었다. 뿐만 아니라 매 한 명의 지원군전사들에게 오락적 위안을

40) 黃項飛,「第三屆赴朝慰問團紀事」,『檔案春秋』8, 2007, 61~62면.
41) 黃略,「赴朝慰問演出之旅」,『武漢文史資料』10, 2010, 41~42면.

주기 위해 각 '분단'은 몇 개의 소형 그룹으로 분반하여 움직이기도 했다. 가장 적게는 2명이 한 그룹을 이루어 동 시간에 공연을 관람할 수 없는 취사병, 보초병, 안내원을 찾아가 소형 공연을 펼치기도 했다.[42] 문공대의 이와 같은 세심한 배려는 지원군전사들에게 감동으로 다가갔으며 그들로 하여금 인간으로서의 존엄과 평등의 가치를 몸소 확인하게 하는 데 아주 효과적이었을 것이라 생각된다. 그러한 가치 확인이 사회주의정권에 대한 옹호의 심리로 연결될 수 있다는 점을 고려할 때, 위안 목적의 문공대 활동 이면에 은폐되어 있는 사상문화 침투전략을 의식하지 않을 수 없다.

문공대의 장르별 레퍼토리를 보면 우선 곡예의 경우 익살적이고 풍자적인 내용의 샹성이나 콰이반(快板), 다구(大鼓) 공연이 위주였다. 가장 대표적으로 샹성 〈트루먼화상〉(杜魯門畫像)[43]과 〈앞잡이〉(狗腿子 ; 일명 〈앞잡이 이승만〉)를 꼽을 수 있다. 이 두 작품은 중국 샹성계의 '언어대가'로 불리는 허우바오린(侯寶林)이 창작한 작품이다. 텍스트로 남아 있지는 않지만 제목을 통해 알 수 있듯이 상대 진영의 두 지도자를 풍자한 작품이다. 당시 함께 위문단 활동에 참여했던 류다웨이(劉大爲)의 회고에 의하면 허우바오린이 지원군뿐만 아니라 김일성과 최용건 등 북한 최고 지도층 앞에서도 〈트루먼화상〉을 공연했는데 아주 익살스럽고 신랄한 풍자로 관객들의 폭소를 터뜨렸다고 한다.[44] 이 작품은 현재까지 알려진 위문단 공연자료 중에서 가장 많이 언급된 작품 중 하나인데, 예술적

42) 黃項飛, 앞의 글, 62면.
43) 1952년, 영화사 문화영편(文華影片)에서 허우바오린(侯寶林)과 궈치루(郭啓儒)의 2인 샹성으로 공연되었던 〈트루먼화상〉을 영상으로 남겼다. 영상은 총 11분이다.
44) 劉大爲, 앞의 글, 21면.

성취보다는 정치적 풍자와 선전에 목적이 있음이 분명해 보인다. 그밖에 제 2차 위문단에 의해 공연되었던 다구 〈부부 관등〉(小兩口爭燈)과 콰이반 〈무송타호〉(武松打虎)도 인기 레퍼토리로 언급되었다. 그 중, 고전서사를 바탕으로 한 〈무송타호〉는 1953년 제 3차 위문단에 참여했던 화둥지역 문공단에 의해 인형극의 일종인 부다이희(布袋戲)[45]로 공연되기도 했는데, 당시 그 문공대에서 준비했던 레퍼토리 중 가장 인기가 많았던 작품이었다.[46]

제 3차 위문단에 의해 공연되었던 연극은 1954년 『희극보』(戲劇報)에 따르면 대부분 신중국의 건설과 농업 집체화를 소재로 한 작품들이었다. 〈40년 동안의 소원〉(四十年的願望), 〈신사물 앞에서〉(在新事物的前面), 〈루어민하에 봄바람이 불어오다〉(春風吹到諾敏河) 등이 그 작품들이다.[47] 그 밖에 당시 위문단에 참여했던 문공대원들의 회고에 의하면 〈항미원조, 보가위국〉, 〈부녀대표〉(婦女代表), 〈밀을 거두기 전에〉(麥收之前) 등과 같은 작품도 공연되었다. 이 세 작품의 텍스트는 현재 모두 남아 있다. 〈부녀대표〉는 신중국의 탄생과 더불어 사회적 지위를 일신한 여성주체들의 활약과 그로부터 발생하는 신구사상의 갈등을 통해 민주와 평등을 호소한 계몽극의 일종이다. 〈밀을 거두기 전에〉는 농업 집체화를 배경으로 그 과정에서 부각되는 개인주의사상을 비판한 작품이다.

---

45) 부다이희는 목각 인형을 사람의 손으로 조종하는 일종의 손인형극으로 17세기 중국 푸젠성(福建省)에서 발원되어 지금까지 그 명맥을 이어오고 있다. 특히 타이완에서는 그래픽 기술을 이용하여 TV드라마로 제작 · 방영할 정도로 뚜렷한 입지를 지니고 있다. 부다이희는 사람과 인형만으로 간결하고 생동한 연출 효과를 낼 수 있기 때문에 1940년대 타이완에서 프로파간다극으로 활용되기도 하였다.

46) 黃項飛, 앞의 글, 62면.

47) 「赴朝慰問的戲劇工作者返國」, 『戲劇報』 1, 1954, 5면.

이처럼 '항미원조' 위문단은 대체적으로 신중국의 건설 내용을 다룬 작품들을 북한의 전선에서 분투하고 있는 지원군전사들에게 보여줌으로써 그들에게 신중국의 사회체제와 이념을 주입함과 동시에 희망적인 '조국건설'에 일조할 것을 호소하였다. 그 밖에 6막으로 구성된 〈항미원조, 보가위국〉은 미국의 침략사를 다룬 대형 서사극으로 1950년대 신중국이 고취했던 항미선전 내용을 고스란히 반영한 전형적인 '항미선전극'이라 할 수 있다. 1952년에는 같은 제목의 작품이 라양폔(拉洋片)[48]의 형식으로 남녀 두 명이 공연하였다. 그 내용은 중국의 형세를 긍정적으로 소개하고 조국과 인민을 위해 싸우는 지원군의 위대한 공적을 칭송하며 그에 대한 감격의 마음을 표현한 것이다.[49]

[그림 3] '라양폔'의 형식으로 〈항미원조, 보가위국〉을 공연하는 장면[50]

48) '拉洋片'의 '拉'는 '당기다'라는 의미이고 '洋片'은 서양화를 의미한다. 즉 직역하면 '서양화를 당긴다'는 뜻인데, 이는 일반적으로 한 명이 끈으로 연결된 그림을 잡아당기며 그림을 설명하고 노래를 부르는 민간예술형식이다. 청나라 말기 때, 허베이성으로부터 베이징에 유입되어 발전한 라양폔의 공연 도구는 큰 나무박스이며 박스 주위에 여러 개의 렌즈가 설치되어 있는데, 관객들은 그 렌즈를 통해 그림을 볼 수 있다. 건국 이후에는 정치선전에 활용할 목적으로 큰 나무틀에 그림을 걸어 놓고 공연하는 방식으로 도구가 간소화되었다. 〈https://baike.baidu.com/item/%E6%8B%89%E6%B4%8B%E7%89%87/3410555?fr=aladdin〉. (검색일 : 2020.09.08.). 〈그림 3〉처럼 위문단 문공대의 라양폔도 같은 방식으로 공연되었다.

49) 秦明慧, 「在那戰地金達萊重新怒放的季節-1952年參加中國人赴朝慰問團活動的記

구극은 다양한 형식으로 공연되었는데, 당시 위문단 활동 기록이나 회고록에서 가장 많이 언급되는 것은 중국의 '국수'(國粹)로 불리는 경극이었다. 경극이 오랫동안 중국인들의 사랑을 받아 온 까닭도 있지만 무엇보다 경극 대가인 메이란팡이 동행했다는 영광과 자긍의 심리가 당시 공연을 특별하게 기록 · 기억하도록 하였다. 메이란팡의 주요 레퍼토리는 〈패왕별희〉, 연인 당현종을 기다리다 술에 취해 곁에 있는 환관에게 자신의 슬픔을 토로하는 이야기를 담은 〈귀비취주〉(貴妃醉酒), 송나라를 배경으로 부당한 세금을 요구하는 지주를 응징하는 한 어부의 이야기를 다룬 〈타어살가〉(打漁殺家) 등과 같은 대중적으로 익숙한 고전 명극이었다. 위 작품들에서는 '항미원조' 위문단의 핵심 취지인 정치적 선전 내용을 발견하기 어렵다. 메이란팡의 경극 공연은 공리성보다 예술적 향수를 통한 위안에 더 큰 목적이 있었다.

또한 공리성은 메이란팡의 위문 행보 자체에서 발견된다. 이는 그의 북한 방문이 정부의 특별 요청에 의해 이루어졌다는 점에서부터 확인할 수 있다. 또한 앞서 미군 포로의 인터뷰 사례를 통해 검증했듯이 '항미원조' 운동 기간에 중국은 대내 선전뿐만 아니라 언론매체를 통한 대외 선전도 상당히 전략적으로 전개해 왔다. 메이란팡의 행보도 같은 맥락에서 이해할 수 있다. 그는 김일성을 비롯한 북한 최고위급 인물부터 병원에 누워있는 지원군 환자들에 이르기까지 모든 계층을 방문하며 적극적인 위문 활동을 전개했으며 이는 신문이나 잡지뿐만 아니라 영상을 통해서도 기록되었다.

憶」, 『新文化史料』 2, 1996, 38면.

50) 秦明慧, 위의 글, 39면.

[그림 4] 마롄량과 〈귀비취주〉를 공연하는 메이란팡(좌)과 지원군 환자를 방문하여 경극 한 소절을 부르는 메이란팡(우)[51]

메이란팡은 또한 다른 유파와 같은 무대를 서지 않는 경극계의 구습과 노천 공연을 하지 않는 자신의 관습을 타파하여 단장으로서 솔선수범하는 모습을 보여주기도 했다. 그는 2만 여명의 관객이 모인 노천 광장에서 마파(馬派) 대표 마롄량과 〈타어살가〉를 공연하던 도중 비가 내려 공연을 중단해야 하는 상황에 이르렀다. 이 때, 메이란팡은 주위의 만류에도 불구하고 반주 없이 마롄량과 공연을 이어가 관객들의 환호를 받았다.[52] 이 일화는 메이란팡 자신 뿐 아니라 당시 동행했던 사람들에게도 인상 깊은 에피소드로 기억되고 있다.[53] 이처럼 메이란팡에 대한 기억은 공연 그 자체에만 있는 것이 아니라 그의 전반적인 위문 행보에 집중되어 있다. 그 속에서 수립된 메이란팡의 이미지는 세계적 스타로서의 틀과 위엄을 지닌 예술가가 아니라 전체를 위해 개인을 기꺼이 '희생'하는 이상

---

51) 〈그림 4〉의 출처는 각각 中國人民政治協商會議全國委員會 웹사이트 : 〈http://www.cppcc.gov.cn/zxww/2019/11/19/ARTI1574129230773349.shtml〉(검색일 : 2020.09.08) ; 시사다큐 〈檔案〉 : 〈https://haokan.baidu.com/v?vid=15309740706658898656〉(검색일 : 2020.09.08).

52) 孟紅, 앞의 글, 10면.

53) 孟紅, 위의 글 ; 朱月華, 「朝鮮戰爭後的平壤——金鳳回憶赴朝慰問」, 『中國報業』 1, 2012.

적인 '사회주의 주체'였다. 아울러 메이란팡의 회고록을 통해 알 수 있듯이 위문 활동을 통해 부각된 메이란팡의 친근하고 온화한 이미지는 곧 지원군 전사들에 대한 경애심과 애국심으로부터 비롯된 것이었다.[54] 메이란팡이 세계적인 명성을 지닌 인물이라는 점에서 볼 때, 그의 이러한 애국주의 행보가 시사하는 영향력은 대내외적인 두 측면에서 이해할 수 있다. 즉 대내적으로는 중국인들의 애국심을 더욱 확대·강화할 수 있고 대외적으로는 사회주의 신중국이 지닌 힘과 이미지를 홍보·과시할 수 있었다. 좀 더 과감하게 말하자면 메이란팡은 제 3차 '항미원조' 위문단의 참여에서부터 구체적인 활동에 이르기까지 신중국이 기획한 정치적 퍼포먼스의 주인공으로서 출연하였던 것이다.

Ⅳ. 나오며 : 위문단, 정치 문화적 퍼포먼스의 의미

'항미원조' 위문단의 각 단체들은 북한에서의 활동을 마무리하고 귀국하여 각 지역 인민들과 위문 성과를 공유하는 활동을 지속적으로 전개했다. 북한과 중국을 오가며 지원군과 중국인민들에게 각각의 상황 전달과 선전 동원에 주력한 위문단의 활동 궤적은 쌍방향성을 띠고 있을 뿐만 아니라 대내외적인 영향력도 지니고 있었다. 따라서 '항미원조' 운동기간의 선전 활동을 거론할 때 1951-1953년의 세 차례 위문단의 활동을 결코 간과할 수 없다.

54) 梅蘭芳, 「在和'最可愛的人'相處的日子裏」, 『支援抗美援朝紀實』, 中國文史出版社, 2000, 313면.

위문단은 조직구성과 구체적인 활동에 이르기까지 신중국의 사회주의 정체성을 분명하게 드러냈다. 민주와 평등, 세계평화와 무산계급 연대를 강조한 국제주의 추구, 공산당정권 옹호를 기반으로 한 애국주의 지향 등이 바로 그 정체성이었다. 위문단은 국경을 넘나들며 신중국의 이러한 정체성 인식을 쌍방향으로 효율적 확산을 기하는 데 한몫했다. 이는 일종의 정치적 퍼포먼스로서 '항미원조' 위문단이 갖는 중요한 의미 중 하나이자 '항미원조' 전쟁을 주체적인 전쟁으로 기억하는 이유이기도 하다.

또한 문화교류의 측면에서 위문단의 문공대 활동이 갖는 문화적 퍼포먼스의 의미도 상당히 중요하다. 위문단의 문공대는 전국 각 지역의 대표적인 문예단체들로 구성되었기 때문에 그들의 위문 활동은 각 지역 문예가 공동의 문화 장에서 함께 교류·발전할 수 있는 기회를 제공했다. 이는 건국 이전의 상대적으로 폐쇄적인 지역문예와 그 관습을 타파하고 새로운 형식을 추구했다는 점에서 큰 의미를 지닌다. 위문 활동을 통해 각 유파의 공동무대를 연출한 경극이 대표적인 증거이다. 문화교류의 성과는 본고에서는 구체적으로 논의하지 못했지만, 사실 북한과의 교류를 통해 더욱 선명하게 나타난다. 위문 활동 과정에서 중국과 북한은 서로의 문예 공연을 관람하는 기회를 가졌을 뿐만 아니라 서로의 문예를 배우고 교환 공연을 하기도 했다. 위문 활동 당시 영상(〈그림 1〉의 출처 참고)으로 기록된 양국의 문화교류 장면에서 중국 무용복을 입고 춤추는 북한 무용가의 모습을 일례로 들 수 있다. 그 밖에 중국 문공대는 〈김일성장군의 노래〉를 배워 공연준비를 하고[55] 〈선녀와 나무꾼〉을 무용으로

55) 白浪, 앞의 글, 47면.

선보이기도 했다.[56] 북한 문예 교류에서 가장 큰 성과는 월극(越劇) 〈춘향전〉을 꼽을 수 있다. 월극은 저장성(浙江省)에서 발달한 지방극으로 경극에 버금가는 전통극이다. 1953년 제 3차 위문단 문공대로 참여했던 월극 배우 쉬위란(徐玉蘭)과 왕원쥐안(王文娟)이 북한의 〈춘향전〉 공연을 보고 월극으로 번안한 이래 지금까지도 월극의 인기 레퍼토리로 상연되고 있다. 이처럼 '항미원조' 위문단 문공대의 활동이 갖는 의미는 전국 각 지역 및 북한과 문화교류와 상호발전에 있다.

이 글에서는 중국 '항미원조' 위문단의 전반적인 활동과 성격 및 의미를 살펴보았다. 이를 통해 향후 연구에 초석을 마련하는 데 의의를 두고자 한다. 당시 공연 텍스트 분석이나 북한 문화 교류에 대한 집중적인 고찰을 통한 논의는 차후 과제로 남기기로 한다.

56) 黃項飛, 앞의 글, 62면.

한국전쟁에 대한 기억과 연극의 재현 양상

: 신명순의 〈증인〉

김태희

Ⅰ. 한국전쟁과 기억의 정치

사(私)적 영역으로 치부되어오던 기억이 과거를 재구성하는 방식으로 재평가되면서 역사 서술은 새로운 국면을 맞이하게 되었다. 물론 역사는 사료를 바탕으로 역사가가 서술하는 것이라는 절대적인 의미에는 변화가 없지만, 기억은 공적 역사를 보완하기도 하고 때로는 역사와 실재 사이의 간극을 드러내는 기능을 담당하기도 한다.[1] 특히 국가가 역사의 서술에 있어서 주도권을 가지려 할 때 나아가 특정 방향으로 역사 서술에

---

1) 20세기 후반 역사의 절대적인 지위가 해체되면서 역사학계에서는 기억을 매개로 역사를 성찰하는 일련의 움직임들이 나타나기 시작했다. 가령 개인적인 차원의 기억을 바탕으로 이루어지는 구술에 역사적 자료로서의 지위를 부여함으로써 역사에 대한 새로운 개념 정의를 제시하는 구술사 연구 역시 그 대표적인 사례다. 이들은 역사를 "지식과 권력의 한 형태"이자 "과거의 사실을 재현시키는 여러 해석들의 경합"으로 본다. 윤택림, 「기억에서 역사로 - 구술사의 이론적, 방법론적 쟁점들에 대한 고찰」, 『한국문화인류학』 25, 한국문화인류학회, 1994. 278~281면.

개입하려고 들 때 그 간극은 커질 수밖에 없다.

군부독재의 역사를 갖고 있는 한국에서 '기억'은 강압적인 정부와 저항하는 개인 사이의 불협화음을 읽어내기 위한 좋은 키워드가 될 수 있다. 한국전쟁을 연구한 다수의 선행 연구들이 공적 역사에 저항하는 대항 기억에 주목하고 있음은 결코 우연이 아니다.[2] 이들은 오랫동안 반공이데올로기에 가려졌던 개인의 기억을 수집해, 국가가 묵인해온 학살의 역사를 밝혀내거나 애도 되지 못한 이들의 죽음을 추모하는 데에 성과를 거두었다. 덕분에 우리는 한국전쟁을 '동족상잔의 비극', '공산세력의 불법 남침'으로 보는 단선적인 시각에서 벗어나 국가의 폭력에서부터 민간인 희생에 이르는 다양한 시각으로 한국전쟁을 기억하게 되었다.[3]

이렇게 대항 기억이 국가가 주도하는 공식적인 역사와 역동적인 관계를 맺게 되면서 한국전쟁을 소재로 한 작품에 대해서도 '기억'을 매개로 한 연구들이 제출되었다. 김성희는 역사가 "현재와의 관계 속에서 의미를 생산하는 과정"이라면, "한국전쟁에 대한 사적인 기억들의 재현 역시 공적인 역사 못지않게 '역사효과'를 발생시킨다."라고 주장하며 역사

2) 푸코에게서 유래한 '대항 기억'은, "역사가 기성질서를 변호하는 이데올로기로 전락할 때" 그것에 '대항'하는 성격을 갖는 '기억'을 의미한다. 다만 전진성은 '대항 기억'을 통해 특정 기억을 미화하게 될 수 있음을 경계하는데, "대항 기억 또한 새로운 헤게모니의 가능성을 좇아 경쟁하는 기억임"을 염두에 두어야 한다는 것이다. 이는 4장에서 다루고 있는 〈불타는 다리〉와 연관시켜 생각해볼 수 있다. -전진성, 『역사가 기억을 말하다』, 휴머니스트, 2005, 93~94면.

3) 가령 한국구술사학회가 발행하는 『구술사연구』는 한국전쟁과 관련된 특집을 두 차례 다룬 바 있다. 관련 호에서 연구자들은 개인의 구술을 통해 빨갱이라는 낙인이 개인에게 미친 영향을 분석하거나 가난의 연장선 상에서 전쟁을 분석, 여러 지역에서 벌어진 민간인 학살을 고찰하는 등 다양한 방식으로 한국전쟁을 역사화하고 있다. 관련 내용은 이상록, 「기억, 구술을 통해 역사가 되다 : 한국구술사학회 구술사연구 10년(2010~2019)의 성과와 과제」, 『2019 한국구술사학회 창립 10주년 국제학술대회 논문집』, 2019를 참고할 수 있다.

극의 새로운 지형도를 제시한다.[4] 나아가 그는 사적 기억이 공적 역사의 한계를 보완함으로써 일종의 대안 역사가 될 가능성을 피력하기도 했다. 이어 김승옥 역시 반공 이데올로기에 따른 이분법적 시야에서 벗어나 전쟁에 대한 다양한 기억들의 재현 양상을 분류하고 그것이 공적 기억과 어떤 관계를 맺는지를 분석했다.[5]

한편 최정은 최근 그의 연구에서 연극을 "당대 사회 구성원의 기억을 공유하고 전승하는 문화적 매체"로 명명하고 한국전쟁의 기억을 소재로 한 작품들이 공식 기억에 어떻게 균열을 일으키는지, 나아가 망각으로부터 어떻게 저항하는지를 분석한 바 있다.[6] 특히 그의 연구는 1950년대부터 1990년대 이후까지 여러 시대에 걸쳐 기억의 재현 양상이 달라지는 추이를 추적함으로써 기억과 사회의 역동적인 관계 맺기에 대한 사유의 단초를 제시해주었다.

다만 최정의 연구는 작품이 발표된 시기를 기준으로 하기 때문에, 특정 기억이 지속적으로 호출되고 변화하는 맥락을 살펴보기는 어렵다. 연극이 새롭게 공연될 때마다 기억의 장은 만들어졌다 허물어지기를 반복한다. 다시 말해 같은 작품이라도 각기 다른 시대에 어떤 관객과 만나느냐에 따라서 기억의 재현 양상이 달라질 수도 있고 그 파급 효과가 달라질 수도 있다. 아울러 검열이 작동하던 시기였기 때문에 공연이 실제로 이루어질 수 있었는지의 여부도 중요하게 다루어져야 한다. 가령 본고에

4) 김성희, 「국립극단을 통해 본 한국 역사극의 지형도 : 1960년대부터 1979년까지의 시기를 중심으로」, 『드라마연구』 34, 한국드라마학회, 2011, 28면.
5) 김승옥, 「전쟁 기억과 재현 : 대한민국연극제 한국전쟁 소재극을 중심으로」, 『드라마연구』 34, 한국드라마학회, 2011.; 김승옥, 「포로수용소 희곡에 나타난 기억의 정치」, 『드라마연구』 47, 한국드라마학회, 2013.
6) 최정, 「한국희곡에 표상된 한국전쟁의 '기억' 연구」, 전북대학교 박사학위논문, 2017.

서 다루려고 하는 신명순의 〈증인〉은 이런 맥락의 복잡성이 작용하는 대표적인 사례다.

신명순의 〈증인〉은 1950년 6·25 전쟁 당시의 한강교 폭파 사건(1950. 06.28)을 배경으로 한다. 정부는 북한군의 남하를 막기 위해 한강교를 폭파하고 그로부터 3개월 뒤 책임자 최창식 대령을 총살에 처했으나 1964년 그의 부인의 재심청구로 인해 최창식 대령에게 무죄가 선고되었다. 신명순은 1966년 해당 실화를 법정극으로 재구성해 발표, 공연을 준비했지만 공연중지를 당했고 1974년에도 명지전문대학교에서 준비하던 공연은 반려 처분을 받았다.

하지만 1980년대에 들어서 이 희곡의 운명은 전혀 다르게 전개되었다. 신명순은 드라마 작가 김수현과 함께 〈증인〉을 〈불타는 다리〉로 개작, MBC에서 특집극으로 방영되었고 1988년에는 제작극장에 의해 무대공연도 이루어질 수 있었다. 시대가 달라지고 매체가 달라짐에 따라 〈증인〉이라는 하나의 텍스트가 전혀 다른 국면들을 맞닥뜨리게 된 것이다. 요컨대 〈증인〉은 1950년대부터 1980년대에 이르기까지 한국전쟁에 대한 기억이 사회와 어떤 관계를 맺는지 그 역동성을 직접적으로 보여주고 있는 텍스트인 셈이다. 따라서 이 글에서는 〈증인〉의 탄생에서부터 출발해 1988년 무대화에 이르는 과정을 살펴보고 이를 통해 한국전쟁에 대한 기억의 재현 양상이 어떻게 달라지는지를 살펴볼 예정이다. 이는 선행연구들의 관점을 이어받아 한국전쟁을 둘러싼 기억의 정치를 이해하는 데 도움이 될 수 있을 것이다.

Ⅱ. 한강교 폭파 사건과 <증인>의 창작 배경

한강교는 일제에 의해 건설되어 1917년 개통한 다리로, 사람이 한강을 건널 수 있는 최초의 다리였다.[7] 이 다리가 폭파된 것은 6·25 전쟁이 발발하고 불과 삼 일만에 벌어진 일로 한국전쟁 초기 남한의 불리한 전황을 단적으로 보여주는 대표적인 사건이었다. 이미 발표된 자료들에 따르면, 6월 27일 이승만 정부와 주요 인사들은 이미 서울을 빠져나간 뒤였고 전황은 급격히 나빠지고 있었다. 6월 28일 자정 무렵에는 북한군이 이미 서울 외곽까지 진출했고 서울 진입은 시간 문제였다. 결국 국군은 북한군의 도하를 막기 위해 한강교 폭파를 결정했고 6월 28일 새벽 2시를 전후로 인도교 1개와 철교 2개가 폭파되었다.[8]

수도인 서울까지 북한군이 진출한 상황에서 국군이 내릴 수 있는 결정은 많지 않았을 것이나, 한강교 폭파로 인해 너무 많은 희생이 빚어진 사실은 비판을 피해갈 수 없었다. 물론 국군이 미처 후퇴하기 전에 북한군이 서울에 진입한 것으로 오인, 다리를 조기 폭파하는 바람에 무기나 자원을 북한군에 고스란히 넘겨준 것도 문제였지만, 가장 큰 피해는 인명피해였다. 다리가 폭파될 당시 교량 위에는 많은 피난민들이 몰려 있었고 증언에 따라 다르지만 대부분 수백 명이 목숨을 잃었다고 증언한다. 게다가 다리 폭파로 서울에 발이 묶이게 된 많은 시민들은 서울을 장악

---

7) 한강교를 부르는 명칭은 '한강 인도교', '한강 대교' 등으로 다양하다. 1984년 개칭되어 현재는 '한강 대교'라는 명칭을 사용하지만, 본고에서는 당대 표기를 따라 한강교 혹은 한강 인도교라는 명칭을 사용한다. 인도교의 역사와 명칭에 대해서는 다음의 기사를 참고할 수 있다. 「인도교는 어디가고 차만 다니는 '한강 인도교'」, 『한겨레』, 2017.10.10.

8) 하지만 철교의 경우 완전폭파에 실패하여 북한군은 간단히 다리 보수 후 서울 남쪽으로 진격할 수 있었다.

한 북한군과 몇 개월 후 서울을 탈환한 국군에게 자신의 사상을 증명해야했고 이 과정에서 많은 고초를 겪어야 했다.[9]

정부에 대한 비판 여론이 거세지자, 이승만을 비롯한 정부 각료들은 한강교 폭파에 대한 책임 소재를 분명히 하고 성난 민심을 달래줄 필요가 있었다. 하지만 당시 공병감이었던 최창식 대령에게 폭파 명령을 내린 채병덕 육군총참모장은 이미 전사한 뒤였고 마땅한 책임자를 찾지 못하던 정부는 한강교 폭파 3개월 뒤인 9월 21일 최창식 대령에게 모든 책임을 지워 총살형에 처했다.[10]

책임자에 대한 처벌이 이루어졌다고 해서 한강교 폭파 사건의 진상이 국민들에게 낱낱이 밝혀진 것은 아니었다. 당시 일반적인 사람들이 이 사건에 대해 알고 있었던 정보와 감각을 확인하기 위해서는 1960년 신태양사에서 발행한 『흑막』을 참고해야 한다.

4.19 직후 발행된 『흑막』은 이승만 정권에서는 언급이 금기시되었던 다양한 사건의 내막에서부터 소문으로만 전해지던 자유당 정권의 갖가지 정치 비리를 폭로하고 있었는데, 4.19의 성공으로 이승만 정권에 대한

---

9) "한편, 이 한강철교폭파에 따른 웃지 못 할 이야기가 있다. 9.28 수복 후 정부가 환도한 뒤의 일이었다. 그때 이른바 '도강파'다 '비도강파'다하는 어린애 장난 같은 말이 한창 유행했었다. 그 두 사이에 반목과 질시도 대단했다. 도강파는 자칭애국자, 비도강파는 부역자란 낙인을 도매급으로 찍어버렸다. 도강파들은 한강교를 끊기 직전에 미리 알고 재빨리 가족을 이끌어 越江피난한 소위 요인족속들. 그 반면 거지반의 시민들은 도강의 혜택을 못 받은 채 서울서 괴뢰군의 입성을 보게 됐다. 그리고 그 뒤 9.28 그날까지 꼬박 석 달 동안은 붉은 毒牙를 피해 다니면서 '두더지' 생활을 한 시민들이 대다수였다. 특히 지명의 인사들의 경우에선 그 辛酸과 고초가 더욱더 자심했다. 이렇듯 남들은 살육의 적치 삼 개월 동안에 지독한 고생살이를 하면서도, 적에게 무릎을 안 꿇고 지하에서 토굴생활을 했건만 집권당의 종북들은 부산에서 호의, 호식하면서 평안히 잘 지냈다. 그러고도 돌아와선 무작정 피난 못 한 시민들을 모조리 附共분자처럼 백면시 했다.(후략)" -「횡설수설」, 『동아일보』, 1962.07.10.

10) 「건국 10년 사건일지」, 『경향신문』, 1958.08.04.

비판이 최고조에 이른 시기에 출판된 터라 많은 사람들의 관심을 받았다.[11] 한강교 폭파 사건은 이 책에 여섯 번째로 수록되어 있었다.

기사는 6월 27일 서울 방어 대책을 세우기 위해 개최된 육군본부 긴급 참모회의와 국회 회의의 풍경, 한강교에 설치된 다이너마이트 상자와 이를 짐작조차 못 한 서울 시민들의 분위기를 생생하게 묘사하는 한편 폭파 당시의 상황에 대해서도 상세히 전하고 있었다. 사실과는 약간의 차이가 있었지만,[12] 시간 단위로 충실하게 6월 27~28일의 상황을 정리하고 있어서 눈길을 끈다. 무엇보다 주목을 요하는 것은 이 기사의 마지막 대목이다.

> 아아, 비극의 한강다리여! 이 폭파로 말미암아 국군의 작전이 일주일이라는 이득을 보았다고는 하지만 그로 말미암아 생명을 잃은 원혼이나 북으로 납치되어간 사람이 몇 천이런가. 몇 만이런가. 도강파와 비도강파라는 얄궂은 유행어를 만들어냈던 한강 다리. 그리고 선량한 시민들에게 저주와 원망의 대상이 되었던 한강교! 이로 말미암아 당시 한강교 폭파의 총책임자로 알려졌던 공병감 최창식 대령은 군법 재판에 회부 되었고 사형을 언도 받았다. 같은 해 9월 21일 부산교외 어느 한적한 들판에서 최 대령

11) "보라! 이 엄청난 흑막과 복잡한 내막을 민중은 몰랐다.(「광고」, 『경향신문』, 1960.06.16.)"라는 다소 선정적인 홍보 문구가 말해주듯, 『흑막』에 담긴 내용은 여운형, 송진우 암살사건과 같이 정치적으로 민감한 소재에서부터 여간첩 김수임의 일화에 이르기까지 세간에서 흥미를 느낄만한 내용으로 채워졌다. 실제로 『흑막』은 1960년 6월 중순 발매 이후 불과 2개월 만에 10만여 부가 팔리는 기록을 세웠고 5판까지 추가 인쇄가 이어졌다(「매경 창간 28돌에 살펴본 시대별 베스트셀러 28선」, 『매일경제』, 1994.03.24.).

12) 『흑막』의 기사에서는 적의 탱크가 출현했다는 소식이 전해졌을 무렵 최창식이 부재중이어서 그 밑의 부하들이 임의판정을 내렸다고 기록하고 있지만 이는 군법회의에서 밝혀진 내용과는 다르다.

> 은 총살형의 이슬로 사라졌다. 최 대령에게 직접 명령한 자인 당시의 육군 총참모장 채병덕 소장은 그보다 두 달 앞서 7월에 하동 전선에서 전사하고 말았으니 **군 당국이 국민 앞에 사과하는 방법은 이길 밖에 없었던 것인가? 아니 한낱 대령에 불과했던 최창식 대령을 이렇게 제물로 올려놓고는 이승만 정부는 모든 책임을 속죄한 듯한 태연한 낯빛을 띠우는 것이었으니 그 얼마나 후안무치한 일이었던가?**[13] (강조와 밑줄 인용자)

기사는 자못 감정적인 어조로 한강교 폭파로 인한 피해를 나열하는 한편 이 사건이 민감하게 다루어질 수밖에 없는 대목을 짚어내고 있다. 정작 실질적인 결정을 내릴 수 있는 군 내부의 책임자들은 제외되고 명령을 이행할 수밖에 없는 위치였던 최창식 대령이 "제물"이 되어 모든 피해를 떠안는 것은, 대중적인 감각으로도 확실히 "후안무치한 일"이었음이 분명하다.

『흑막』은 그동안 공공연하게 알려져 있었으나 공론화되지 못했던 한강 인도교 폭파 사건의 수면 위로 드러내고 사람들의 관심을 유도하는데 기여했다.[14] 4.19로 구정권의 죄과를 청산하자는 사회적 움직임이 나타났고 한강교 폭파 사건은 여러모로 이에 부합하는 소재였다. 최창식 대령의 부인은 1961년 9월 재심을 청구했고 1964년 11월 무죄를 확정 받

13) 임경택, 「최창식 대령과 한강교 폭파사건」, 『흑막』, 신태양사, 1960, 47면.

14) 유가족들의 증언에 따르면, 최창식 대령의 처형 소식은 가족들에게도 전달되지 않았다. 그의 부인은 9.28 수복 이후에도 남편의 소식을 알지 못했고 간간히 처형되었다는 소문을 접했다고 한다. 군당국은 1960년까지도 관련 통지를 해주지 않았고, 유가족은 4.19이후 과도정부에 "군인이 상관의 명령대로 일하다 죽었으니 시체만이라도 군 묘지에 묻어주도록 탄원"했으나 소용없었다. 「"한강교의 원죄" 12년 최창식 대령의 유족은 말한다」, 『동아일보』, 1962.07.09.

았다.[15] 재심이 시작되자 언론에서도 한강 인도교 폭파 사건의 진상에 대해 대대적인 관심을 나타냈다.

재심이 진행되던 무렵 『경향신문』은 해당 재심에 대해 "당시의 위정자들의 무책임성이 다시금 드러나고 있다"고 평가하면서, 아직 일반에 공개되지 않은 한강교 폭파의 이면사를 밝히기 위해 미 육군성이 발행한 한국전기(戰記) 『낙동강에서 압록강까지(South to Naktong. North to the Yalu)』(로이 E 애플맨 저, 1961)를 인용해 보도를 하기도 했다.[16] 미군과 국군이 폭파를 취소시키기로 합의했다는 내용에서부터 폭파 당시의 상황, 당시 미군 고문들이 최창식 대령에게는 죄가 없다고 주장했다는 내용에 이르기까지 꽤 상세한 내용이 일반에 공개된 것은 처음이었다. 무엇보다 폭파 당시의 상황이 상세하게 보도되었으며 한강교 폭파로 인한 인명 피해의 규모 역시 전달하고 있었다.[17]

1964년 재심 재판 후반부로 가면, 원심의 재판 기록이 기사에 인용이 될 만큼 정보가 공개되지만 정부나 군에서 공식적인 입장의 표명이나 국가적 차원의 사과는 이루어지지 않았으며 논의의 초점으로 오로지 최창식 대령의 무죄 판정 여부에 맞춰져 있었다. 결국 〈증인〉의 탄생 직전 한강교 폭파 사건은 대중들에게 실체의 일부가 드러났을 뿐이며 여전히 이것이 공적 기억의 영역에서 다루어지고 있지는 않았던 것이다. 그것은

---

15) 1961년 9월 재심 청구 이후, 1962년 5월 원판결의 부인, 무효가 선언되었고 1964년 11월 재심 군사재판에서 무죄가 확정되었다.

16) 「12년 만에 밝혀진 한강 인도교 폭파진상」, 『경향신문』, 1962.07.09.

17) "당시 서울에 있던 정통한 미군소식통들은 한강다리 폭파로 백여 명이 익사한 것으로 추산하고 있다. 다리가 끊어지는 바람에 물에 빠진 사람 외에도 떨어져 나가지 않은 쪽 다리에 남아있던 사람과 서울 쪽 강 언덕에 있던 천여 명의 군, 민을 가산하면 사상자는 훨씬 많을 것이다." - 위의 기사

어디까지나 최창식의 원혼을 달래는 개인적인 문제로 치부되고 있을 뿐이었다.

Ⅲ. 공연중지 처분과 공적 기억의 균열

신명순이 한강교 폭파 사건을 극화하게 된 것은 1966년 무렵의 일로, 실험극장은 이 작품으로 제 3회 동아연극상에 참가할 예정이었다.[18] 작품은 최창식 대령을 모델로 한 남 대령이 억울하게 총살을 당하는 짧은 장면으로 시작해서 그의 부인인 양 여사가 변호사 윤일경에게 재심을 부탁, 윤일경을 중심으로 사건의 진상을 추적하는 것으로 구성되었다. 특히 후반부는 재심 재판이 벌어지는 법정을 배경으로 구성되어, 검사와 변호사의 증인 심문 과정, 결정적인 증인의 등장으로 이어지며 마침내 사건의 진상이 밝혀지는 것으로 결말을 맺게 된다.

> 윤일경 : 그로부터 두 번째 맞는 일요일에 전 미망인 양 여사에게 짤막한 편지를 보내어 아직도 내가 필요하다면 소송의뢰를 승낙하겠다는 의사를 밝혔습니다. 부인이 돌아간 뒤 그 부인의 얼굴에서 억울하게 아내를 잃었던 바로 내 자신의 얼굴을 발견했다면 지나치게 감상적이라고 하실지 모르지만, 사실이었습

18) 신명순의 희곡집에 〈증인〉이 실려 있지만, 해당 판본은 66년의 원본이 아니라 유흥렬이 대본으로 가지고 있던 것을 바탕으로 한 버전이다. 김의경이 소장하고 있었던 1966년 대본은 현재 아르코예술기록원(서초)에 보관중이다. 현재 버전과 약간의 차이는 있으나 내용상 크게 달라진 점은 없어서 본 논문에서는 희곡집의 버전으로 작품을 인용했다.

> 니다. 그리고 나는 그 부인의 얼굴에서 영원히 전쟁을 잊을 수 없으리라는 느낌을 받고 참담한 기분이 되었습니다. 극복하는 방법은 단 한 가지 뿐이었습니다. 나 자신이 직접 그 현장을 찾아가 그 진상을 규명하는 길 밖에는 없었습니다.[19]

남 대령의 재심 재판은 양 여사의 요청으로 진행되지만, 극을 이끌어 가는 것은 변호사 윤일경이다. 그는 한국전쟁 당시 끊어진 한강 다리 때문에 나룻배로 도강을 시도하다 아내를 잃은 인물로, 처음 양 여사가 재심 청구를 위해 찾아왔을 때 매몰차게 양 여사를 돌려보내기도 한다. 아내의 죽음으로 그가 느꼈을 분노와 배신감은 말로 표현조차 하기 어려울 정도로 엄청난 것이었고 당연히 현장 책임자로 사형 당한 남 병식의 재판을 맡을 수는 없는 노릇이었기 때문이다. 하지만 며칠 시간이 흐르면서 그는 자신이 여전히 전쟁의 시간 속에서 벗어나지 못했음을 깨닫고 '진상 규명'을 위해 소송을 맡기로 결정한다.

윤일경은 먼저 남병식 대령 총살현장에 군의관으로 입회했었던 중학 동창을 찾아간다. 하지만 동창 박승준은 재심 청구에 대해 회의적인 입장으로 일관한다.

> 박승준 : 냉정히 따져 보자구. 이 사건은 그 원인이야 어쨌든 구정권의 스캔들이야. 우리 역사의 상처야. **게다가 현 정권이 굳이 구 정권이 저질렀던 스캔들에 피해를 입으려 하겠어? 어디 그뿐인가? 당시 그 사건에 관련됐던 사람 중에 현재, 정계에 남아 있는 사람이 한 둘인 줄 아나? 그들이 좋은 의미에서든 나쁜**

19) 신명순, 「증인」, 『우보시의 어느 해 겨울』, 예니, 1988, 44면.

의미에서든 이 스캔들의 재연에 박수라도 보낼 줄 알아! (강조와 밑줄 인용자)

윤일경 : 당시 전시 고등군법회의의 재판장이 서세형 박사였다고.

박승준 : 그렇지. 보수정당의 보스 민중의 신뢰를 한 몸에 받고 있는 민족주의 진영의 거물이지. 서 박사의 정치적 세력도 무시할 수 없어. 게다가 문제의 교량폭파로 인해 피해를 입은 사람들로 구성된 유가족 협회는 기회 있을 때마다 정치적인 쇼를 부리고 있어![20]

윤일경의 재심 청구를 만류하면서 박승준이 들려준 것은 공교롭게도 현실에서 이 작품이 곧 당면하게 될 상황을 암시하는 것이기도 했다. 극중 박승준은 한강교 폭파 사건이 구 정권의 스캔들이자 동시에 현재 정계에 남아있는 인물들에게도 타격을 줄 수 있는 문제임을 지적하면서 윤일경을 말린다. 특히 남 대령의 처형 재판을 주도했던 재판장이 보수 정당의 핵심세력이자 민족주의 진영의 거물이라는 점을 언급함으로써 한강교 폭파 사건의 진상이 13년이 지난 후에도 밝혀지기 어려운 배경을 암시하는데, 이를 증명하듯 박승준과의 만남 이후 양 여사가 운영하는 가게에 괴한이 침입, 그의 딸 사진을 언론에 배포하기도 하고 유가족 협회가 윤일경의 사무실을 습격하기도 하는 등 방해 공작이 펼쳐진다. 무엇보다 서세형이 매수한 증인들이 재판을 어지럽히기 시작했다.

정 신부 : 나는 당시 서 대령과는 남달리 친근한 사이에 있었습니다. 남 대령을 내게 소개해 준 사람도 서세형 자신이었죠. 그는 남

20) 신명순, 위의 책, 46면.

> 대령이 체포된 뒤에도 가끔 술을 들고 와 몰래 나눠 마시고는 했습니다. 그러나 그 당시의 민심은 배신자를 찾아내라는 뜨거운 혼란 속에 빠져 있어 공개적인 재판도 불가능하다는 푸념을 서 대령은 자주 했었습니다. 그러나 어느 날 밤. 그는 대통령으로부터 교량폭파 사건의 책임자를 하루 빨리 찾아내라는 엄명을 받았다고 말했습니다. 그는 남 대령에게 최고사령관이 직접 명령을 하달한 일이 확실히 있었으며 그 분이 세상에 안 계신 이상 그 누가 이 사건에 책임을 져야 하는가고 반문했습니다. 날이 갈수록 흉흉해진 당시의 인심은 기름에 불을 붙인 듯 타올라 이제 그 기세는 마침내 행정부의 운명, 아니 국가의 운명을 흔들 만큼 확대되어 갔었죠. 대통령의 재판부에 대한 압력도 그 극에 달했던 어느 날 서 대령은 자기 사무실로 나를 불러 사태의 진전을 고백했습니다. "이제는 어쩔 수 없다. 민중은 단 한 사람, 그 사람이 어느 사람이든 그 사람의 희생 없이는 물러가지 않을 단계에 왔다."고 침통하게 말했습니다.[21]

불리했던 판세는 남 대령의 죽음을 둘러싼 실상을 알고 있는 결정적 증인인 정 신부가 등장하면서 급전환하게 된다. 법정에 들어선 정 신부에게 서세형은 "역사의 배신자"라며 미친 듯이 화를 내는데,[22] 정 신부는 이에 맞서 서세형은 국가와 지도부가 주도하는 역사에 신념을 두고 있으며 이를 지키기 위해서는 개인을 희생시키는 비 인륜적인 행동을 서슴지 않았음을 폭로한다. 더군다나 정 신부의 증언에는 날로 악화되는 민심과

21) 신명순, 위의 책. 87~88면.
22) 신명순, 위의 책, 87면.

대통령과 행정부의 절박한 입장, 그로 인한 정치 재판의 정황이 고스란히 담겨 있는 것이었다.

결국 재판부는 남 대령은 무죄를 선고한다. 이것은 단순히 13년 만에 남 대령이 억울한 누명을 벗는 것에 그치는 것이 아니라, 정부에 의해 주도된 공적 역사에 반하는 대항 기억을 호출하고 개인의 권리를 위한 투쟁의 요구로 확장되고 있었다. 윤일경이 재판 직후 기자와의 인터뷰에서 "우리의 권리를 찾기 위해서 투쟁하지 않으면 안 되는 겁니다."라고 남긴 후기는, 곧 이 작품을 관통하는 주제이기도 했다.[23)]

안타깝게도 〈증인〉의 공연은 순탄하게 진행되지 못했다. 1966년 4월 26일에 실험극장이 〈증인〉으로 동아연극상에 참가한다는 보도가 나가고 이틀 만에 다른 작품으로 대체되었다는 소식이 전해진 것이다. 불과 이틀 전 "허규 기획으로 마지막 피치를 올리는 예총회관 연습장에서 연출을 맡은 나영세 씨는 전쟁에서 생명이 얼마나 기계적으로 학대받는가를 고발하겠다고 부푼 의욕을 보였다."는 보도 내용과 정반대의 일이 벌어진 것이다.[24)] 게다가 본래 공연 기간은 4월 27일부터 5월 1일까지였으니, 그야말로 공연 직전에 공연이 중단되는 이례적인 일이 벌어진 셈이었다. 여기에 대해서 일반에는 "불과 몇 해 전의 사건을 무대에 재현시키는 곤란성을 고려, 이같이 결정했"[25)]고 아울러 극장 측의 사정으로 중단된 것으로 알려졌지만, 실상은 그렇지 않았다.

그게 신문에 나니까 위에서 "저거 어떻게 해라." 이렇게 된 거예요. 그

23) 신명순, 위의 책, 89면.
24) 「실험극장의 증인 3회 동아연극상 참가」, 『동아일보』, 1966.04.26.
25) 「실험극장의 〈증인〉 다른 작품으로 대체」, 『동아일보』, 1966.04.28.

래서 처음에는 공연과장이 나보고 오라고 그러더니 "그거 안 할 수 없어?" 그래. "아니 며칠 있으면 막 오르는데 무슨 소리예요?" 그랬더니 "그거 안 하는 게 좋을 텐데." 그래 (의자 등받이에 기대며) 나 첫날은 그냥 헤어져 왔어요. "우리 합니다." "잽혀 가도 좋아?" "아니 뭐 잽혀 가도 좋아요." 그러고 나왔는데 이튿날에 또 부르고. 그 담엔 시공관 그 지금 명동극장, 그 극장이 있으면 (왼쪽을 가리키며) 그 극장 이쪽으로 연습실이 하나 어두컴컴한 연습실이 있어요. **그 연습장으로 모르는 사람이 두세 명씩 와서 아무 소리 안 하고 연습 구경하고 가고 이러는 거야. 그래서 아무래도 안 되겠다. 그리고 특히 중요한 거는 그거 때문에 전혀 엉뚱한 사람들이 피해를 입는 거에요. 예를 들면은 그 당시는 공보분가, 문화공보분가 그런데 그거 공연을 못 막으면은 공보부 직원은 책임을 져야 돼.**[26] (강조와 밑줄 인용자)

공연 중단에 대한 관련자들의 기억은 세부적인 대목에서 약간씩 차이가 있다. 가령 유용환은 〈증인〉 공연 10여 일 전, 작가와 기획진이 공연 소식을 전하고 관련 정보를 얻을 겸 최 대령의 미망인 옥 여사가 운영 중이던 다방을 찾아간 것이 발단이 되었다고 기억한다.[27] 반면 당시 실험극장의 대표였던 김의경은 언론에서 이 작품에 대해 관심을 갖게 되면서 상황이 악화되었다는 입장이다. 어찌되었건 이미 이루어진 대본 검열에서 미처 걸러지지 못했던 문제가 뒤늦게 관계자들의 심기를 거슬리게 했고 그 결과 공연 중지의 압력으로 들어온 것은 분명했다. 실험극장은 대

26) 문경연, 「김의경 구술채록 : 제2차 실험극장과 1960년대 한국연극(2011)」, 『한국예술디지털아카이브』. 2011, 26면, 〈https://www.daarts.or.kr/handle/11080/16214〉(검색일 : 2021.08.20.)

27) 유용환, 『무대 뒤에 남은 이야기들』, 지성의 샘, 2005, 48면.

본 검열을 통과했음을 방패삼아 공연을 강행하려 했지만, 연습실과 극장에 공연을 중지시키기 위한 세력들이 들이닥치기 시작했다.

> 다음날 국립극장 무대에서 연습을 하고 있는데 객석 문이 열리면서 수십 개의 별이 들어서고 있는 것 같았다. 사실은 4, 5명의 육군 장성이 찾아온 것인데 단원들 눈에는 무수한 별로 보였던 것이다. **그들은 불문곡직하고 공연을 중단해야 한다고 요구하며 나섰다. 이유가 무엇이냐고 물으면 그것은 말할 수 없고** 공연이 강행되면 그들 쪽도 몇 사람 다치고 당신들 극단 측도 무사하지 못할 것이라며 사뭇 협박조였다.[28] (강조와 밑줄 인용자)

이 대목에서 유용환의 기억은 조금 더 자세하다. 그의 기억에 따르면 연습실로 찾아온 사람들은 육군 장성들로 공연 중단을 요구하며 단원들을 협박했다. 심지어 검열담당관과 국립극장 홍보부는 비용 전액 변상과 극장 재 대관까지 제시하면서 회유했고 결국 공연은 중지되고 말았다.[29]

늘 그렇듯 검열자들은 명확한 이유를 설명해주지 않고 결과만을 통보하기 때문에, 공연 중지의 원인은 늘 사후적으로 추측해보는 것만이 가능하다. 이는 〈증인〉 공연 중지 사태의 경우에도 마찬가지다. 결과적으로 최창식 대령에게 무죄를 선고했으나 불과 2년 전의 일이었기 때문에 군 관계자들 입장에서는 〈증인〉의 공연 소식은 달갑지 않을 수밖에 없었을 것이다. 하지만 육군 장성의 요구를 그대로 수용하고 있는 공보부, 국립극장의 태도는 어떻게 이해할 수 있을까. 여기에 대한 답변으로 1970년

---

28) 유용환, 위의 책, 49면.
29) 문경연, 앞의 구술, 27~28면 참고.

대 한강교 폭파 사건을 다루는 두 개의 참고 자료를 살펴보자.

> 적침시각을 대체로 25일 상오 4시로 잡는다면, 28일 미월의 한강교 폭파참극까지 불과 만 3일도 못되는 짧은 시간에 너무도 엄청난 일들이 꼬리를 물고 일어났다. 3일 동안에 일어난 이 많은 일들은 미해 공군의 한국군 지원결정을 제외하고는 모두가 비극이요, 비보였다. **물론 이런 비극의 근원은 북괴의 불의의 남침으로 강요된 것이지만 따지고 보면 우리 전체 국민, 그중에서도 특히 당시의 정부와 군부에도 적지 않은 책임이 있었다. 이들의 만심과 방심과 무책으로 이런 화를 자초했다면 과언일까?**[30] (강조와 밑줄 인용자)

중앙일보는 6·25 20주년을 기념하여 증인들의 인터뷰와 사료들을 바탕으로 재구성한 한국 전쟁 특집 기사를 게재했다. 이 기사는 한강교 폭파와 관련하여 그동안 들어보지 못했던 증언들, 예컨대 폭파 당시에 대한 다양한 사람들의 증언을 싣는 한편, 최창식 대령의 처형과 재심 재판과 관련된 사료들을 포함하고 있었다. 흥미로운 것은 최창식 대령의 처형과 관련해서 당시 최창식 대령의 과실을 함께 지적하고 있다는 점이었다. 기사는 당시 최창식 대령이 폭파 시점을 결정할 수 있는 재량권을 갖고 있었다는 증언과 그럼에도 개인을 희생양 삼았던 정치 재판의 정황을 전하며 나아가 이 비극의 책임이 당시의 정부와 군부에도 있음을 암시하는 것으로 마치고 있었다. 4.19 혁명으로 이전 정부의 상징적 존재였던 이승만이 물러났지만, 군부의 경우 별다른 책임을 지지 않았다. 군부를

30) 「6·25 20주 3천여의 증인회견 내외자료로 엮은 다큐멘터리 한국전쟁 3년|가장 길었던 3일(37)」, 『중앙일보』, 1970.06.24.

바탕으로 성립된 현 정권에서 한강교 폭파 사건이 재조명되는 것이 달갑지 않은 이유는 여기에 있었다.

> 임권택 감독이 메가폰을 잡은 〈증언〉은 삼팔선 붕괴로부터 서울 失陷, 한강교 폭파, 왜관전투, 인천상륙 서울탈환까지의 전사를 재현시키면서 6·25에 휩쓸려든 한 여대생(김창숙)을 내세워 그녀의 눈을 통해 본 6·25를 그리고 있다. 전쟁영화답게 신용 소위와 김요훈 일병의 용전이 알맞추 등장하는가 하면 의용군에 끌려간 소년과 인민군 탈출병의 자유에 대한 갈망 등이 포석으로 깔린다. 물론 양민학살 전상병학살 등 인민군들의 잔학함이 묘사되면서. (중략) 그러나 〈증언〉의 경우 반공사상을 너무 정면에 내세웠고 공산주의자들을 피상적으로 묘사함으로써 설득력을 반감시키는 결과를 낳았다. 한국적 현실에서 반전영화를 들고 나오기도 어려웠겠지만 전쟁영화는 평화를 지향했을 때만 큰 뜻이 있지 않을까.[31)]

무엇보다 박정희 정부는 한국 전쟁을 반공의 영역에서 호출하는 전략을 선택하고 있었다. 가령 1973년 개봉한 임권택 감독의 〈증언〉은 반공의 영역에서 한국 전쟁이 재현되는 전략을 상세히 드러낸다. 〈증언〉의 초반부 한강교 폭파는 매우 중요한 사건으로 다루어지지만 그것은 불법 남침을 강행한 북한군을 막기 위한 남한군의 전술이자 한국전쟁의 풍경으로 그려질 뿐이며, 남한군도 마찬가지로 자행했던 양민학살은 오롯이 인민군들의 잔학함을 드러내주는 사건으로 나타나고 있을 뿐이었다.[32)]

---

31) 「영화평 〈증언〉」, 『동아일보』, 1974.01.12.

32) 여기에 대해 정성일은 다른 방식의 해석을 제시한다. 그는 한강 인도교 폭파 장면과 그 전후 과정이 지루하게 이어지고 있으며 30분 이상의 분량의 할애되고 있다는 점에 주목한다. 여기에 조악한 특수효과가 더해지면서, 한강 인도교 폭파 장면은 현실감이

1975년 명지전문학교 연극회는 제2회 정기공연으로 〈증인〉을 올리기 위해 대본 사전 검열을 신청했으나 결과는 당연히 반려였다. 최창식 대령은 이미 무죄로 판결났지만 그것을 연극 무대에 소환하고 나아가 대항 기억을 만드는 행위, 투쟁하는 개인들이 마침내 승리를 거두는 작품을 만드는 행위는 받아들여지기 어려웠다. 〈증인〉을 대중 앞에 선보이기 위해서는 그 후로도 몇 년의 시간이 더 필요했다.

Ⅳ. 특집극 <불타는 다리>와 기억의 재호출

1980년대 〈증인〉이 다시 호출된 곳은 연극 무대가 아니라 텔레비전 브라운관이었다. 신명순이 1981년 MBC 6·25 특집극에 김수현과 함께 참여하게 되면서, 〈증인〉은 〈불타는 다리〉로 재창작된다. 김수현은 이미 1980년대 성공한 드라마 작가로 자리를 잡은 상황이었고 그에 비해 신명순은 대중적 인지도가 떨어지는 편이었다. 무엇보다 각자가 구축한 작품 세계도 전혀 달라 보이는데,[33] 그럼에도 이 두 사람이 협업을 하게 된

떨어지게 묘사되고 이로 인해 애초에 목표로 했던 반공으로 단순히 귀결되지는 않았을 가능성이 있다는 것이다. 아울러 이것은 임권택 자신의 분열을 암시하는 대목이기도 하다.(정성일, 「임권택X102 증언」, 『한국영화데이터베이스』, 2014. 〈https://www.kmdb.or.kr/story/5/1344#〉) 하지만 본문에서는 〈증언〉이 만들진 맥락, 즉 정부의 의도에 의해 기획, 생산, 소비되었다는 점에 주목한다.

33) 이영미는 한 평론에서 김수현이 "화해하는 가족물과 진지한 연애물을 번갈아 써왔는데" 작가 스스로가 언론의 비판을 피하기 위해 1970~80년대 내내 가족물과 연애물을 번갈아 배치하는 전략을 선택했을 것이라 추측하기도 한다(이영미, 「김수현 드라마의 리얼리티와 균형감」, 『황해문화』 79, 새얼문화재단, 2013, 313면.). 이를 참고하면, 〈증인〉의 각색 과정에서 김수현의 역할이 더 컸을 것이라 짐작할 수 있다.

데에는 당시 기획, 연출을 맡았던 유홍렬의 역할이 컸던 것으로 보인다.[34] 여기에 당시 드라마의 대형화 추세, 실화극의 유행 등이 배경으로 작용했다.[35]

〈불타는 다리〉는 1981년 6월 24일 밤 9시부터 12시까지, 3시간에 걸쳐 총 2부로 편성되었다. 언론에서는 이 작품이 한강교 폭파 사건을 처음으로 다룬 작품이라고 대대적으로 홍보했고 인기 작가인 김수현의 참여도 작품에 대한 기대감을 높이는 데 기여했다. 하지만 막상 방송 후, 이 작품은 "좋은 소재를 형편없이 요리했다"는 혹평을 면치 못했다.[36]

당시 신문사의 방송평이 지적했듯 한강교 폭파 사건은 6·25 특집극에 적합한 소재였으나 문제는 이것을 형상화하는 방식이었다. 신명순의 원작 〈증인〉은 1964년 재심청구 재판을 배경으로 변호사 윤일경이 한강교 폭파 사건의 실체를 추적하는 내용으로 구성되었다. 감춰져 있는 진상을 밝히려는 윤일경과 그것을 방해하는 세력 간의 갈등이 극적 긴장감을 유발하고, 윤일경이 그 모든 어려움을 이겨내고 진실을 밝혀냈을 때 그 진실은 더 가치 있고 귀중한 것으로 형상화 될 수 있었다. 하지만 〈불타는 다리〉는 3시간 분량의 특집극으로 확대되는 과정에서 '다큐멘터리 형식'을 채택했고 그것은 〈증인〉의 플롯을 해체하는 방식으로 나타났다. 먼저 〈불타는 다리〉 1부의 플롯을 요약해보면 다음과 같다.

34) 극단 산하에서 연출을 맡기도 했었던 유홍렬은, 방송계에 진출하여 연출을 맡아했다.

35) 〈불타는 다리〉가 방영되던 해 한 신문 기사는, 방송국이 통폐합 된 이후 드라마나 쇼 프로그램이 대형화 되고 방송사 간의 경쟁이 심화되는 추세임을 지적하고 있다(강상헌, 「폐합 반년 방송의 앞날」, 『동아일보』, 1981.05.30.). 〈불타는 다리〉는 전투 장면에서부터 다리 폭파 장면에 이르기까지 스펙터클한 장면들을 포함하고 있어 이런 추세에 적합한 작품이기도 했다.

36) 「TV주평」, 『동아일보』, 1981.06.30.

> 1950년 6월 25일 아침 6시, 남 대령의 집에 북한이 남침했다는 소식이 전해진다. 거리에는 군 장병의 복귀 명령이 울려 퍼지고 군인들은 전선을 향해 행진한다. 언니네 집으로 피신한 옥정애는, 북에 있는 부모를 걱정하지만 국군이 곧 통일을 할 수 있을 것이라 믿는다. 라디오에서는 국군의 승전보를 전하지만 피난민들은 끊임없이 서울로 내려온다. 같은 시각 참모 총장은 최창식 대령을 불러 한강교 폭파 계획을 전달하고, 최창식 대령은 부하들에게 폭탄 설치를 명령한다. 책임자들이 도하한 상황에서 군 수뇌부는 혼란에 빠지고 그 사이 최 대령에게 북한 탱크가 서울에 진입했다는 소식과 폭파 명령이 전달된다. 결국 명령으로 인해 최 대령은 인도교 위에 시민들이 남아 있었음에도 불구하고 폭파를 시행하고 괴로워한다. 서울에 인민군이 주둔하면서 교수였던 옥정애의 형부는 북으로 끌려가고 옥정애도 끌려가 전향을 권유 받는다. 하지만 옥정애는 전향을 거부하고 총살장에 끌려가다 탈주, 집단 학살 장면을 목격하며 충주 친척집으로 향한다. 몇 개월 후 최창식은 헌병에 끌려간다.[37]

1부에서는 전쟁 발발부터 한강교 폭파까지의 과정을 시간 순서에 따라 보여주고 이어 인민군으로 인해 서울 시민들이 겪는 고초, 최창식 대령의 구속까지 보여준다. 제작진이 다큐멘터리 형식을 의도했던 바, 최창식과 옥정애 부부가 겪은 고난이 펼쳐지는 와중에 전쟁의 참상을 보여줄 수 있는 장면들이 삽입되고 있다. 가령 6월 25일 오전 휴가 중이던 장병들에게 복귀 명령이 내려지는 장면, 불리한 전황을 감추기 위해 라디오를 통해 전파한 국군의 승전 보도와 대통령의 담화 방송, 전투와 폭격 장면, 주요 인사의 납치, 인민군이 자행한 민간인 학살에 이르기까지 한

---

37) MBC 특집극 〈불타는 다리〉 DVD 1부 영상을 참고하여 정리.

강교 인도교 폭파와는 크게 관련이 없는 장면들이 대거 포함되었다. 덕분에 1부는 6·25 전쟁이 발발하고 한강교 폭파가 이루어지기까지 사적인 사실들을 촘촘하게 그려내는 데는 성공했으나 극적인 재미는 확연히 떨어질 수밖에 없었다.[38] 전쟁 장면의 스펙터클 역시 기대에 못 미치는 수준이었다.[39]

아울러 해당 장면들을 극으로 엮어내는 과정에서 옥정애가 겪은 고난이 지나치게 부각되고 있다는 점도 문제적이었다. 가령 서울에 주둔한 인민군은 최창식 대령의 행방을 찾기 위해 옥정애를 체포하고 전향하지 않으면 총살을 하겠다고 위협하지만, 옥정애는 총살장에 끌려가던 도중 전투기 폭격을 만나 구사일생으로 목숨을 건지고 이어 집단학살에서도 살아남아 친척집으로 피신하게 된다는 식이다. 그 과정이 지나치게 우연에 의존하고 있는데다가 2부 초반 최창식 대령이 총살로 퇴장하고 난 뒤 옥정애가 극의 중심을 맡게 되면서 주제가 충분히 전달되지 못했다. 옥정애의 고난과 이어지는 재심청구는, 권리를 찾기 위한 투쟁이라는 애초의 플롯과 거리가 멀었고 "주인공의 억울함만을 호소하는 개인적 차원"에 그쳤다는 평가를 받았다.[40]

---

38) 〈불타는 다리〉는 실제 인물들의 실명을 사용하고 사건의 진상을 사실대로 전달하는 소기의 성과를 달성했다. 남 대령, 양 여사로 불렸던 인물들은 최창식, 옥정애라는 이름을 되찾았고 폭파 당일 벌어졌던 일들은 시간 단위로 상세하게 구현될 수 있었다. 아울러 한강 인도교 폭파 당시 다리 위에 있었던 민간인들의 죽음과 책임자들의 남하로 혼란에 빠진 군 수뇌부의 모습에 이르기까지 전 정권의 잘못이 그대로 전달되었다.

39) 한강 인도교를 폭파하는 장면을 텔레비전 드라마에서 구현한 것은, 당시로서는 이슈가 될 만한 일이었음에도 불구하고 그보다는 오히려 작품성에 대한 지적이 주를 이루었다.

40) 이경순, 「3시간짜리 특집극들, 무거운 주제에 지루한 진행」, 『중앙일보』, 1981.07.01.

이어지는 2부에서는 최창식 대령의 총살과 13년 뒤 재심청구 재판이 그려지는데, 〈증인〉에 등장했던 법정 장면을 그대로 사용하되 정치 재판의 주도자였던 서세형의 존재가 사라지고 결정적 증인이었던 정 신부의 역할도 축소된다. 그 결과 법정 장면은 20분도 채 안 되는 분량으로 다루어지며 이미 사건의 실체가 앞부분에서 충분히 다루어 진 뒤였기 때문에 긴장감은 확연히 떨어질 수밖에 없었다. 아울러 윤일경 변호사 대신 옥정애의 사촌 오빠가 변호를 맡게 됨으로써 재심청구는 오로지 사적인 영역의 일로 그려지고 있다.

옥정애 : 사형당한 아버지였다는 게 부끄럽고 슬프니? 그럼 왜 울어? 우는 이유를 얘기해봐. 사내자식이 눈물이 헤프면 못 쓴다고 했지.

언니 : 얘는 어린 게 그 소리 듣고 울지 안 우네?

옥정애 : 엄마가 얘기하지 말걸 그랬니. 재심청구고 뭐고 하지 말고 가만히 있을걸.

최병욱 : **아니에요. 잘하고 계신 거예요. 엄마. 그런 얘기 하지 마요. 끝까지 해요. 마지막까지 몇 번이고 해야 되요. 그거.**

옥정애 : 병욱아. 엄마 말 알아들었구나.

최병욱 : 아부지, 그냥 전사하신 게 아니라는 거 벌써 작년부터 알고 있었어요.

언니 : 아니 어드로케?

최병욱 : 이모하고 엄마하고 얘기하는 걸로 대강 눈치 챌 수 있었어요. 엄마가 밤새도록 쓰다 버린 진정서도 읽어본 적 있었고요. 확실한 건 몰랐어요. **그냥 아부지 돌아가신 거 엄마는 억울하게 생각하고 있나보다. 전사하셨다면 뭐가 억울해서 진정서까

지 쓰셨을까. 그 정도였어요.

옥정애 : 그래. 엄마 아부지는 억울해. 아버지 한 못 벗기고 죽으면 나 죽을 때도 억울하다고 소리치면서 죽을 거야.

최병욱 : 엄마 끝까지 해요. 할 수 있는 데 끝까지 해요. 나 상관 말고.[41] (강조와 밑줄 인용자)

재심 청구 소송이 시작되고 정애는 아들 병욱에게 아버지의 죽음에 대한 이야기를 꺼낸다. 〈증인〉에서는 양 여사의 딸 효진이 아버지의 죽음으로 인해 방황하고 힘들어하는 것에 비해 〈불타는 다리〉의 아들 병욱은 아버지의 죽음을 의연하게 받아들이고 나아가 어머니의 억울함을 이해하고 끝까지 소송을 이어가라고 격려를 해주는 어른스러운 모습을 보여준다. 이들에게 아버지의 누명을 벗는 일은 가족애의 영역에 있다.

[그림1] MBC 특집극 〈불타는 다리〉

[그림2] MBC 특집극 〈불타는 다리〉

증인들이 법정에서 증언을 하는 사이 카메라는 끊임없이 정애와 언니의 얼굴을 클로즈업한다. 시종일관 침울하고 심각한 표정들을 비추면서 카메라는 남편의 해원을 바라는 이 가족의 절실함을 드러낸다. 한편 작

41) MBC 특집극 〈불타는 다리〉 DVD 2부 영상을 참고하여 정리.

품의 결말 역시 원작과 〈불타는 다리〉 사이의 차이점을 명확하게 보여준다. 윤일경과 기자의 인터뷰로 끝나는 원작과 달리 〈불타는 다리〉의 결말은 정애와 병욱이 감격에 겨워 포옹하고 서로를 위로하는 것으로 마무리 된다. 이때 정애는 아들 병욱에게 "떳떳하게 살아도 돼"라는 대사를 반복한다. 이렇게 남편의 누명을 벗기기 위해 고군분투하는 정애의 서사는 완성되고 정부에 대한 비판적 메시지는 힘을 잃는다.

〈증인〉이 갖고 있었던 불온성은 사라지고 그 자리를 아버지의 명예 회복이 채우고 있다는 사실은 의미심장하다. 이는 공연불가 텍스트였던 〈증인〉과 방송극 〈불타는 다리〉의 결정적인 차이이기도 했다. 시간의 흐름에 따라 충실히 재현되는 한국전쟁 영상을 통해 시청자들은 고통스러웠던 기억 속 '국민'으로 호명되었고, 그 국민이 강력하게 원하는 것은 부권의 회복으로 유도되고 있었다.[42] 군부에 대한 부담스러운 불온성만 해결된다면 새롭게 정권을 잡은 신군부 입장에서 〈불타는 다리〉를 반대할 이유가 없었던 것이다.

---

42) 기념극이 의도했던 효과에 대해서는 문선영의 연구를 참고할 수 있다. 1960년대 방송극에 대한 연구에서 문선영은 "한국 방송에서 기념극은 주로 역사적 사건이나 인물을 기념하기 위한 특정한 목적의식을 가지고 오랫동안 지속"되어 왔으며 특히 "기념일과 기념 의례는 해마다 같은 사건이나 인물을 기념하는 행위를 통해 개인을 국민으로 호명하고 참여하게 함으로써 동일한 운명 공동체라는 의식을 각인시킨다"고 설명한다(문선영, 「방송극이 소환한 3·1운동의 기억-1960년대 다큐멘터리 드라마 〈여명 80년〉을 중심으로」, 『우리문학연구』 67, 2020, 189면).

V. 1988년의 공연과 그 의미

1988년은 한국의 정치가 민주주의의 궤도에 올라선 시기였다. 앞선 정권이 연루된 비리 조사를 위해 대대적인 청문회가 벌어졌고 10월에는 유신 이후 중단된 국정감사가 다시 이루어지기도 했다. 그동안 공연되지 못했던 정치극들이 대거 빛을 보게 된 것은 이 무렵으로, 신명순의 〈증인〉도 이 시기에 이르러서야 비로소 공연될 수 있었다.[43] 제작극회는 제40회 정기 공연 작품으로 〈증인〉(정진 연출)을 선정, 동아연극상에 참가했다.

> 이 연극은 재판극의 구조를 가진 연극으로서는 다소간 맥 빠진다. 왜냐하면 모든 것을 최 대령에게 덮어씌웠다는 혐의가 사실로 확인되지 않았다 할지라도 '국민에게 피난할 기회도 주지 않고 야밤중에 다리를 끊고 도망을 가버린 정부'의 책임은 그대로 남기 때문이다. 그러나 **모든 죄를 무력한 개인에게 덮어씌우려는 권력의 잔재주나 그 잔재주에 속아 넘어가는 척하는 군중의 가증성을 확인하게 되면서, 우리는 우리 자신이 공범자인 것을 부정할 수 없게 된다**. 이것이 바로 이 연극이 가지는 장점이다.[44]

김문환은 〈증인〉에 대해 위와 같은 평을 남겼다. 그는 이 작품이 한강교 폭파에 대한 정부의 책임 문제는 정면으로 다루지 못했지만 대중을 기만하는 권력의 모습을 폭로하고 대중의 각성을 요구하고 있다는 점을

43) 「정치비리 연극으로 파헤친다」, 『매일경제』, 1988.10.17.

44) 김문환, 「공연과 비평 '덫에 걸린 집' '증인' : 반성능력과 연극」, 『한국연극』 150, 한국연극협회, 1988.11, 79면.

장점으로 지적하고 있다. 그것은 작품의 장점이자 동시에 정권의 입장에서 가장 불편했을 지점이었다. 공연 평에 이어, 김문환은 윤대성의 증언을 빌려 〈증인〉의 공연 중지가 작가에게 인생을 바꿔놓았을 만큼 큰 내상을 입혔음을 전한다. 1988년의 공연은 김문환의 지적처럼 늘 공연 시도가 좌절되었던 신명순 개인에게 큰 치유의 계기가 되었을 것이다.[45)]

최정은 1980년대 발표된, 한국 전쟁 소재의 작품들이 애도를 수행하고 "'우리 안의 과거'를 새롭게 성찰하고 의미화하는 작업"이었음을 지적한다.[46)] 그는 1980년대에 발표되었던 오태석의 전쟁 3부작이나 〈한씨 연대기〉와 같은 작품들을 대표적인 사례로 들고 있는데, 1960년대에 창작되었던 신명순의 〈증인〉 역시 이들 작품과 나란히 놓을 수 있다.

〈증인〉은 금기시되었던 소재로부터 출발한다. 1950년에 있었던 한강교 폭파 사건과 최창식 대령 총살의 실상은 입에서 입으로 전해지는 '소문'으로만 알려졌을 뿐이다. 당시 집권층은 개전 초의 불리한 전황과 대통령의 거짓 방송이라는 뼈아픈 실책을 드러내고 싶어 하지 않았다. 유가족들에게마저 철저히 비밀로 부쳐졌던 사건의 진실은 정권이 바뀌고 난 뒤에야 폭로될 수 있었다. 이후 최창식 대령의 유가족이 재심 청구를 통해 망자의 무죄를 확정짓고 난 뒤 〈증인〉이 탄생할 수 있었다.

하지만 〈증인〉의 운명은 그리 순탄치 못했다. 당시의 관계자들은 해당 텍스트로 인해 겪었던 곤란들을 생생하게 기억하고 있다. 대본 사전 검열을 통과했음에도 불구하고 공연 직전에 취소될 수밖에 없었던 사정은 그리 단순하지 않다. 국립극장, 문교부의 관계자도 모자라 군 장성들까

---

45) 김문환, 위의 글, 79면.
46) 최정, 앞의 글, 193면.

지 연습실을 찾아와 공연을 중단시키려 했다는 사실은 반대로 〈증인〉이 담고 있는 위험성을 증언하는 것이기도 했다. 그것은 공식적 역사의 균열과 이를 저지하기 위한 움직임으로 요약될 수 있다.

〈증인〉은 이후 1981년 텔레비전 특집극 〈불타는 다리〉로 각색되어 사람들 앞에 처음으로 공개될 수 있었다. 텔레비전에서 정치적으로 민감한 소재를 다루었다는 측면에서 의미 있는 진일보였으나 애초에 〈증인〉이 가지고 있었던 불온성은 상당부분 사라져 버렸다. 이후 1988년, 민주주의가 보다 유화국면에 접어들고 나서야 〈증인〉은 온전한 형태로 공연될 수 있었다. 요컨대 〈증인〉은 기성질서의 입장에서 기록된 한국전쟁의 역사와 이에 균열을 내는 대항 기억이, 시대와 매체의 변화에 따라 변모하는 과정을 생생하게 보여주는 사례라 할 수 있다.

이식된 반공, 억압된 즐거움
: 6·25 특집극 〈최후의 증인〉

송치혁

Ⅰ. 들어가며

1970년대는 '추리'라는 장르적 개념이 다양한 대중예술에 접목하며 새로운 경향을 일으킨 시대였다.[1] 1970년대는 한국전쟁과 4·19, 5·16이 몰고 온 혼란이 어느 정도 정리된 시기이며 억압을 통한 안정이 유신이라는 정치체제를 통해 동반되던 시기이기도 했다. 텔레비전의 등장과 청년문화의 발흥이 겹쳐지면서 생겨난 다양한 대중예술은 1970년대를 설명할 수 있는 다양한 경로를 제공한다. 추리물은 동시기 문학과 텔레비

1) 박유희는 추리서사를 탐정-범인-희생자의 인물유형을 축으로 범죄의 발생과 해결과정은 중심플롯으로 삼는 이야기 형식으로 정리한 바 있다. 그는 추리서사가 나타나는 서사물을 통틀어 추리물이라고 통칭하여 용어의 혼동을 피하면서 동시에 총체적인 관점에서 추리서사가 한국에서 수용되는 독특한 과정을 설명했다. 이 글에서는 박유희의 논의를 계승하되 텔레비전드라마에서 수용된 추리서사에 대해서는 수사드라마라는 용어를 활용하고자 한다. 박유희, 「한국 추리서사와 탐정의 존재론」, 대중서사장르연구회, 『대중서사 장르의 모든 것 3 추리물』, 이론과실천, 2011, 19면.

전드라마를 중심으로 한 장르적 확장에 대한 모색이었다.

문학계에서 추리소설에 대한 관심은 1970년대 김성종의 등장과 함께 본격화된다. "김성종 개인에 의해 추리소설의 맥이 이어지던 시대"[2]라는 평가가 보여주듯 그는 해방 후 김내성을 이을 대표적인 추리작가였다. 1974년 한국일보 공모전 당선작인 『최후의 증인』을 통해 그가 보여준 역량은 당시 한국의 추리소설이 1970년대부터 새로운 국면에 이르렀음을 알리는 신호와도 같았다.

추리문학의 관점에서 이루어진 김성종 연구는 그의 작품세계를 설명하기 위한 시도[3]와 추리소설사에서의 위치[4]를 논하였다. 이들은 공통적으로 『최후의 증인』을 김성종의 작품세계에서 핵심적인 텍스트로 평가하면서 본격문학과 대중문학의 경계선을 무화시킬 가능성을 지닌 추리소설 작가로 김성종의 좌표를 설정한다. 무엇보다 역사에 대한 작가의 의식이 추리를 통한 문학적인 가치를 발견할 가능성을 보여주었기에 가능했던 평가이기도 하다.

한편 1970년대는 수사드라마가 본격적인 대중의 주목을 받기 시작한 시대였다. 1970년대 초반 〈아씨〉, 〈여로〉가 전국적인 인기를 끌면서 텔

---

2) 오혜진, 「1950~90년대까지 추리소설의 전개 양상」, 『어문론집』 44, 2010, 309면.

3) 송명희, 「김성종의 초기소설연구」, 『한국문학이론과 비평』 37, 한국문학이론과비평학회, 2007; 송명희, 「김성종의 추리소설과 섹슈얼리티」, 『한국문학이론과 비평』 16, 한국문학이론과비평학회, 2002; 최애영, 「유신체제하의 자기검열과 균열의 징후」, 대중서사장르연구회, 『대중서사장르의 모든 것 3 추리물』, 이론과실천, 2011; 김은경, 「한국 추리소설에 나타난 범죄서사와 탐정서사의 관계 양상 고찰」, 『한국현대문학연구』 57, 2019.

4) 박유희, 앞의 글; 정희모, 「추리기법의 서사화와 그 가능성」, 『현대소설연구』 10, 1999; 김재국, 「중심과 주변의 길트기를 위한 시론」, 『한국문예비평연구』 5, 한국현대문예비평학회, 1999; 임성래 이정옥, 「변용 추리소설의 소설적 의의-최후의 증인과 소문의 벽 비교를 중심으로」, 『대중서사연구』 11, 대중서사학회, 2005.

레비전이 대중화의 일로를 걷게 되고 연극, 영화와는 차별화된 '텔레비전의 시대'를 열리게 된 것이다. 1970년대 내내 〈수사반장〉이 사회적인 이슈로 떠오르면서 멜로드라마와 홈드라마 위주의 일일극이 주류를 차지하던 한국의 방송극 시장[5]에서 '추리'라는 새로운 장르의 가능성이 대두되던 시기였음을 기억할 필요가 있다.

1972년 방송을 시작한 〈수사반장〉은 전국적으로 인기를 끈 대표적인 텔레비전드라마였다. 박반장을 중심으로 한, 수사팀이 전국의 범죄를 해결한다는 중심플롯을 지닌 〈수사반장〉은 "추리가 아닌 수사드라마라는 명칭이 1970년대에 통용되는 결정적인 역할"[6]을 하며 "전통적 수사드라마"[7]의 기틀을 마련한 작품이다. 때문에 〈수사반장〉은 1970년대 이후 추리물의 수용에 있어 결정적인 영향을 끼쳤다고 볼 수 있다. 〈수사반장〉이 20여년에 가까운 시간동안 방송되면서 수사팀 혹은 형사를 주요인물로 내세운 수사드라마가 꾸준히 제작되었다는 사실은 텔레비전드라마에 있어서 '수사물'이 당시 시청자들을 설득하기 위한 장르적 선택이었음을 알 수 있다.

수사드라마가 인기 레퍼토리로 자리 잡은 1970년대의 끝자락에는 6·25 특집극 〈최후의 증인〉이 위치하고 있다. 김성종의 대표작 『최후의

5) 최근 이루어진 텔레비전드라마의 통사 연구들에서 장르적 다양성에 대한 언급은 쉽게 찾을 수 있다. 하지만 멜로드라마와 홈드라마를 제외한 여타의 장르에 대해서는 대부분의 연구들이 돌출적인 것으로 인식하여 소략한 형태로 다루는 경향이 강하다. 대표적으로 한국 TV드라마 50년사 발간 위원회, 『한국 TV드라마 50년사 통사』, 한국방송실연자협회, 2014, 75~79면 참조.

6) 이영미, 「1970년대 방송드라마의 위상과 법에 대한 태도」, 대중서사장르연구회, 『대중서사장르의 모든 것 3 추리물』, 이론과실천, 2011, 442~443면.

7) 권양현, 「텔레비전 수사드라마에 나타난 캐릭터 유형의 변화 양상 연구」, 『한국극예술연구』 42, 한국극예술학회, 2012, 256면.

증인』을 각색한 텔레비전드라마 〈최후의 증인〉은 1979년 당시 6·25 특집극으로 기획되어 MBC에서 방송되었다. "한국전쟁의 비극을 추리적으로 묘사한 작품"[8]이라는 원작소설의 심사평에서 알 수 있듯이 『최후의 증인』은 본격문학과 대중문학의 균형감을 갖춘 수준 높은 작품이며 동시에 6·25에 대한 기억을 고취시키는 역할의 텍스트로 활용되었다. 1970년대 후반 텔레비전의 폭발적인 보급과 함께 텔레비전드라마에 대한 다양한 시도가 이어지며 추리물의 수용은 다양화되었다. 이는 한국의 텔레비전에서 추리물의 가능성을 〈수사반장〉에서 찾으려고 했던 선행연구가 재해석될 가능성을 의미하며 추리물이 전쟁의 기억과 결합하는 새로운 국면에 대한 이해를 제공할 가능성을 내포하고 있다.

이와 더불어 『최후의 증인』이 영화로 각색된 사실에 주목한 논의[9] 역시 주목할 필요가 있다. 특히 강용훈은 1980년에 개봉한 영화 〈최후의 증인〉의 각색 과정에서 발생한 검열 논란을 중점적으로 다루며 당시 법적 질서의 불안정함을 징후적으로 보여주는 대표적인 양상이라 지적했다. 강용훈의 논의는 법의 작동 방식과 공평성에 대한 당시 관객들의 태도를 불온한 것으로 지레짐작하여 대응했던 정권의 태도를 통해 1980년 전후 추리물을 둘러싼 대중예술의 지형도를 그려낸 것이었다.

김성종의 『최후의 증인』을 둘러싼 다양한 논의들은 1970년대 장르물 활성화의 국면에서 추리물이 자신의 영역을 차지해가는 과정을 집중적으로 보여주고 있다. 반공주의의 이분법으로 탐정이 설 자리가 마땅치

---

8) 「최보식이 만난 사람-한국 추리소설의 代父 김성종」, 『조선일보』, 2015.6.7.

9) 신종곤, 「소설 『최후의 증인』과 영화 [최후의 증인]에 나타나는 서사 구조 비교 고찰」, 『열린정신 인문학연구』 13, 원광대학교 인문학연구소, 2012; 강용훈, 「소설 『최후의 증인』의 영화화 양상과 한국 추리 서사에 재현된 법의 문제」, 『JKC』 43, 2018.

않았던 1970년대[10]는 다른 방식을 통해 추리붐을 일구어 나간 셈이다.

전쟁의 기억을 전유하여 집단기억을 고안해낸 국가[11]와 오락성을 충족하고 싶어 하는 시청자들의 욕구, 그리고 텔레비전드라마의 새로운 형식을 타진하려 했던 제작주체의 엇갈린 행보는 특집극을 둘러싼 1970년대 후반 텔레비전의 지형도를 새롭게 인식할 수 있는 가능성을 잠재하고 있다. 이 과정에서 국가의 목적성과 추리의 오락성이 조우하는 양상은 유신 말기의 균열과 미디어의 확장이 야기한 충돌과도 같다. 1970년대 텔레비전드라마는 억압과 저항, 계도와 순응의 이분법적 구분을 넘어 체제의 기획과 대중의 욕망이 끊임없이 충돌하면서 사회적인 의미를 창출하는 역동적인 의사소통 장[12]의 역할을 한다.

이 글에서는 1979년 MBC의 6·25 특집극 〈최후의 증인〉을 분석하여 1970년대에 추리와 전쟁이 어떤 상관관계를 맺고 있는지를 분석하려 한다. 전쟁의 기억을 전유하려는 국가의 기획과 이를 새로운 방식으로 전유하려는 제작주체의 의도, 그리고 시청자들이 브라운관을 통해 드라마를 수용하는 맥락에 대한 종합적인 이해를 통해 텔레비전의 시대로 전진하는 1970년대의 굴절을 특집극에서 찾으려 한다. 이를 위해 소설 『최후의 증인』과 1979년 방송된 6·25 특집극 〈최후의 증인〉을 주요 텍스트로 삼아 김성종의 추리가 텔레비전드라마로 각색되는 양상을 살펴보려 한다. 드라마 영상과 이은성이 각색한 〈최후의 증인〉 대본 상하권을 주된 분석 텍스트로 삼고 필요에 따라 신문과 원작소설 등을 분석에 활용하고

---

10) 박유희, 앞의 글, 62면.

11) 전진성, 『역사가 기억을 말한다』, 휴머니스트, 2005, 50면.

12) 유선영, 『미디어와 한국현대사 : 사회적 소통과 감각의 문화사』, 대한민국역사박물관, 2016, 217면.

자 한다. 따라서 이 글은 한국 텔레비전드라마에서 주요 원작자의 위치를 점하고 있는 작가 김성종의 독특한 궤적을 추적하는 시작점인 동시에 1970년대 이후 국민 만들기를 위해 형성된 한국 텔레비전문화에서 추리라는 특수한 장르적 지평이 대중에게 수용되는 국면에 대한 다채로운 시각을 짚어보는 계기가 될 수 있을 것이다.

Ⅱ. 이식된 반공, 국가가 전쟁을 기억하는 방법

해방 후 특집극은 꾸준히 제작되어왔다. 신춘, 개국 등을 기념하기 위해 제작되던 특집극은 1970년대 이후 3 1운동, 6·25 전쟁, 8 15 해방 등 국가공휴일을 기념하기 위해 적극적으로 편성되었다. 당시 유신정권은 이러한 시책을 반영하기 위해 1975년 '대한민국방송상'에 특집극을 수상 목록에 포함시키며 적극적으로 선전하기 시작했다.[13] 6·25 특집극의 경우 스펙터클한 재연, 휴머니즘적인 주제, 반공주의 소재 선정의 용이함 등을 이유로 대통령상을 다수 수상[14]하며 방송국의 중요한 레퍼토리로 자리 잡았고 반공과 결합하여 매년 방송되었다. 전쟁에 대한 체험을 가시화시키고 이를 수용자들의 일상적인 기억과 접목시키는 문화적인 매개물[15] 역할을 했던 6·25 특집극은 박정희 정권의 방송정책 중 하나였

---

13) 「TV주평」, 『경향신문』, 1979.9.11.

14) 1976년 문화공보부에서 한국방송협회로 이관된 한국방송대상은 대통령상, 국무총리상 등 상징적인 시상부문과 더불어 반공부문, 새마을부문 등 유신정권의 정책을 노골적으로 홍보하기 위한 형태의 시상식을 기획했다. 「한국 방송대상 결정」, 『경향신문』, 1976.10.11.

15) 권오헌, 「역사적 인물의 영웅화와 기념의 문화정치 :1960~1970년대를 중심으로」, 고

다. 단막극 형태로 제작되었던 특집극[16]은 미디어 헤게모니 장악을 위해 반공 국책영화의 연장선에서 제작된 제도적 선택이었다. 아울러 〈TV문학관〉과 같이 정치와 예술이 적극적으로 결합된 텔레비전드라마가 부족했던 1970년대의 상황에서 특집극은 예술성과 목적성을 동시에 만족시킬 수 있는 효율적인 선택이기도 했다.

이런 상황에서 특집극으로 제작된 김성종의 소설 『최후의 증인』은 6·25가 남긴 비극적인 개인의 역사를 추리의 형식으로 추적하는 내용을 지닌 만큼 1974년 출판 당시 6·25 기념 국책영화 제작이 기획[17]될 정도로 주목받았다. 신인 작가에 불과하던 김성종이 관심을 받게 된 배경에는 1960년대 후반 이후 급격하게 경직화된 반공서사의 한계[18]를 극복할 가능성을 내포했기 때문으로 볼 수 있다. 오병호 형사를 중심으로 전쟁이 은폐한 개인의 비극적 삶을 추적하고 그 이면에 암약하는 간첩단의 체포가 스펙타클하게 묘사되었기 때문에 전쟁물과는 또 다른 방식의 목적 전달이 가능했다고 볼 수 있다.

소설 『최후의 증인』은 모범수로 20년 만에 출소한 노인 황바우의 등장

려대학교 박사학위논문, 2010, 59면.

16) 특집극은 방송사별로 1970년대부터 꾸준히 제작되어왔는데 단순히 1회 분량으로만 제작되지 않았다. 〈최후의 증인〉은 3회 분량의 에피소드를 2회로 나누어서 방송하기도 했으며 다른 특집극 역시 경우에 따라 1~3회 분량으로 나누어 방송되었다. 이 글에서 특집극을 단막극으로 명명한 것은 일일극이나 주간극과 달리 특집극은 정해진 시기에 "핵심적인 이야기를 간결하고 담백하게 형상화한 드라마" 형태를 지니고 있기 때문이다. 따라서 일일극과 주간극의 상업적인 지향과 달리 특집극은 텔레비전드라마의 예술적인 제작을 통해 목적성을 확보한다는 기획의 일부로 단막극의 형식에 더 가깝다고 볼 수 있다. 윤석진, 「한국 TV단막극의 영상미학 고찰」, 『비교한국학』 16(2), 국제비교한국학회, 2008, 419면.

17) 「국책영화 제작부진」, 『경향신문』, 1974.8.26.

18) 이하나, 『'대한민국', 재건의 시대(1948~1968) : 플롯으로 읽는 한국현대사』, 푸른역사, 2013, 238면.

을 시작으로 변호사 김중엽과 양조장 대표 양달수의 살인사건을 추적하는 형사 오병호의 이야기를 그리고 있다. 서울과 문창에서 일어난 두 사건이 연결된 것임을 직감한 오병호는 경찰 조직의 따돌림과 방해에도 불구하고 사건의 내막을 파헤친다. 문창 경찰서장의 은밀한 지시에 따라 단독 수사를 펼치던 오병호는 6·25 당시 문창에서 사살당한 빨치산 조직이 살인사건에 관계되어 있음을 밝혀낸다. 오병호는 황바우와 손지혜가 빨치산 조직에서 만난 부부사이였으며 김중엽과 양달수가 황바우를 한동주 살해 혐의로 감옥에 보낸 사실을 알게 된다. 결국 황바우의 아들 황태영이 정신이 불안정한 상태에서 빨치산 출신 한동주의 계략에 따라 김중엽과 양달수를 살해한 사실이 밝혀진다. 살인범의 정체와 그를 조종한 한동주의 존재가 밝혀졌음에도 관련 인물 다수가 비극적인 죽음을 맞이하자 오병호 형사는 권총으로 자살하게 되며 소설은 막을 내린다.

이처럼 『최후의 증인』은 비극적인 개인의 역사를 범죄서사를 통해 추적하며 한국현대사의 궤적에서 자유로울 수 없음을 드러낸다. 이 과정은 추리물의 형식을 통해 독자에게 공유된다. 연쇄 살인사건의 범인을 밝혀내고 그 뒤에 숨겨진 진범이 빨치산 조직이라는 사실에서 『최후의 증인』은 특집극의 플롯에 적합한 서사구조를 지니고 있다. 그럼에도 소설의 내용이 특집극으로 곧바로 제작되기에는 분량과 매체 형식 외의 장애물이 존재한다.[19]

김검사는 바우님의 살인과 부역 행위를 지적한 다음 아주 격렬한 어조

19) 이 글에서 주로 분석하는 텍스트는 특집극 〈최후의 증인〉이다. 하지만 원작소설과 특집극을 비교분석해야 하는 경우가 많아 소설의 경우 『최후의 증인』과 면을, 드라마와 대본의 경우 〈최후의 증인〉과 회차, 면을 제시하는 것으로 인용함을 미리 밝힌다.

로 사형을 구형했어요. 그때의 그의 표정은 자신만만하고 냉혹하기 이를 데 없었어요. 거기에는 또 임무에 충실했다는 자부심같은 것이 엿보였고, 그래서인지 그는 매우 만족하고 있는 눈치였어요.[20]

"마음이야 그러시겠지만, 법이라는게 있지 않습니까."

(중략)

"저는 이 세상의 법이라는 것을 제일 싫어해요. 법은 사람을 위해서 생긴 것이지만…… 지금은 그렇지가 않아요. 오늘날의 법은 사람을 학대하기 시작했어요. 저는 법을 가장 경멸해요."

그녀의 말은 확신에 차 있었다. 병호는 거기에 동의했다.[21] (강조 인용자)

위의 인용문은 소설에서 가장 먼저 살해되는 김중엽에 대한 손지혜의 진술이다. 공비사건 이후 황바우가 재판을 받는 과정에서 김중엽은 사상검사로 수사를 지휘하며 무기징역을 이끌어낸다. 황바우를 구하기 위해 변호사의 주선으로 김중엽의 자택에 찾아간 손지혜는 김중엽에게 원치 않던 추행을 당하던 중, "망할 년 같으니라구! 빨리 옷 입어! 내가 유혹에 넘어갈 줄 아느냐."[22]는 말을 듣고 쫓겨난다. 김중엽의 이중적인 태도 앞에 손지혜는 이중의 수모를 느끼며 쫓겨나고 이 사건 이후 양달수의 첩으로 전락하게 된다.

빨치산 공비들의 성적 학대에서 탈출한 손지혜는 전쟁 이후에도 유사한 고통을 겪은 것으로 묘사된다. 이러한 사실은 손지혜가 법이 개인을

20) 『최후의 증인』, 240면.
21) 『최후의 증인』, 214면.
22) 『최후의 증인』, 236면.

보호해주지 않는다는 비관적인 결론에 도달했음을 나타내는 것으로 위의 인용문을 통해 확인할 수 있다. 또한 양달수의 의뢰로 사건을 맡은 변호사가 "일제 때 검사로 드날리던 사람"으로 김중엽과 "일종의 공존공생"[23]임을 깨닫게 된 손지혜는 "더할 수 없이 냉혹한 사나이"[24]의 얼굴을 한, 법에 대한 '불편함'을 노골적으로 표출한다. 객관적이고 공평하게 적용되어야 할 근대의 법이 삶을 파괴하는 부정에 적극적으로 기여했다는 사실로 인해 손지혜의 냉소는 설득력을 얻게 된다. 경찰 조직의 방해에 수사의 어려움을 겪는 오병호의 동조는 합리성으로 이루어진 법체계에 대한 불신이 소설의 내용을 주도적으로 이끌고 있음을 보여준다. 타락한 검사 김중엽의 존재와 함께 냉혹한 판결을 내리는 재판 장면은 소설이 법의 집행과 그 결과에 대해 불편함을 지니고 있음을 드러낸다. 이 과정은 경찰조직, 사법기관과 대치하는 오병호의 독자적인 행동과 맞물리며 법집행과 관련된 정부기관에 대한 불신이 소설 전반에 깔려있음을 보여준다. 때문에 『최후의 증인』이 보여주는 법에 대한 태도는 유신 이후 통치체제의 확립을 내세우던 정권과 마찰을 일으킬 수밖에 없다.

특집극에서 김중엽은 자유당 출신 도의원의 경력을 지낸 사업가로 소개된다. 김중엽은 검사에서 양달수의 단순조력자인 사업가로 역할이 변화된 것이다. 사상검사로서 김중엽이 대표하는 법(현 체제)의 이미지를 노쇠한 정치(구 체제)의 이미지로 전환시킨 것은 원작과는 다른 방식의 접근을 의미한다. 법에 대한 김중엽의 대표성이 사라지면서 부패한 권력자의 이미지는 구 체제의 정치인 역할로 돌아가게 되는데 이와 함께 극

23) 『최후의 증인』, 233면.
24) 『최후의 증인』, 237면.

의 중요한 연결점인 김중엽 살인사건은 국가관과 헌정질서를 저해할 불온함[25]을 상당 부분 지워내는 역할을 수행한다.

마찬가지로 오병호를 살인범으로 수배하며 수사를 방해하던 경찰 조직과의 반목 역시 삭제된다. 원작소설의 오병호는 문창경찰서장과의 비밀스러운 공조 관계를 통해 독자적으로 사건을 해결하다 살인범으로 몰리며 체제의 질서에 대한 회의감을 드러낸다. 반면 특집극의 오병호는 경찰 조직의 적극적인 지원 아래 살인자와 빨치산 조직으로부터 법과 사회질서를 수호하는 형사로 그려진다.

김중엽과 오병호의 극적인 변화는 텔레비전 문화를 선도하려는 당시 정권의 의도와 관련되어 있다. 1973년 유신정부는 개정 방송법을 통과시키며[26] 저속과 퇴폐에 물든 일일극 위주의 편성을 벗어나 "국난을 극복하고 국민총화를 구현하는데 선도적인"[27] 문화의 최전선으로 텔레비전을 이동시키려 했다. 그 중에서도 특집극은 일일극과는 차별화된, 목적극의 성격을 노골적으로 드러낼 수 있으며 국책영화와 같은 맥락에서 유신의 예술문화를 지탱할 수 있는 핵심적인 역할을 수행해야만 했다. 따라서 특집극 제도는 기념할만한 과거를 극적으로 재현하며 시청자들로 하여금 현재와 과거를 전유하여 문화적 기억을 재구성하는 것을 목적으로 제작되어야 했다.[28] 특집극 제작을 위한 각색은 선별과 삭제의 과정을 거치며 현 체제가 유지하는 현실에 대해 긍정적인 기억을 생성하는 역할

---

25) 「방륜소위, 올해 심의지침 통고 퇴폐 불건전 강력규제」, 『경향신문』, 1976.1.17.

26) 당시 개정 방송법의 주요 내용은 자체 심의실을 통한 사전심의 정착, 방송윤리위의 법적인 지위 부여, 광고의 통제 등이다. 신창섭, 『방송법 50년 약사』, 생각나눔, 2014, 242면.

27) 「대통령 시정연설 전문」, 『매일경제』, 1972.9.2.

28) 전진성, 앞의 책, 73면.

을 수행해야 한다. 이런 상황에서 6·25 특집극 〈최후의 증인〉은 전쟁의 기억을 현재의 체제를 긍정하는 태도를 연출하며 시청자들을 국민으로 호명하려는 체제의 욕망을 반영한다.

[표1] 원작소설과 특집극의 차이

	원작소설	특집극
범행묘사	범행장면에 대한 묘사는 대부분 드러나지 않음	범행장면을 카메라의 1인칭 시점으로 재현
김중엽의 역할	검사출신 변호사로 소설의 시점 이전에 살해	자유당 정권에서 국회의원을 지냈던 사업가로 극 전개 도중 살해
서울에 대한 묘사	청계천 일대의 가난한 지역이 제시되면서 근대화에 배제된 낙후된 풍경	고층 건물이 즐비한 근대화된 풍경
문창에 대한 묘사	살인사건이 일어났음에도 조용한 마을	안개에 둘러싸인 음산한 장소
강만호의 역할	손지혜를 겁탈하고 무책임하게 버려둔 전향자	공비들을 살리지 못한 채 황바우의 결백을 외면한 죄책감에 시달리는 전향자
손지혜의 태도	법체제에 대한 절망과 회의	직접적인 언급 생략
수사장면	과학수사 기법을 활용하여 용의자를 확보하여 취조하는 방식	오병호가 진술을 듣고 허점을 찾아내어 취조하는 방식
검거과정	황태영이 남긴 증거와 진술의 허점을 통해 범인 특정	손지혜와 황바우의 자백에 따라 범인 특정
살인의 동기	한동주에게 조종당하여 황태영의 본의와 상관없이 일어난 사건	부모의 비극을 직접 목격한 황태영이 한동주의 도움을 받아 일으킨 사건

오병호의 묘사	수배당한 상태에서 수사를 진행하느라 노숙자와 같은 외양	근육질이며 총기를 사용해 빨치산 잔당과 격투를 벌일 정도의 신체적 능력을 강조
오병호의 애정관계	조익현의 딸과 손지혜와 섹슈얼리티한 관계 암시	별도의 애정관계 없음
경찰기관과 오병호의 관계	경찰기관이 오병호를 살인죄로 수배	경찰기관이 오병호의 수사에 적극 호응하며 조력자 인물 삽입
범인(황태영)의 결말	직접적으로 등장하지 않음	경찰에 연행되며 황바우와 손지혜의 비극 강조
마지막 장면	오병호의 자살	반공에의 의지를 되새기는 오병호

표 1에서 확인할 수 있듯이 특집극은 원작소설의 내용을 다소 각색하여 제작되었다. 매체의 특성에 따라 선택과 배제의 과정을 거친 특집극 〈최후의 증인〉은 극의 전개 역시 변화한다. 오병호나 손지혜에 대한 묘사에서부터 수사장면과 경찰기관과의 관계는 물론 결말에 대한 변화까지 특집극 〈최후의 증인〉은 원작소설과는 확연히 다른 태도를 취하게 된다. 물론 이러한 변화에는 텔레비전이 체제와 맺어야만 하는 관계에서 비롯된 것이기도 하다.

이튿날 오후 병호는 손지혜의 주소를 찾아나섰다. 주소를 찾는 일에 익숙한 그는 쉽게 그 동네를 찾을 수 있었다. 서울 변두리의 들판에 위치한 그 동네는 주로 철거나 수재에 쫓겨온 사람들이 이루어 놓은 이른바 난민촌이었다. 정작 주소를 찾기가 힘들었던 것은 동네 안에 들어와서였다. 아직 구획정리도 되어 있지 않아 주소의 위치를 정확히 알고 있는 사람도 없

었고 번지 하나에만도 수십 세대가 걸려 있었다.[29]

[사진1] 서울의 풍경

[사진2] 김중엽의 자택

첫 번째 인용문은 양달수 살인사건 후 서울로 도피한 손지혜를 오병호가 찾아나서는 장면이다. 인용문에서 볼 수 있듯이 오병호가 수사를 위해 오가는 서울은 싸구려 술집이 가득한 청계천의 난민촌으로 대표된다. 수사비용 부족으로 노숙자와 같은 형상을 한 오병호가 싸구려 술집에서 술을 마시고 손지혜를 희롱하는 건달과 시비가 붙으며 서울의 명암을 선명하게 대비시킨다. 반면 드라마는 근대화된 풍경을 카메라 전면에 전시하는 방식으로 서울을 재현한다. 스틸사진을 활용해 촬영한 이 장면은 오프닝에서 연출된 문창의 풍경과 극명하게 대비된다. 안개에 뒤덮여 앞이 보이지 않는 시골 문창과 근대화가 안착한 화려한 도시 서울의 풍경은 도시/시골, 야만/문명 등 이분법적 구획을 통해 구축된 1970년대의 근대화[30]를 미디어를 통해 재현한 것처럼 보인다. 서울의 풍경을 보여준 후 김중엽의 호화로운 자택의 내부로 곧바로 이동하는 카메라의 시선은 범죄와 도피로 점철된 원작 속 이미지를 소거하고 근대화를 전시하는

29) 『최후의 증인』, 204~205면.
30) 김환표, 『드라마, 한국을 말하다』, 인물과사상사, 2012, 97면.

정물화된 도시 공간으로 서울을 담아낸다. 결말에 이르면 이러한 의도는 더욱 명확해진다.

그는 품 속에서 피스톨을 꺼내 들었다. 아직 한 방이 남아있을 거야. 아내한테 빨리 가야지. 너무 오래 혼자 내버려 뒀어. 얼마나 외로웠을까. 병호는 이렇게 중얼거리면서 총구를 가슴에 대고 방아쇠를 당겼다.[31]

오(E) 육이오를 아시오. 박형은?
박(E) 빨갱이들이 설쳐대고 사람이 숱해 죽고
오 (앞대사는 딴데서 주고 받는 얘기. 지금 혼자다. 아직도 재를 뿌리고 있는 지혜를 보며 뇐다) 육이오. 엄청난 불덩어리였어… 이 나라 민족치고 그 불에 안 덴 사람 없었어. 모두. 너도. 나도. 그리고 그 불은 (사이) 아직 안 꺼졌어… (사이) 남아있어. 여기 저기. 아직도…[32]

원작소설 속 오병호는 전쟁의 상처가 사건에 관계된 사람들의 몰락을 보며 자신의 미래를 예감한다. 이미 수사 도중 강만호의 과거를 끄집어내 쇼크사하게 만들고 범인들과의 총격전 끝에 살인까지 저지른 오병호는 다시 평범한 삶으로 돌아갈 수 없다는 것을 깨닫게 된다. 사건에 연루된 사람들이 전부 죽음을 맞이한 가운데 전쟁의 비극이 현실에도 여전히 진행중이란 사실을 깨달은 오병호는 현 체제하에서 개인의 양심만으로 문제를 해결할 수 없다는 비관적인 전망에 도달하게 된 것이다. 따라서

31) 『최후의 증인』, 438면.
32) 〈최후의 증인〉 하, 314면.

오병호의 자살은 1970년대에 논리적으로 세계를 해석할 수 있는 탐정이 설 자리가 이미 존재하지 않다는 의미이기도 하다.[33] 추리를 통해 밝혀진 진실이 오히려 현실을 받아들이는 데 방해가 되는 아이러니는 한국에서 추리물의 수용이 체제를 경유하지 않고서는 어려울 수밖에 없다는 사실을 암시하는 것이기도 하다.

원작소설과 달리 드라마는 사건이 해결된 후 손지혜의 뒷모습을 바라보며 반공의 정신을 다짐하는 오병호를 클로즈업하며 막을 내린다. 원작소설과 마찬가지로 사건과 관계된 사람들의 죽음을 몸소 겪은 오병호는 수사 과정에서 밝혀진 빨갱이의 존재를 꺼지지 않는 불로 묘사하며 전쟁의 비극이 아직 끝나지 않았음을 암시한다. 오병호의 자살을 삭제하고 반공에의 의지를 불태우는 오병호의 "초라한 모습"[34]은 같은 결론에 이른 것처럼 보이지만 이를 해소하는 방식에서 결정적인 차이를 보인다. 원작에서 오병호가 딛고 있는 현실 전체가 전쟁의 기억에서 자유로울 수 없었던 것[35]과 비교하자면 드라마는 살인사건을 황태영의 복수로 집중시켜 한 가족의 비극으로 축소시킨다.[36] 살인사건의 원인을 황태영 한 명의 일탈적인 행위로 치부하며 사회에 암약하는 '빨갱이'들을 경계하는 것만이 6·25의 비참한 기억을 해소할 수 있는 유일한 해결책이 되는 셈

---

33) 박유희, 앞의 글, 65면.

34) 〈최후의 증인〉 하, 313면.

35) 박유희는 오병호를 "양심적이고 감정적인 탐정"의 보편적인 표상으로 분석한다. 때문에 오병호는 사건을 해결하고 사회질서를 유지해야 하는 형사의 역할과 충돌을 일으키는 기묘한 내면을 지니고 있어 '하드보일드형 탐정'에 가깝다. 박유희, 앞의 글, 64면.

36) 드라마의 후반부에서 황태영의 범행을 깨달은 황바우와 손지혜가 애타게 아들을 찾아 보호하려는 장면과 체포 후 부모에게 눈물로 사죄하는 황태영의 비참한 모습은 원작에는 존재하지 않는 장면이다.

이다. 결국 특집극 〈최후의 증인〉의 결론은 원작의 오병호가 해결할 수 없었던 양심의 문제를 역사에서 분리시킨다. 살인사건을 개인의 일탈로 축소시켜 법의 권위를 회복시키고 동시에 사회 곳곳에 숨어있는 빨갱이들을 잡아내는 '반공'을 이식하여 사회의 치안을 지켜내는 것으로 추리물이 가진 불온함을 효과적으로 봉합한 것이 특집극 〈최후의 증인〉을 둘러싼 기획의도인 셈이다.

Ⅲ. 은폐된 목적성과 즐거움을 응시하는 시선

소설 『최후의 증인』이 영화로 각색되면서 여러 차례의 검열이 가해졌다는 것은 주지의 사실이다. 1970년대 문화예술에 대한 유신정권의 노골적인 개입이 진행되면서 영화와 텔레비전을 통해 제작되는 목적극도 변화에 직면할 수밖에 없었다. 문제는 국책영화를 국책영화답게 만들면 오히려 설득력이 반감되는 아이러니한 상황[37]에 놓이게 된다는 것이다. 당시 평론가들도 생경하고 노골적인 메시지의 전달은 오히려 목적을 달성하는데 장애물로 작용하며 오히려 예술성과 목적성의 조화로운 극적 구성을 통한 수준 높은 제작이 이루어져야 함을 강조했다는 사실[38]은 시간이 지날수록 정형화되는 반공물에 대한 수용자들의 불만을 보여주는 것이기도 하다.

〈최후의 증인〉이 방송되던 1979년은 KBS에서 〈레만호에 지다〉를,

---

37) 「증언, 국책영화의 한계성 드러나」, 『동아일보』, 1974.1.12.
38) 「TV주평」, 『경향신문』, 1978.5.23.

TBC에서 〈어머니의 한〉을 각각 6·25 특집극으로 방송했던 해이기도 하다. 세 작품 모두 반공의 메시지를 담고 있지만 전쟁으로 인해 헤어진 가족과 연인의 문제를 다루고 있다는 점에서 특집극에 요구되는 리얼리티와 목적성을 상실했다는 비판에 직면할 수밖에 없었다.[39] 이는 바꾸어 말하면 시청자들이 기존 반공물의 관습적 구성에 대해 회의를 느끼고 있으며 오락물로 텔레비전드라마를 시청하기 원한다는 의미이기도 하다. 반공드라마의 지속적인 병폐로 지적된 일률적인 스튜디오 촬영과 리얼리티의 결여는 오락 프로그램을 원하는 시청자들의 욕구를 만족시킬 수 없다는 비판[40] 과도 맞물리기 때문이다. 이는 반공정신 고취를 통해 국민문화를 창달하겠다는 유신정권의 목적이 오락에 대한 요구를 외면하는 방식으로 이루어지기 어렵다는 의미기도 하다.

그런 점에서 6·25 특집극이라는 타이틀을 달고 있던 〈최후의 증인〉의 각색 작가가 이은성이라는 사실은 주목할 만하다. 이은성은 최초의 메디컬드라마 〈소망〉, 허준의 일대기를 그린 역사의학드라마 〈집념〉 등 1970년대부터 장르드라마를 집필하던 작가였다. 그는 텔레비전드라마의 문법에 적합한 대본을 창작할 수 있는 작가였으며 시청자들의 취향과 요구에 맞추어 원작과는 다른 방식의 각색을 진행했다.

39) 「TV주평」, 『경향신문』, 1979.7.3.
40) 「KBS, 정부시책 홍보 일변도 프로 개편」, 『동아일보』, 1975.2.22.

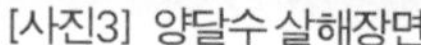
[사진3] 양달수 살해장면

[사진4] 김중엽 자백장면

원작소설에서는 드러나지 않는 살해장면은 드라마에서 카메라를 통해 역동적으로 재현된다. 또한 손지혜가 공비들에게 집단 강간당하는 장면과 황바우가 한동주를 제압하기 위해 칼로 찌르는 장면 등의 범죄 현장은 카메라의 시선을 통해 비교적 자세하게 묘사된다. 카메라의 시선은 시청자로 하여금 살인 장면에 참여하고 있다는 주관적인 느낌을 카메라의 시점을 통해 제공한다.[41] 범행 현장의 긴장감은 카메라를 통해 직접적으로 재현되며 시청자로 하여금 이 사건의 유일한 목격자로 참여하는 기회를 제공한다. 이러한 연출은 목격자의 진술에서 논리적 허점을 찾아내는 원작소설과는 상이한 드라마만의 추리 방식을 제시한다는 점에서 의미를 가지게 된다. 살인장면에 대한 카메라의 묘사는 텔레비전드라마가 영상을 통해 시청자에게 서사를 전달하는 독특한 방식이다. 텔레비전드라마 전문작가로 1970년대부터 활동했던 이은성의 의도적인 각색인 것이다.

오병호 시체에서 찍은 자상 각도의 음산한 사진과 피투성이가 되어 일

41) 조엘 마니, 김호영 옮김, 『시점』, 이화여자대학교출판부, 2007, 93면.

그러진 시체의 사진, 엉크러진 낚시대 속에 어푸러진 시체의 세 사진을 차례로 보며 수첩에 끼워 챙긴다.[42]

거기 감식반의 전문적인 움직임과 카메라의 후렛쉬가 계속 터지면서 메모가 내밀어진다 이 메모가 이 손 저 손에 계속 옮겨가면서 거기 읽히는 내용과 덮이는 대사[43]

[사진5] 김중엽 살해현장 감식

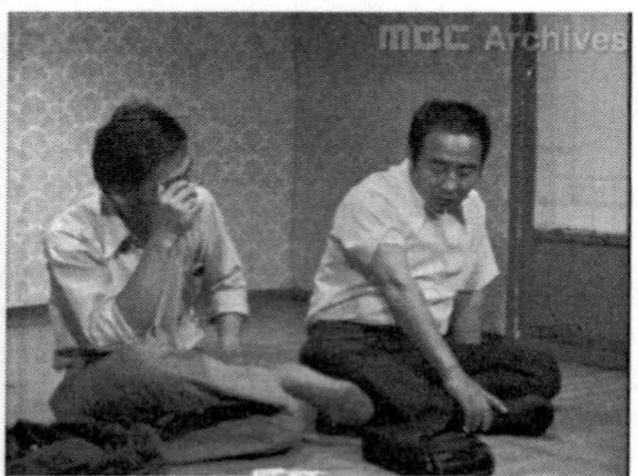

[사진6] 녹음기 수사 장면

이어지는 인용문은 오병호가 수사를 진행하는 과정을 연출한 대본의 지문에 해당하는 장면으로 시체가 발견된 후 현장보존을 위해 사진을 찍고 흉기와 혈흔을 확인하는 등 수사기법을 동원하고 있다. 후반부에서는 무덤 속의 시체를 확인하기 위해 엑스레이 촬영 결과를 기다리고, 황태영이 남긴 녹음기를 통해 사건의 전말을 추적하는 오병호는 과학을 통해 진실에 다가서는 탐정의 위치를 점유하게 된다. 증거를 통해 범죄자를 특정하는 일종의 과학수사는 〈최후의 증인〉이 범인을 탐색해가는 과정을 '수사'라는 특정한 기법을 통해 완성해가는 연출이라 볼 수 있다. 이

42) 〈최후의 증인〉 상, 34~35면.
43) 〈최후의 증인〉 상, 253~254면.

때 관찰자의 입장에 위치한 카메라의 시선은 시청자들로 하여금 수사에 참여하는 듯한 리얼리티를 제공한다. 범행현장을 직접 목격한 시청자들은 형사가 진행하는 취조와 탐문의 수사과정에 참여함으로써 정서적 동질감을 느끼게 되고 수사 과정의 참여를 통해 과학적이고 합리적이라고 여겨지는 해석의 위치를 찾게 된다.[44] 앞서 인용한 범행 장면의 재현에서 목격자의 위치에 서 있던 시청자는 장면의 전환에 따라 수사의 관찰자가 된다. 드라마에서 재현된 범죄는 수사라는 일련의 과정을 통해 시청자들은 근대적인 과학을 체험하는 기회를 얻게 된다.

과학적 기법을 활용한 수사는 추리 행위가 텔레비전드라마와 만날 때 적극적으로 도입되는 방식이다. 증거를 수집하고 이를 해석하여 범인을 특정하는 방식을 통해 수사드라마라는 명칭은 1970년대에 통용되며 인기를 얻게 된다.[45] 이때의 수사드라마들은 수사를 통해 도달한 범인을 설명하는 데 있어 한순간의 일탈로 치부하고 교정을 시도한다는 점에서 사회질서를 선도하려는 유신정권의 의도에 부합하는 구성이라고 볼 수 있다.

반면 〈최후의 증인〉은 원작이 가지고 있는 전쟁의 기억을 불러일으키는 동시에 범죄의 잔혹한 장면과 세련된 수사의 과학적 장면을 순차적으로 재현한다. 경찰이 등장한다는 점에서 〈수사반장〉과 유사한 특징을 취

44) 해리콜린스 로버트 에번스, 고현석 옮김, 『과학이 만드는 민주주의 : 선택적 모더니즘과 메타 과학』, 이음, 2018, 79면.

45) 이영미가 밝히고 있듯이 〈수사반장〉은 범죄자의 동기와 수법을 보여준 다음 다양한 탐문과 증거수집을 통해 수사팀이 범인을 특정하여 검거하는 방식으로 진행된다. 따라서 치열한 논리적 추론에 따른 추리가 상대적으로 약화되며 악랄한 범죄자보다 생계형 범죄자들을 동정의 시선으로 바라보는 한국 특유의 '수사드라마 양식'이 성립된다고 볼 수 있다. 이영미, 앞의 글, 442~443면.

하고 있지만 한편으로 영상으로 추리를 전개하는 과정에서 영화적 문법을 상당부분 차용하고 있다. 드라마의 첫 장면부터 범죄를 목격한 시청자들은 오병호의 수사에 참여하며 범인을 특정하게 된다. 〈최후의 증인〉은 수사과정에서 오병호에게 권총, 격투, 담배 등의 스릴러영화의 기호들[46]을 덧입힌다. 원작소설의 오병호는 물론 〈수사반장〉의 박반장과도 차이를 보이는 특집극 속의 오병호는 스릴러적 기호를 지닌 형사가 과학이라는 권위를 통해 범인을 추리해내는 성격을 지니고 있다. 시청자들은 오병호를 통해 수사드라마의 관습에 따라 수사의 리얼리티를 체감하는 한편 스릴러 영화의 재미를 텔레비전드라마에서도 유사하게 느끼게 된다.

[사진7] 박용재의 취조 장면

[사진8] 총을 들고 대치하는 오병호

수사를 진행하는 과정에서 카메라를 통해 재현된 오병호의 모습은 취조에 불응하는 박용재를 향해 근육질의 팔뚝을 내보이며 윽박지르는가 하면 공동묘지 수색 중 용의자가 접근하자 총기를 꺼내 들고 대응한다. 원작의 경우 오병호는 오랜 수사와 도피로 인해 노숙자와 같이 초라한

46) 이길성, 「해방 이후 서구 스릴러의 한국적 수용」, 대중서사장르연구회, 앞의 책, 332면.

모습을 하고 있다. 공비집단과의 격투는 있지만 사건을 해결하는 주된 방식은 관계자를 탐색하여 진술을 듣고 이를 통해 논리적 허점을 읽어내어 진실을 밝히는 것이다. 자연스럽게 오병호의 육체적인 능력은 수사의 보조적인 수단으로 활용된다. 원작소설의 독자들은 증인들의 진술과 오병호의 내적 서술을 통해 추리의 과정에 참여하게 되지만 드라마의 시청자들은 오병호의 내면을 직접 읽어낼 수 없다. 따라서 드라마가 선택한 수사방식은 사건을 해결하는 주체인 오병호의 육체적인 능력을 강조하는 것이다. 원작이 가지고 있던 섹슈얼리티한 장면[47]은 삭제되었지만 오병호는 근육과 총기사용, 그리고 위압적인 목소리 등을 수사의 전면에 활용하여 범죄의 해석자이자 해결자로서의 권위를 확보한다.

1960년대 라디오의 청각적 재현을 통해서만 존재하던 감정적인 탐정[48]이 카메라의 시선을 획득함으로써 육체를 얻게 된다. 범죄의 해결을 위해 취조, 탐문, 격투 등 시각적으로 재현하는 탐정은 사건 해결의 능력 유무를 가시화 시키게 되는 것이다. 이처럼 카메라가 오병호의 육체를 전시하는 화면구성방식은 한국 텔레비전드라마가 추리를 수용하는 과정에서 나타나는 전략적 선택이라고 볼 수 있다. 셜록 홈즈와 같은 응접실의 탐정 대신 수사를 통해 범죄를 해결하는 형사의 대두는 1970년대 텔레비전 수사드라마의 대표적인 특징이다.[49] 특집극 〈최후의 증인〉이

---

47) 원작이 선택한 섹슈얼리티의 재현은 남성의 관음증적 시선으로 대상화된 여성의 육체에 집중된다. 반면 드라마에서는 여성의 육체는 최소화되고 오병호의 남성적인 육체를 카메라가 대상화함으로써 원작소설과는 다른 방식의 육체성을 구현한다고 볼 수 있다. 송명희, 「김성종의 추리소설과 섹슈얼리티」, 『한국문학이론과 비평』 16, 한국문학이론과비평학회, 2002, 65면.

48) 문선영, 「1960년대 방송 추리물의 경향」, 『한국언어문화』 67, 한국언어문화학회, 2018, 130~131면.

49) 문선영, 위의 글, 125면.

보여주는 독특한 수사의 양상은 시청자들이 능동적으로 의미를 수용하고 생산하는 시청의 양상을 창출해내며 '즐거움'[50]을 특집극만의 형식으로 풀어냈다고 볼 수 있다.

문제는 1970년대 내내 리얼리티를 결여한 저속한 방송문화를 퇴치하겠다는 압력이 비균일적으로 가해진다는 데 있는데[51] 특집극은 일일극의 병폐를 넘어 건전한 방송문화를 형성하려는 사회적 힘을 브라운관에 담아내는 체제의 방식이라고 볼 수 있다. 그런 점에서 체제가 기획한 특집극이 도달한 결론이 목적성의 은폐를 통해 목적성을 달성하는 방식[52]이라는 점은 흥미롭다. 아이러니하게도 근대의 과학과 육체의 폭력이 교차하는 시선의 배치, 그리고 능동적으로 시청자들이 생성해내는 의미들은 1970년대 후반의 사회적 현실을 브라운관에서 사실적으로 재현하는 근거로 작동했던 것이다.

---

50) 이때의 즐거움은 기쁘고 흐뭇한 감정의 표현이기도 하지만 동시에 교양과 품위, 도덕이 역동적으로 작용하는 정치적인 개입을 동반한 취향의 문제를 동반하는 것이다. 해방 이후 텔레비전을 둘러싼 '즐거움의 정치'에 대한 분석은 추후를 기약한다. 강태영 윤태진, 『한국 TV 예능 오락프로그램의 변천과 발전』, 한울아카데미, 2002, 141면.

51) 1970년대 유신정권의 기조에 따라 방송 전반에 다양한 기사와 비평에서 리얼리티의 결여와 저속한 방송내용에 대한 성토는 쉽게 찾아볼 수 있다. 하지만 이들이 제시하는 기준은 폭력, 선전성, 눈물, 웃음 등의 서로 다른 요소들을 포함하고 있을 뿐만 아니라 대학교수, 작가, 방송실무자, 정책입안자 등의 입장이 상이하게 제시되고 있어 이런 논란은 1970년대 내내 지속되었다. 「저질은 모두의 책임 제1회 방송극작가 세미나에서」, 『동아일보』, 1971.3.1.

52) 「TV주평」, 『경향신문』, 1977.11.8.

Ⅳ. 결론을 대신하여-추리는 어떻게 한국 텔레비전드라마와 결합했는가

이 글은 6·25 특집극 〈최후의 증인〉을 통해 1970년대 후반 정권, 제작 주체, 시청자가 텔레비전드라마의 생산과 수용에 관여하는 양상을 살펴보았다. 주지하다시피 1970년대는 유신정권이 공고한 사회체제를 유지하며 대중예술 전반에 영향력을 행사하려 했던 시기였다. 텔레비전 역시 이러한 압력에서 자유로울 수 없었다. 일례로 민영방송국의 인기 레퍼토리였던 코미디 프로그램을 일률적으로 폐지하려 했던 정권의 움직임[53]은 대중의 즐거움을 억압하고 그 자리에 국민 만들기의 기획을 새기려 했음을 명확하게 보여주고 있다. 이러한 상황에서 텔레비전의 특집극은 국책영화와 함께 체제를 선전하고 국민을 총화하기 위해 집단기억을 고안해내는 수단으로 활용되었다.

이 글에서 분석대상으로 삼은 6·25 특집극 〈최후의 증인〉은 예술성과 목적성을 동시에 갖춘 수준 높은 특집극을 제작하기 위한 기획의 산물이었다. 하지만 텔레비전 시청이 여가의 중요한 수단으로 자리 잡게 되면서 텔레비전드라마 시청의 핵심적인 이유가 되면서 시청자의 즐거움을 위해 고안된 자극적이고 선정적인 서사들이 정권의 입장에서는 장애물로 인식되었다.

주지하다시피 특집극은 일일극 위주의 텔레비전드라마 시장에 예술성과 목적성을 함께 충족시키기 위해 고안된 예술형식이다. 제작 주체가 추진하던 예술적인 드라마와 시청자들이 요구하던 즐거운 드라마의 충

53) 「TV 코미디 없애야 하나」, 『동아일보』, 1977.10.28.

돌은 역동적인 소통의 장을 형성한다. 이 과정에서 특집극은 본래 기획을 포괄하는 동시에 시청자들의 즐거움을 충족시키기 위해 구성된 새로움은 국민총화의 의도를 아득히 벗어나기도 했다. 추리를 시각적으로 형상화하는 방식으로 고안된 수사드라마는 시대적 리얼리티를 담보하는 새로운 가능성[54]이 되기도 했지만 본래의 의도를 상실한 저속한 문화의 표본으로 지적되었다는 점에서 역설적인 존재와도 같았다.

그렇게 보자면 한국 대중예술에서 유독 힘을 쓰지 못했다고 여겨졌던 추리물이 1970년대에 이르러 한국 텔레비전드라마와 조우하며 수용자들에게 적지 않은 영향력을 발휘했다는 사실을 기억할 필요가 있다. 모든 장르물이 그러하겠지만 장르를 구성하는 다양한 요소들은 이식과 수용의 과정을 거친 형태로 수용자와 대면하게 된다. 주지하다시피 한국에서 추리는 반공, 수사와 결합을 거듭하면서 자신의 고유한 양식을 형성해냈다. 이러한 결합의 양상은 〈최후의 증인〉의 각색 과정에서 선택과 배제된 요소들을 통해 자연스럽게 장르적 정체성을 형성하는 방식에서 확인할 수 있다. 결론적으로 특집극 〈최후의 증인〉은 1970년대 내내 반공과 수사를 통해 형성된 텔레비전드라마의 수사가 범죄로 이동해가는 경향을 드러낸 중간적인 텍스트라고 볼 수 있다.

결국 이 글이 도달한 결론은 추리라는 특정한 장르가 텔레비전드라마와 조우할 때 공적 체제에 대한 신뢰감을 드러내는 한편 즐거움에 대한 정치적 해석을 우회할 수 있는 가능성을 끊임없이 탐색한다는 사실이다. 전쟁의 기억은 사회와 체제의 어두운 이면에 새겨진 불온한 상상을 중화

---

54) 이다운, 「〈〈동백꽃 필 무렵〉 연구—로컬의 낭만과 추리서사의 전략적 병합〉」, 『한국극예술연구』 67, 한국극예술학회, 2020, 144면.

시켜줄 알리바이에 가깝다. 결과적으로 유신정권의 말기에 방송된 〈최후의 증인〉은 특집극의 논리가 텔레비전의 매체적 특성과 조우한 기이한 결과물인 셈이다.

〈수사반장〉의 신화 이후로 쏟아지던 비판이 보여주듯 체제가 보여주고 싶은 것과 시청자가 보고 싶은 것 사이의 충돌은 계속되었다. "전율, 공포, 불쾌감이 압도"[55]적으로 펼쳐지는 수사드라마를 불편해하며 즐거움마저 통제하려 했던 유신정권은 같은 해 허무하게 막을 내리게 된다. 그럼에도 결코 끝나지 않을 것 같은 억압적인 정치체제가 지속되면서 수사드라마는 전면폐지의 수순을 걷게 된다. 1970년대 전국적인 인기를 구가하던 〈수사반장〉의 종영과 범죄와의 전쟁을 거치며 수사드라마는 오랜 기간 시청자들에게 잊혀진 기억으로 남게 된다. 기억해야 할 것은 '추리'라는 서구적인 장르양식이 한국적 수용의 단계를 거쳐 반공과 수사, 범죄와 결합하여 텔레비전드라마의 주도적인 레퍼토리를 창출했다는 사실이다. 이후 컬러시대의 등장과 함께 탄생한 텔레비전 세대의 존재는 1970년대 이후 한국 대중예술의 다양성을 밝혀줄 가능성을 내포하고 있다. 텍스트에 새겨진 흔적을 쫓아 사회적 담론에 대응하여 대결과 우회를 거듭하던 시청자들의 장르적 욕망은 이제 다시 복원될 필요가 있다.

55) 「「방송 드라머의 현재와 미래」 세미나」, 『경향신문』, 1975.6.13.

참/고/문/헌

1. 3·1운동 전야의 동경유학생학우회와 근대극

〈자료〉

- 잡지 『청춘』, 『학지광』, 『창조』, 『삼광』, 『태서문예신보』, 『백조』, 『폐허』, 『폐허이후』
- 이광수, 『이광수전집(1~10)』, 삼중당, 1971.
- 노양환 편, 「춘원연보」, 『이광수전집(별권)』, 삼중당, 1971, 156~161면.
- 최승만, 『극웅필경(極熊筆耕)』, 보진재, 1970.
- 서항석, 『耿岸 서항석전집(1~5)』, 하산출판사, 1987.
- ハウプトマン作, 阿部六郎譯, 『沈鐘』, 東京:岩波書店, 1934.
- 朴慶植 編, 『在日朝鮮人關係資料集成』 第1卷, 東京:三一書房, 1975, 48~103면.

〈단행본〉

- 이두현, 『한국신극사연구』, 서울대출판부, 1966.
- 김성식, 『일제하 한국학생 독립운동사』, 정음문고, 1974.
- 유민영, 『한국현대희곡사』, 홍성사, 1982.
- 최승만, 『나의 회고록』, 인하대출판부, 1985.
- 김윤식, 『이광수와 그의 시대(2)』, 한길사, 1986.
- 在日韓國留學生連合會, 『日本留學100年史』, 1988.

- 박찬기, 『독일문학사(개정신판)』, 일지사, 1988.
- 김기주, 『한말 재일한국유학생의 민족운동』, 느티나무, 1993.
- 서연호, 『한국근대희곡사』, 고려대출판부, 1994.
- 이미원, 『한국근대극연구』, 현대미학사, 1994.
- 정미량, 『1920년대 재일조선유학생의 문화운동』, 지식산업사, 2012.
- 프리츠 마르티니, 황현수 역, 『독일문학사』, 을유문화사, 1989.
- 쓰보우치 쇼요, 정병호 역, 『소설신수(小說神髓)』, 고려대학교 출판부, 2007.
- 나카무라 미쓰오, 고재석 김환기 역, 『일본메이지문학사(日本明治文學史)』, 동국대 출판부, 2001.
- 간노 사토미, 손지연 역, 『근대일본의 연애론』, 논형, 2014.
- 廚川白村, 『近代の戀愛觀(再版)』, 東京:苦樂社, 1949.
- 大笹吉雄, 『日本現代演劇史(明治 大正篇』, 東京:白水社, 1985.
- 永嶺重敏, 『流行歌の誕生-〈カチュ シャの唄〉とその時代』, 東京:吉川弘文館, 2010.

〈논문〉

- 이승희, 「초기 근대희곡의 근대적 주체구성에 대한 연구」, 『한국극예술연구』 제12집, 한국극예술학회, 2000.
- 이정숙, 「〈규한〉의 근대의식 연구」, 『한국극예술연구』 제19집, 한국극예술학회, 2004.
- 이승희(자료해설), 「유지영의 희곡 〈이상적 결혼〉」, 『한국극예술연구』 제19집, 한국극예술학회, 2004.
- 김재석, 「〈병자삼인〉의 번안에 대한 연구」, 『한국극예술연구』 제22

집, 한국극예술학회, 2005.
- 김재석, 「〈규한〉의 자연주의적 특성과 그 의미」, 『한국극예술연구』 제26집, 한국극예술학회, 2007.
- 김재석, 「〈황혼〉의 근대성 연구」, 『어문학』 제98집, 한국어문학회, 2007.
- 구장률, 「『학지광』, 한국근대지식패러다임의 역사」, 『근대서지』 제2호, 근대서지학회, 2010.
- 손성준, 한지형, 「투르게네프 소설 「그 전날 밤」의 극화와 문학장의 복수성」, 『동서비교문학저널』 제35호, 한국동서비교문학회, 2016.
- 이미나, 「최승만 예술론과 〈황혼〉의 근대성 연구」, 『한국학연구』 제42집, 인하대학교 한국학연구소, 2016.
- 정수진, 「이광수의 〈규한〉에 나타난 우편」, 『연극포럼』, 한국예술종합학교 연극원, 2017.
- 이상우, 「게이주츠자(藝術座)의 조선순업과 연극〈부활〉공연」, 『한국극예술연구』 제62집, 한국극예술학회, 2018.

2. 기미(己未)를 사유하는 기표(記標) – 적대적 주체의 탄생

〈기본자료〉

- 레오니드 안드레예프, 오세준 역, 『뺨 맞는 그 자식』, 연극과인간, 2012.
- 안톤 체호프, 김규종 역, 「곰」, 『체호프 희곡전집』, 시공사, 2017.

〈단행본 및 논문〉

- 크리스티앙 메츠, 『상상적 기표』, 이수진 역, 문학과 지성사, 2009.
- 권보드래, 「少年과 톨스토이 飜譯」, 『한국근대문학연구』 12, 한국근대문학회, 2005.
- 김미연, 「趙明熙의 『산송장』 飜譯」, 『民族文學史研究』 52, 2013.
- 김방옥, 「한국연극의 사실주의적 연기론 연구」, 『한국연극학』 22, 2004.
- 김병철, 『韓國近代飜譯文學史研究』. 을유문화사, 1988.
- 김소정, 「1920년대 韓國과 中國의 러시아小說 受容樣相에 관한 比較考察」, 『동서비교문학저널』 38, 2016.
- 김우진, 「입센극 人形의 家 수용과 노라를 바라보는 男性인텔리의 시선에 관한 小論」, 『동서비교문학저널』 46, 2018.
- 김재석, 「1920年代 植民地朝鮮의 아일랜드劇 受容과 近代劇의 形成」, 『國語國文學』 171, 2015.
- 김재석, 『식민지조선 근대극의 형성』, 연극과인간, 2017.
- 김지연, 「近代의 速度와 恐怖의 體驗」, 『현대문학이론연구』 42, 2010.
- 김홍중, 「근대적 성찰성의 풍경과 성찰적 주체의 알레고리」, 『한국사회학』 41, 한국사회학회, 2007.
- 문석우, 「문학을 통한 동양과 서양의 만남」, 『세계문학비교연구』 1996.
- 박승희, 「新劇運動七年 : 土月會의 過去와 現在를 말함」, 『朝鮮日報』, 1929.11.05.
- 박승희, 「土月會이야기」, 『思想界』, 思想界社 1963.05.

- 박영준, 「近代日本의 國際秩序認識과 對外政策論」, 『日本硏究論叢』 25, 2007.
- 박진영, 「韓國에 온 톨스토이」, 『한국근대문학연구』 23, 2011.
- 서연호, 『우리연극100年』, 현암사, 2000.
- 손성준, 「代理戰으로서의 世界文學」, 『民族文學史硏究』 65, 2017.
- 슈테판 마르크스, 신종훈 역, 『열광과 도취의 심리학』, 서울 : 책세상, 2009.
- 스티브 닐, 프랑크 크루트니크, 강현두 역, 『세상의 모든 코미디』, 커뮤니케이션북스, 2002.
- 신정옥, 「러시아劇의 韓國受容에 관한 硏究」, 『인문과학연구논총』 8, 1991.
- 안숙현, 「톨스토이 小說 復活의 飜案脚色연구」, 『동서비교문학저널』 42, 2017.
- 우수진, 「舞臺에 선 카츄샤와 飜譯劇의 登場」, 『한국근대문학연구』 28, 2013.
- 우수진, 「카츄샤 이야기 -부활의 대중서사와 그 문화변용」, 『한국학연구』 32, 2014.
- 윤민주, 「劇團 藝星座의 카추샤 公演硏究」, 『한국극예술연구』 38, 2012.
- 이두현, 『韓國新劇史硏究』, 서울대출판부, 1981.
- 이상우, 「극예술연구회에 대한 연구」, 『한국극예술연구』 7, 1997.
- 이소마에 준이치, 심희찬 역, 『상실과 노스탤지어』, 문학과지성사, 2014.
- 이승희, 「조선문학의 내셔널리티와 아일랜드」, 『민족문학사연구』

28, 2005.
- 이인성, 『축제를 향한 희극』, 문학과 지성사, 1992.

3. 방송극이 소환한 3·1운동의 기억

〈기본자료〉

- 김경옥, 『여명 80년』, 창조사, 1964.
- 〈그날이 오면〉(KBS 홈페이지 http://vod.kbs.co.kr)

〈단행본〉

- 권보드래, 『3월 1일의 밤』, 돌베게, 2019.
- 동아일보사 편, 『동아방송사』, 동아일보사, 1990.
- 장인성, 박헌호 · 류준필 편, 『1919년 3월 1일에 묻다』, 성균관대학교출판부, 2009.
- 윤금선, 『라디오 풍경, 소리도 듣는 드라마』, 연극과 인간, 2010.
- 윤태진 · 김정환 · 조지훈, 『한국 라디오 드라마사』, 나무와 숲, 2014.
- 이희승, 「내가 겪은 3·1운동」, 『3·1운동 50주년 기념논집』, 동아일보사, 1969.
- 『한민족독립운동사 자료집』 17, 국사편찬위원회, 1994.

〈논문〉

- 김민환, 「한국의 국가 기념일 성립에 관한 연구」, 서울대학교 석사학위논문, 2000.
- 문선영, 「한국 라디오 드라마의 형성과 장르 특성」, 고려대학교 박사

학위논문, 2012.
- ______, 「전설에서 공포로, 한국적 공포물 드라마의 탄생」, 『우리문학연구』 45, 2015.
- 전지니, 「반일 이슈와 TV드라마가 구현하는 민족주의 - 〈이몽〉(2019)을 중심으로」, 『역사비평』 130, 2020.
- 양근애, 「'역사, 네이션, 시대정서'의 매듭」, 『르몽드디폴로마티크』, 2019.9.16.
- 이민영, 「기념되는 역사와 부유하는 기억들」, 『한국현대문학연구』 58, 2009.
- 천정환, 「3·1운동 100주년의 대중정치와 한국 민족주의의 현재」, 『역사비평』 130, 2020.
- 최은진, 「대한민국정부와 3·1절 기념의례와 3·1운동 표상화」, 『사학연구』 128, 2017.

4. 기념 뮤지컬과 독립운동의 기억

〈기본자료〉

- 강보람 작, 맹성연 곡, 정태영 연출, 〈워치〉, 충남문화재단, 아이엠컬처, 2019. 공연 및 대본.
- 이희준 작, 박정아 곡, 김동연 연출, 〈신흥무관학교〉, 육군본부, 쇼노트, 2019. 공연 및 악보.
- 정찬수 작 연출, 안예신 곡, 〈구, 도깨비들의 노래〉, 인천민예총, 한다, 2019. 공연 및 대본.

〈단행본〉

- 김기봉, 『역사들이 속삭인다 - 팩션 열풍과 스토리텔링의 역사』, 프로네시스, 2009.
- 김용달, 『백범의 길-조국의 산하를 걷다(서울, 경기, 인천)』1, arte, 2018.
- 김학준, 『매헌 윤봉길 평전』, 민음사, 1992.
- 백범김구선생 기념사업협회 백범전기편찬위원회 편, 『백범 김구 : 생애와 사상』, 교문사, 1982.
- 서중석, 『신흥무관학교와 망명자들』, 역사비평사, 2001.
- 안동독립운동 기념관 편, 『국역 석주유고』 상,하, 경인문화사, 2008.
- 여문환, 『동아시아 전쟁기억의 국제정치』, 한국학술정보, 2009.
- 이강숙, 김춘미, 민경찬, 『우리 양악 100년』, 현암사, 2001.
- 이관직, 『우당 이회영 전』, 을유문화사, 1985.
- 이은숙, 『민족운동가 아내의 수기』, 정음사, 1974.
- 지복영, 『역사의 수레를 끌고 밀며-항일무장 독립운동과 백산 지청천 장군』, 문학과 지성사, 1995.
- 천정환, 『촛불 이후, K-민주주의와 문화정치』, 역사비평사, 2020.
- 최호근, 『기념의 미래』, 고려대학교 출판문화원, 2019.
- 텔레비전 연구회, 『텔레비전드라마, 역사를 전유하다』, 소명출판, 2014.
- 편집부, 「홍범도일기」, 『한국독립운동사연구』31집, 한국독립운동사연구소, 2008.
- 로지 잭슨, 서강여성문학연구회 역, 『환상성- 전복의 문학』, 문학동네, 2001.

• 롤랑바르트, 수잔손탁, 송숙자 역, 『바르트와 손탁 : 사진론』, 현대미학사, 2004.
• 베네딕트 앤더슨, 윤형숙 역, 『상상의 공동체 : 민족주의의 기원과 전파에 대한 성찰』, 나남, 2002.
• 알라이다 아스만, 변학수 채연수 역, 『기억의 공간』, 그린비, 2011.
• 오카마리, 김병구 역, 『기억 서사』, 소명출판, 2004.
• 테사 모리스 스즈키, 김경원 역, 『우리안의 과거』, 휴머니스트, 2006.

〈논문〉
• 길태숙, 「재만조선인 항일투쟁노래의 과거와 현재적 의미-〈신흥무관학교 교가〉를 중심으로」, 『동방학지』 144, 연세대학교 국학연구원, 2008.
• 김영범, 「알박스의 기억사회학 연구」, 『사회과학연구』 6-3, 대구대학교 사회과학연구소, 1999.
• 김주용, 「『신흥교우보』를 통해 본 신흥무관학교」, 『한국독립운동사연구』 40, 한국독립운동사연구소, 2011.
• 박민희, 「3·1운동 100주년 기념, 육군 창작뮤지컬 '신흥무관학교'제작 발표회」, 『NEWSTAGE』, 2018.8.15.
• 박용옥, 「대한독립여자선언서 연구」,『한국민족운동사연구』 14, 한국민족운동사학회, 1996.
• 신용하, 「신민회의 독립군기지 창건운동」,『한국문화』 4, 서울대학교 규장각한국학연구원, 1983.
• 안세영, 「뮤지컬&컬처 : 〈백범〉, 70년의 투쟁」,『더 뮤지컬』, 클립서비스, 2020.9.1.

• 안시은, 「윤봉길 의사 담아낼 〈워치〉 오늘의 관객들과 호흡하려 한다 (제작발표회)」, 『더뮤지컬』 2019.7.17.
• 양근애, 「해방기 연극, 기념과 기억의 정치적 퍼포먼스」,『한국문학연구』 36, 동국대학교 한국문학연구소, 2009.
• 양윤모, 「백범 김구의 '치하포 사건'관련 기록 검토」, 고문서연구』 22, 한국고문서학회, 2003.
• 유선영, 「3·1운동 이후의 근대 주체 구성」, 『대동문화연구』 66, 성균관대학교 대동문화연구원, 2009.
• 전우형, 「사이공간과 반영웅들의 재현 정치」, 『역사비평』 130, 역사비평사, 2020.
• 정명문, 「이름 없는 이들을 기억해주는 시대를 위하여, 뮤지컬〈신흥무관학교〉」, 『공연과 이론』 73, 공연과 이론을 위한 모임, 2019.
• 정명문, 「공감을 얻는 팩션의 여정, 뮤지컬 〈워치〉」, 『공연과 이론』 74, 공연과 이론을 위한 모임, 2019.
• 정명문, 「영웅의 인간화를 시도한 청년의 시선, 뮤지컬〈九:도깨비들의 노래〉」, 『인천문예현장』 43, 인천문예총, 2019.
• 정수연, 「국방부 뮤지컬에서 진짜로 보고 싶은 것은」,『더 뮤지컬』 181, 클립서비스, 2018.11.
• 조나단, 「인터뷰 : 정찬수 연출가, "인간이 가질 수 있는 욕망 찾고자 해"」,『한국증권신문』, 2020.5.3.
• 충남문화재단, 〈워치〉 제작 · 공연 만족도 결과 자료. 2019.
• 한시준, 「신흥무관학교와 한국독립운동」, 독립기념관 한국독립운동사연구』 40, 한국독립운동사연구소, 2011.
• 한시준, 「윤봉길 의사의 홍구공원의거에 대한 중국신문의 보도」,

『한국독립운동사연구』 32, 독립기념관 한국독립운동연구소, 2009.

5. '항미원조'(抗美援朝) 위문단의 실체와 활동 양상

- 이완범, 「6·25전쟁에 대한 중국의 개입과 중국에 미친 영향」, 『군사』 63, 국방부 군사편찬연구소, 2007
- 진탁, 「한국전쟁 시기 '중국군'의 참전과 동원 유형 및 구성에 관한 연구」, 『정신문화연구』 39-4, 정신문화학회, 2016.
- 軍事科學院曆史研究部, 『中國人民解放軍全史』, 軍事科學出版社, 2000.
- 軍事科學院軍事曆史研究部, 『抗美援朝戰爭史』 1-3, 軍事科學出版社, 2000.
- 梅蘭芳, 「在和'最可愛的人'相處的日子裏」, 『支援抗美援朝紀實』, 中國文史出版社, 2000.
- 虞 强, 「新中國初期大學生愛國主教育的曆史考察與啓示」, 『道德與法研究』 223, 2017.
- 白浪, 「永遠珍藏的記憶-赴朝慰問點滴」, 『新文化史料』 1, 1996.
- 朱月華, 「朝鮮戰爭後的平壤——金鳳回憶赴朝慰問」, 『中國報業』 1, 2012.
- 秦明慧,「在那戰地金達萊重新怒放的季節-1952年參加中國人赴朝慰問團活動的記憶」,『新文化史料』2, 1996.
- 「赴朝慰問的戲劇工作者返國」, 『戲劇報』 1, 1954.
- 黃項飛, 「第三屆赴朝慰問團紀事」, 『檔案春秋』 8, 2007.

- 黃略, 「赴朝慰問演出之旅」, 『武漢文史資料』 10, 2010.
- 劉大爲, 「慰問團的故事」, 『黨史縱橫』 10, 2000.
- 顧聆森, 「"天下第一團"——梅,周,馬,程赴朝慰問記事」, 『中國戲劇』 3, 1995.
- 孟紅, 「戰火中飛揚的歡笑-知名藝術家赴朝慰問演出記」, 『黨史縱橫』 10, 2010.
- 王貞虎, 「第一屆赴朝慰問團」, 『文史月刊』 5, 2018.
- 姚遙, 「抗美援朝戰爭前後的對外宣傳」, 『對外傳播』 5, 2011.
- 何吉賢, 「"新愛國主義"運動與新中國"國際觀"的形成」, 『文化縱橫』 4, 2014
- 張啓元, 「參加"中國人民首屆赴朝慰問團"回顧」, 『口述曆史』 9, 2011.
- 傅金玉,朱元慶,「第三屆中國人民複活草慰問團的珍貴回憶」,『黨史博采』 10, 2010.
- 重慶平, 「鮮爲人知的"中國人民第一屆赴朝慰問團"」, 『黨史縱橫』 2, 2011.
- 薄鳳玉/口述, 海英/文, 「凱旋時分-第五次赴朝慰問團東線分團慰問活動側記」, 『黨史縱橫』 10, 2002.
- KBS 다큐, 〈불꽃처럼 살다, 중국의 영화황제 김염〉(KBS 웹사이트 : www.kbs.co.kr/).
- 〈https://baijiahao.baidu.com/s?id=1706395678135021459&wfr=spider&for=pc〉(검색일 : 2020.09.05.).
- 〈https://baike.baidu.com/item/%E6%8B%89%E6%B4%8B%E7%89%87/3410555?fr=aladdin〉(검색일 : 2020.0908.).
- 〈http://www.cppcc.gov.cn/zxww/2019/11/19/ARTI

1574129230773349.shtml>(검색일:2020.09.08.).
- <https://haokan.baidu.com/v?vid=1530974070665889865 6>(검색일 : 2020.09.08.).

6. 한국 전쟁에 대한 기억과 연극의 재현 양상

〈기본자료〉
- 신명순, 「증인」, 『우보시의 어느 해 겨울』, 예니, 1988.
- 임경택, 「최창식 대령과 한강교 폭파사건」, 『흑막』, 신태양사, 1960.
- MBC 특집극 〈불타는 다리〉(1981) DVD

〈단행본 및 논문〉
- 김문환, 「공연과 비평 '덫에 걸린 집' '증인' : 반성능력과 연극」, 『한국연극』 150, 한국연극협회, 1988.11.
- 김성희, 「국립극단을 통해 본 한국 역사극의 지형도 : 1960년대부터 1979년까지의 시기를 중심으로」, 『드라마연구』 34, 한국드라마학회, 2011.
- 김승옥, 「전쟁 기억과 재현 : 대한민국연극제 한국전쟁 소재극을 중심으로」, 『드라마연구』 34, 한국드라마학회, 2011.
- 김승옥, 「포로수용소 희곡에 나타난 기억의 정치」, 『드라마연구』 47, 한국드라마학회, 2013.
- 문경연, 「김의경 구술채록 : 제2차 실험극장과 1960년대 한국연극(2011)」, 『한국예술디지털아카이브』, 2011. <https://www.daarts.

or.kr/handle/11080/16214〉(검색일 : 2021.08.20.)
- 문선영, 「방송극이 소환한 3·1운동의 기억-1960년대 다큐멘터리 드라마 〈여명80년〉을 중심으로」, 『우리문학연구』 67, 2020.
- 유용환, 『무대 뒤에 남은 이야기들』, 지성의 샘, 2005.
- 윤택림, 「기억에서 역사로 - 구술사의 이론적, 방법론적 쟁점들에 대한 고찰」, 『한국문화인류학』 25, 한국문화인류학회, 1994.
- 이상록, 「기억, 구술을 통해 역사가 되다 : 한국구술사학회 구술사연구 10년(2010~2019)의 성과와 과제」, 『2019 한국구술사학회 창립 10주년 국제학술대회 논문집』, 2019.
- 이영미, 「김수현 드라마의 리얼리티와 균형감」, 『황해문화』 79, 새얼문화재단, 2013.
- 전진성, 『역사가 기억을 말하다』, 휴머니스트, 2005.
- 정성일, 「임권택X102 증언」, 『한국영화데이터베이스』, 2014.
- 최정, 「한국희곡에 표상된 한국전쟁의 '기억' 연구」, 전북대학교 박사학위논문, 2017.
- 『경향신문』, 『동아일보』, 『매일경제』. 『중앙일보』, 『한겨레』

7. 이식된 반공, 억압된 즐거움

〈기본자료〉

- 김성종, 『최후의 증인』, 남도, 1979.
- 김성종 원작, 이은성 각색, 〈최후의 증인〉 대본집 상 하, 1979.
- TV드라마 〈최후의 증인〉 1~3회, 1979년 6월 25일 ~ 6월 27일 MBC

방송.
• 이은성 극본, 표재순 연출, 영상 〈최후의 증인〉 1~3부, 1979.
• 『경향신문』, 『동아일보』, 『매일경제』. 『조선일보』

〈단행본〉
• 강태영 윤태진, 『한국 TV 예능 오락프로그램의 변천과 발전』, 한울아카데미, 2002.
• 김환표, 『드라마, 한국을 말하다』, 인물과사상사, 2012.
• 대중서사장르연구회, 『대중서사장르의 모든 것 3 추리물』, 이론과실천, 2011.
• 신창섭, 『방송법 50년 약사』, 생각나눔, 2014.
• 유선영, 『미디어와 한국현대사 : 사회적 소통과 감각의 문화사』, 대한민국역사박물관, 2016.
• 이하나, 『'대한민국', 재건의 시대(1948~1968) : 플롯으로 읽는 한국현대사』, 푸른역사, 2013.
• 전진성, 『역사가 기억을 말한다』, 휴머니스트, 2005.
• 한국 TV드라마 50년사 발간 위원회, 『한국 TV드라마 50년사 통사』, 한국방송실연자협회, 2014.
• 조엘 마니, 김호영 옮김, 『시점』, 이화여자대학교출판부, 2007.
• 존 피스크, 곽한주 옮김, 『텔레비전 문화』, 컬처룩, 2017.
• 해리 콜린스 로버트 에번스, 고현석 옮김, 『과학이 만드는 민주주의 : 선택적 모더니즘과 메타 과학』, 이음, 2018.

〈논문〉

- 강용훈, 「소설 『최후의 증인』의 영화화 양상과 한국 추리 서사에 재현된 법의 문제」, 『JKC』 43, 한국어문학국제학술포럼, 2018.
- 권오헌, 「역사적 인물의 영웅화와 기념의 문화정치 :1960~1970년대를 중심으로」, 고려대학교 박사학위논문, 2010.
- 김은경, 「한국추리소설에 나타난 범죄서사와 탐정서사의 관계 양상 고찰」, 『한국현대문학연구』 57, 한국현대문학회, 2019.
- 김재국, 「중심과 주변의 길트기를 위한 시론」, 『한국문예비평연구』 5, 한국현대문예비평학회, 1999.
- 문선영, 「1960년대 방송 추리물의 경향」, 『한국언어문화』 67, 한국언어문화학회, 2018.
- 송명희, 「김성종의 초기소설연구」, 『한국문학이론과 비평』 37, 한국문학이론과비평학회, 2007.
- 송명희, 「김성종의 추리소설과 섹슈얼리티」, 『한국문학이론과 비평』 16, 한국문학이론과비평학회, 2002.
- 신종곤, 「소설 『최후의 증인』과 영화 [최후의 증인]에 나타나는 서사 구조 비교 고찰」, 『열린정신 인문학연구』 13, 원광대학교인문학연구소, 2012.
- 오혜진, 「1950~90년대까지 추리소설의 전개 양상」, 『어문론집』 44, 중앙어문학회, 2010.
- 이다운, 「〈동백꽃 필 무렵〉 연구—로컬의 낭만과 추리서사의 전략적 병합」, 『한국극예술연구』 67, 한국극예술학회, 2020.
- 이영미, 「방송극 〈수사반장〉, 법창야화 의 위상과 법에 대한 태도」, 『대중서사연구』 16(2), 대중서사학회, 2011.

- 임성래 이정옥, 「변용 추리소설의 소설적 의의-최후의 증인과 소문의 벽 비교를 중심으로」, 『대중서사연구』 11, 대중서사학회, 2005.
- 정희모, 「추리기법의 서사화와 그 가능성」, 『현대소설연구』 10, 한국현대소설학회, 1999.

원/고/출/처

- 이상우, 「1910년대 동경유학생학우회와 근대극 – 이광수와 최승만의 경우를 중심으로」, 『한민족어문학』 86, 한민족어문학회, 2019.
- 김우진, 「기미(己未)를 사유하는 기표(記標) : 적대적 주체의 탄생—토월회와 종합예술협회의 초기 러시아번역극을 중심으로—」, 『동서비교문학저널』 50, 한국동서비교문학학회, 2019.
- 문선영, 「방송극이 소환한 3·1운동의 기억–1960년대 다큐멘터리 드라마 〈여명 80년〉을 중심으로–」, 『우리문학연구』 67, 우리문학회, 2020.
- 정명문, 「기념 뮤지컬과 독립운동의 기억 – 〈신흥무관학교〉, 〈구〉, 〈워치〉를 중심으로」, 『공연문화연구』 43, 한국공연문화학회, 2021.
- 이복실, 「'항미원조' 위문단의 실체와 활동 양상 – 한국전쟁을 통한 신중국의 문화정치」, 『공연문화연구』 43, 한국공연문화학회, 2021.
- 김태희, 「한국전쟁에 대한 기억과 연극의 재현 양상 – 신명순의 〈증인〉을 중심으로」, 『공연문화연구』 43, 한국공연문화학회, 2021.
- 송치혁, 「6·25 특집극 〈최후의 증인〉 연구」, 『공연문화연구』 42, 한국공연문화학회, 2021.

찾/아/보/기

필자 소개

김우진

고려대학교 비교문학비교문화협동과정 문학박사. 주요 논저로 『미스터리의 사회학 : 근대적 기분전환의 조건』(공역), 「이근삼 희곡에 나타난 남근주의적 젠더표상과 변주」, 「입센극 〈인형의 집〉 수용과 노라를 바라보는 남성 인텔리의 시선에 관한 소론」 등이 있다. 근현대 서사의 형성과정을 둘러싼 국내 · 외 주요 담론 간의 은폐된 동화와 영향 관계 및 다층적인 비교문학 · 비교문화연구에 관심이 있다.

김태희

고려대학교 융합문명연구원 연구교수. 연극평론가. 주요 논저로는 『우리가 선택한 좌석입니다』(공저), 「1970년대 검열연구-신춘문예 단막극전을 중심으로」, 「윤대성의 청소년극에 나타난 젠더문제 연구」 등이 있다. 연극이 시대를 증언하는 방식에 대해 연구하고 싶다.

문선영

한국산업기술대학교 지식융합학부 조교수. 주요저서로 『대중서사장르의 모든 것 : 코미디』(공저), 『대중서사장르의 모든 것 : 환상』(공저), 『순결과 음란 : 에로티시즘의 작동방식』(공저), 『문화, on&off 일상』(공저), 『한국의 공포드라마』(저서) 등이 있다. 현재 한국 방송극의 장르 문화와 형성에 관심을 기울이면서 연구하고 있다.

송치혁

한국항공대학교 강사. 「하유상의 극작품과 극작법 연구」로 석사학위를 받았고, 텔레비전드라마를 비롯한 한국 대중문화 전반에 관심을 가지고 연구하고 있다. 근래의 논저는 「유동하는 웹, 확장하는 드라마」(논문), 『극예술, 과학을 꿈꾸다』(공저), 『순결과 음란』(공저) 등이 있다

이복실

고려대학교 국어국문학 박사. 주요 논저로는 『만주국 조선인 연극』(2018), 『극예술, 과학을 꿈꾸다』(2019, 공저), 「해방 전후 극작가 김진수의 이력과 만주인식」(2019) 등이 있다. 현재 만주 및 동아시아의 연극을 비롯한 극 장르에 관심을 기울이며 연구하고 있다.

이상우

고려대학교 국어국문학과 교수, 한국근대극 전공. 주요 저서로 『극장, 정치를 꿈꾸다』, 『우리는 왜 극장에 가는가』, 『국립극장 70년사』, 『식민지 극장의 연기된 모더니티』, 『근대극의 풍경』, 『유치진 연구』, 『우리연극 100년』(공저) 등이 있다. 연극과 사람, 사회, 역사, 문화 사이의 컨텍스트에 대해 관심을 갖고 공부하면서 글을 쓰고 있다.

정명문

한양대 창의융합교육원 강사. 뮤지컬평론가. 주요논저로 「1950년대 악극의 혼성감각과 좌표」, 『한반도 음악극』, 『인천음악가와 만남』(공저), 『텔레비전 드라마, 판타지를 환유하다』(공저) 등이 있다. 극작으로 음악극〈할머니, Grandma〉가 있다. 대중과 접점을 가지고 있는 다양한 음악극에 대한 관심을 가지고 연구를 확장하고 있다.

한국공연문화학회 총서 6

극예술, 기념/기억의 정치

초판 인쇄 | 2021년 10월 27일
초판 발행 | 2021년 10월 27일

지은이 공연과 미디어 연구소

책임편집 윤수경

발행처 도서출판 지식과교양
등록번호 제2010-19호
주소 서울시 강북구 우이동108-13 힐파크103호
전화 (02) 900-4520 (대표) / 편집부 (02) 996-0041
팩스 (02) 996-0043
전자우편 kncbook@hanmail.net

ISBN 978-89-6764-178-8 93810 정가 17,000원